戦争をした国

—アジア・太平洋戦争の証言と伝言@信州—

平和のための信州・戦争展長野県連絡センター編

川辺書林

戦争をした国　目次

Ⅱ　内地での戦争体験

刊行にあたって

敗戦後70年、世界は平和実現の方向に向かっているのでしょうか。平和を希求し、核兵器を廃絶しなければ、人類の未来は存続すら危うくなっています。人類最大の愚行である、人を殺し殺される戦争はホモサピエンスの知恵と行動によって、決別は可能です。

そのための能力を身につけるには、身近な戦争の歴史から学ぶことが必須の条件と考えて、1988年から、「平和のための信州・戦争展」を始めて、今年で27年となります。この戦争展は、北信・東信・中信・南信で毎年開催地を持ち回りにする、他県にないユニークな方法で続けてきました。

また1994年には、県内4地区の戦争展実行委員会の連絡組織として「平和のための信州・戦争展長野県連絡センター」を発足させ、展示品の開発保管、遺品収集、証言収録、展示品貸出、財務管理などの業務を推進してきました。

この間、戦争展と県連絡センターの活動に積極的に参加し、財政面でも支えていただいた皆さまに感謝申し上げます。

今回、敗戦70年の節目の年にあたり、今までに収録してきた証言の一部を証言集として発刊することにしました。証言は、地域で掘り起こしたものを中心に編集しました。

自分の戦争体験を語ることは、歳月の流れとともに困難になります。思い出したくない記憶もあるでしょう。悲しい苦しい思いを他人に話すことを決意するまでに、自身の心の葛藤を克服しなければならなかったと思います。勇気を振り絞って語ってくださったことを思う時、証言を未来に伝えていくことが私たちの義務ではないかと考えています。

この証言集から私たちは、何を学ぶべきでしょうか。戦争がどのように準備され、誰が開戦を決定し、遂行したのか。いつの世も、戦争遂行に生きがいを感じる人が存在している限り、私たちはこのような人たちから目を離すことはできません。戦争の遂行計画に対しては、どんな些細な動きでも敏感に察知して、その芽を除去しなければなりません。戦争をしたい、戦争という手段によってしか紛争を収拾する方法はないと考える人々に騙されないことです。

戦争という手段によって紛争（醜い争い）を解決することができると心の片隅で考えていると、私たちの心に戦争は忍び込みます。どんな理由があるにせよ「戦争はしない」という人生観を、証言集から読み取りたいものです。

２０１５年7月

平和のための信州・戦争展長野県連絡センター　理事長　建石　繁明

〈凡　例〉

本書は、1988年から2014年にかけて長野県内各地で実施した「平和のための信州・戦争展」で収録された証言の中から、アジア・太平洋戦争（十五年戦争）の戦争体験を39編選び、「外地」と「内地」での体験に分けて編集したものである。「外地」と「内地」という分類は、「体験の主たる場所」として使用した。

掲載証言の31編は、戦争展の「証言コーナー」で収録したもので、地区実行委員会編集の報告集の中から選定した。報告集未発行の年度等については、保存されている録音テープから新たに活字化して収録した。他の8編は、戦争展運動の聞き取り調査で記録したものから選んだ。木曽地区の証言がこれに該当する。

紙幅の関係から、証言の要旨を損なわない範囲で余剰箇所等を削除し、文章全般を読みやすく整えた。また、各証言の表題は、編集委員会で新たに付した。各証言の末尾に記した（　）内の数字は、証言を収録した西暦年である。

証言は、証言当時の雰囲気をできるだけ正確に伝えるため、「満州国」、「支那事変」そのほか現在は使用しない表記・表現も一部をそのまま残した。年号は、証言者が使用した西暦、和年号のままとした。数字は、基本的に算用数字を使用した。原則として、新字体を用いた。

各証言の理解上、必要な場合には脚注を付した。脚注では、「アジア・太平洋戦争」の表記で統一した。

掲載写真のうち、「センター収蔵品」と記したものは、「平和のための信州・戦争展長野県連絡センター」の収蔵品である。

I 外地での戦争体験

初告白「私は七三一部隊員だった」

飯田市　胡桃沢 正邦（聞き手・久保田 昇）

●表看板は防疫給水、現実は細菌研究

南信濃村（現飯田市）で農業をやっております胡桃沢正邦です。現在78歳です。

――七三一部隊に入られたきっかけはどのようなものだったのですか。

当時、私は海軍兵学校*1に志願したんです。学科は通ったんだけれど、視力が悪くて入ることができず、軍隊はやめて家に帰った。ところがちょうど徴兵検査があって合格した。それで今度は陸軍予備仕官学校*2へ入ったんです。

１９３７（昭和12）年7月、盧溝橋事件《ろこうきょうじけん》*3が勃発しました。そのころ私は北支《ほくし》方面軍司令部に配属されました。特務機関の仕事です。特務機関というのは特高《とっこう》*4とか憲兵《けんぺい》*5に関係したものです。特務機関から帰って、今度は関東軍の防疫《ぼうえき》給水部に志願した。それが七三一部隊、陸軍軍医学校（東京牛込、現新宿区）なのです。そこで病理学・細菌学を研究しました。

７３１部隊というのは細菌学をやっていたけれども、表看板は防疫給水部で、無菌無毒の水を補給するのが任務であったということです。

――東京にあった部隊がなんで満州に行ったのですか。

それは細菌学の研究をするためには内地ではよくない。伝染病なので内地でそうした病気が蔓延《まんえん》してはならないからです。私は満州の大陸科学院すなわちハルビン時代の研究員となり、それから七三一部隊に入った。そのときは七三一部隊ではなくて石井部隊*6だった。加茂部隊とかいろいろ部隊名は変わったんです。１９３７（昭和12）年から１９３８年が

*1　旧日本海軍の将校を養成する教育機関。

*2　旧日本陸軍の予備役の将校を育てる学校。

*3　１９３７年7月7日、北京西南方向の盧溝橋で起きた日本軍と中国国民革命軍第二十九軍との衝突事件。この事件が日中戦争（支那事変）の直接の導火線となった。

*4　特別高等警察の略称。国体護持のために無政府主義者、共産主義者、社会主義者、および国家の存在を否認する者を査察・内偵し、取り締まることを目的とした日本の秘密警察および政治警察。

七三一部隊の創建時代でした。

――七三一部隊の別名が石井部隊だったということですか。

七三一部隊の正式名称は関東軍防疫給水部本部で、通称は七三一部隊。初代部隊長の石井四郎中将にちなんで石井部隊とも呼ばれるようになったのです。石井部隊は平房《へいぼう》*7に本隊がありました。本隊は大きなもので、飛行隊はあるし、戦車部隊まであった。従業員（隊員）は約３０００人でした。

――胡桃沢さんが直接やった仕事はどういうものなんですか。

それが一番肝心なことですが、本部のまん中に大きなコンクリート造りの５階建てのロ号棟っていうのがあった。その中に研究室があって、その外側に動物班だとか資材班だとかがあった。その中に馬や牛が何百頭といました。それからモルモット、ラット、ハツカネズミなどが何万といて、動物班が飼育していた。それを使うのが私らの仕事で、研究材料なんです。防疫給水のある程度の施設はあったんですが、仕事の中身は細菌研究なんです。

――どのような細菌を研究しておられたんですか。

コレラ・チフス・ペスト・赤痢・馬鼻疽《ばびそ》（後述）・壊疽《えそ》・結核なんかも細菌です。ＢＣＧ・ツベルクリンなども作りました。ＢＣＧなんかは結核菌を培養したもの、ツベルクリンなんかは濃縮したものです。こういうことをやったのが七三一部隊です。

菌というのは人体の血液中を通過したものは毒力が倍になるんです。ひとつの例を言えば、私の友達で義弟でもあった諏訪の五味貫一さんが第４棟の司令をやっていた。私は第２棟の研究室の司令をやっていた。あるとき五味さんが爆破実験に失敗したんです。その夜五味さんと話をして寝ました。五味さんも自分の部屋に帰って寝た。朝になったら医者

＊５　旧日本陸軍において陸軍大臣の管轄に属し、主として軍事警察を司り、行政警察、司法警察も担う兵科区分の一種。

＊６　石井四郎中将（１８９２～１９５９年）。東京帝大医学部卒、陸軍中将。戦後、七三一部隊のデータを米軍に渡し、戦犯指定を免れた。

＊７　中華人民共和国黒竜江省ハルビン市に位置する区の一つ。ハルビン南方24キロに位置する。七三一部隊の前身組織は当初、ハルビン東南70キロの背陰河で研究を開始した。

が来て、実は五味さんが隔離されたと言う。失敗したときにペスト菌を吸い込んだと言うのです。ペスト菌を吸い込んだら肺ペストになる。五味さんはルンゲ（ドイツ語で肺の意）ペストに罹《かか》って、12時間経たないうちに死んでしまった。それを看病していた看護婦も2人、ルンゲペストになって6時間以内に死んだんです。体内を通過したペスト菌はうんと毒力が強くなるので、看護婦は速く死んでしまった。私はおかげさまで菌を吸わなかった。

このように、いったん体を通過したもの、ペスト菌を持ったノミに食われたときなどは危険性が大きくなるんです。危険性の少ない菌は、例えばコレラの菌なんか食べたとすると、酢酸《さくさん》を溶かしてうがいをしたり飲めば、たいがい大丈夫です。

――胡桃沢さんが司令を務めた第2棟はどういう役割だったのですか。

研究室が分かれていて、2棟はチフスとコレラなどの菌を研究していました。3棟・4棟は血液分析をやったり、それから動物に菌を植えて繁殖させたのを管理していました。1棟が本部です。

菌を培養して、動物の体内を通過させる、すると3あった毒力が6になり、6の毒力が12になる。その結果を使うのが本部なんです。

●マルタという人間

――よく「マルタを使って実験した」と言われますが……

マルタとは材料です。杉でも檜でも丸太というのは素材でしょう。丸太は板になり柱になるひとつの材料、素材です。それと同じでマルタはいわば研究素材、実験素材です。素材を使って目的物を作るのが研究班の仕事です。コレラ班ならコレラ、ペスト班ならペスト、結核班なら結核を、研究班がその素材を使って作るんです。

　もともとはそういう意味ですが、ご存知のとおり……マルタというのは人間なんです。捕虜と称していましたが、要は人体実験です。それがマルタなんです。

　私らは見たことがないんですが、特別班、憲兵が夜間、12時過ぎか1時か2時ころ、鉄板の4トンのコンテナに入れて輸送してきたのがマルタなんです。私たちはマルタに対して、「どこから来たんだ」というようなことはどんなことがあっても聞いてはならんのです。マルタ自身が「私はこうだ」というようなことをたまたましゃべることもあります。そうとう知識のあるマルタもいる。でも、そんなことをこちらから聞くことはできません。

　私たちはあくまで医者なんです。マルタを検診して体温を測ったり、呼吸を調べたり、血液を採血して検査したり、そういうのが私たちの任務だった。研究班は治療と言ってマルタに注射をした。それがはたして何の注射か分からない。そうしたことがマルタの研究なんです。

　最後には1日に2トンもの細菌を生産できるようになりました。細菌はある程度の栄養がないと死んでしまうんです。生産して火薬みたいに詰めて、すぐ使わなければならない。それを持って重慶と武漢に爆撃に行ったんです。ヘリコプターが田の消毒をするとき薬剤を撒くように、飛行機で煙幕を張るように細菌を撒いた。これが私らの知る範囲です。南方方面[*8]へは使用しなかった。海軍の軍艦が全部やられちゃって、豪州を爆撃する準備もしたんですが、できなかった。

　これが七三一部隊の研究成果です。戦争なんてものは、「勝てば官軍、負ければ賊軍《ぞくぐん》」という言葉がありますが、日本だって負けたからこそ懺悔しますが、勝っていれば堂々と威

＊8　マレー・ビルマ・フィリピン・蘭印などをはじめとする東南アジアおよび南洋群島。

張っているかもしれません。

――生体解剖もあったのですか。

よく生体解剖と言うけれど、今の法律でいうと24時間以内に解剖することはできません。しかし、馬鼻疽《ばびそ》（人獣共通の伝染病）なんていう病気でいうと、死後6時間以上経過したものはいい結果が出ない。死んでから2時間ないし3時間で解剖するんです。それがすなわち生体解剖ということなんです。まだ生きている状態で注射を打って麻酔をかけて、というのは私たちにはありません。切ったらまだ温かくて血が出たということはありましたが。つまり、極めて法律的な問題であって、生きているうちに解剖することではないんです。

私らが行っていたのは、素材を使って病原菌を研究する、その結果を確かめるという病理解剖学です。今、脳死で問題になっていますね、脳死と心臓停止との違いで。あれと同じようなことです。

――解剖のときはどういう態勢でやるんですか。

最低5人いなかったらできないんです。執刀者が私なら、記録が1人、助手が最低3人はいる。解剖後朝早くから1日3回会合を持ち、結果をまとめました。

――マルタはどういう人が多かったですか。

人種は中国人も蒙古人もいた。ロシア人もいた。常時40人以上いました。常時というのは、死んでいく人がいるから補充していく。

――責任者として解剖執刀したのは何体ぐらいですか。

私の解剖記録は300体、人体解剖だけでね。動物は別なんです。ラットだマウスだウサギだヤギだというのは毎日のように解剖しました。解剖記録に300体ってありますが、

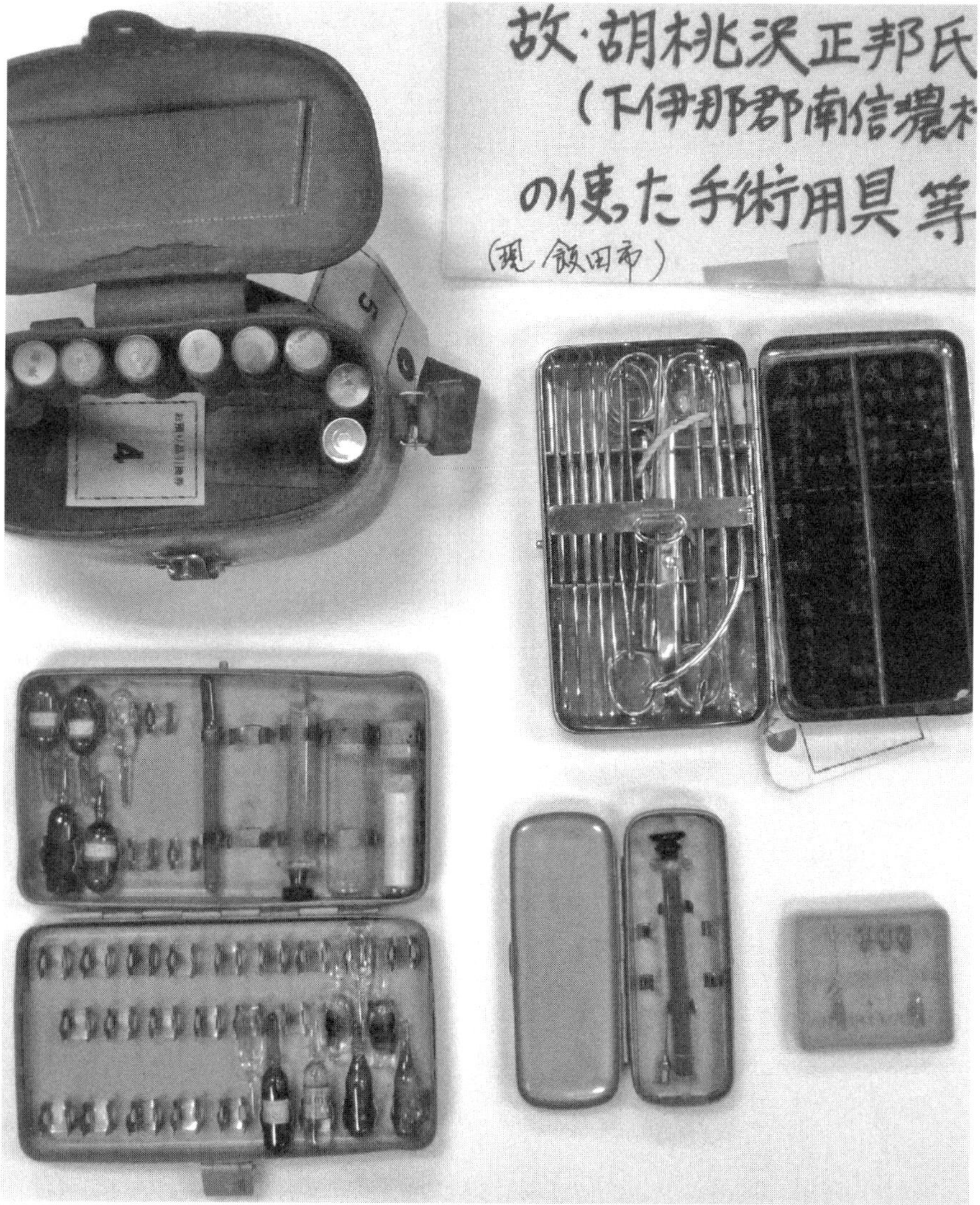

胡桃沢正邦氏が使った手術用具など

本当に300体かというと手伝ったのが3分の1です。

1体を解剖して結果を出すのに1週間かかるんです。細胞を染色してロウで固定してミクロトーム（顕微鏡で用いる試料を極薄にする器具）というもので1ミクロンの切片にする。1ミクロンというのは1ミリの1000分の1です。1ミクロンの切片を切るといっても3〜4ミクロンになる。それを見て、何によってどうなったかを診断する。組織を見て何が欠乏しているかなどを調べるのが病理学。何が不足してどういう結果で亡くなったのか、というのが病理学です。ただ人を殺すだけが目的じゃない。例えば、まむしに咬まれて、すぐ血清注射を打って助けるなどというのは血清学の成果なんです。

森村誠一[*9]先生は『悪魔の飽食』だと言うが、七三一は悪魔ばかりじゃなかった。いわば聖人もおったわけです。ただ悪魔のように人間を殺したっていうことではないんです。研究のために殺したんですから。あくまでも人を助けるためにそうしたんです。

——敗戦時の様子は？

300名の隊員の家族がいっきょに引っ越していかねばならない。菊地少将が家族だけは朝鮮まで連れていくと言って、食料を持って行った。一番最後に各班の責任者が残れとの命令が出た。各班の責任者というのは大佐級の軍医とかでしたが、軍属の私も一番肝心な仕事をしていたので残りました。もうソ連軍がハルビンに入ってきたので、呑龍《どんりゅう》爆撃機[*10]に乗って朝鮮の平城に逃げてきました。釜山まで来て、1000トンの上陸用船艇を調達してきて何とか山口の萩のお寺にたどりついた。

——日本に帰ってから、医学知識を活かす道を考えなかったのですか。

部隊の司令だったので、絶対に公職についてはならんわけですよ。口外も絶対にならん

＊9　小説家・作家でノンフィクションも手がける。『悪魔の飽食』は七三一部隊の全貌を明らかにしたノンフィクション。1981年に新聞連載を開始し、1983年に単行本化。

＊10　第二次世界大戦時の旧日本陸軍の重爆撃機「一〇〇式重爆撃機」。8人乗り。

のです。うちの家内も全然知らないです。子どもたちも私が解剖やったなんて知らない。ところが、以心伝心でうっすら分かっているらしい。でも、話には全然出てきませんでしたね。

――そういう状況で、なぜ七三一部隊の体験を公に話そうと思ったのですか。

それは、終戦40年も経ったとき、ましてや平和な世の中になったときにね、戦争を知らない子どもたちに聞かせようと思った。私らの間違いかもしれませんが、私らもみなさんと同じように日本のために何かしたい、そういう気持ちなんです。今までの悲劇は悲劇として、あったことは世に出して今後を考える、そういう気持ちなんです。

（1991年）

脅されても七三一部隊の真実を伝える

長野市　越　定男

●最も忌まわしいガス試験の記憶

私は今71歳です。昭和13年の召集で、関東軍高射砲隊の公主領《コウシュレイ》という所に直接入隊しました。その年にノモンハン事件[*1]があって、戦いの後半では致命的にやられ、そのときに私も負傷しました。それでチチハルの陸軍病院からハルビンの病院へ移り、その時に特務機関・憲兵隊・七三一部隊の幹部3人と私が同室になったんです。

私は当時から自動車に興味をもっていました。昔の自動車というのはバッテリーが6ボルトで、冬には非常にかかりが悪い。だから、エンジンとラジエターの間にニクロム線を入れて、いつでもエンジンが温まってかかる仕組みを考えたことがあるんです。戦地では電気が来ていないのでそんなわけにいきませんが、木炭を使ってエンジンが簡単にかかるような仕組みを考えたんです。

その話を病室でしたら、「ぜひうちの部隊に来ないか」と七三一部隊の幹部に言われました。「うちの部隊に来れば初任給もいいし、官舎ももらえるし、家族も持てる」ということでした。こうして、入隊して3年後、24歳の時に七三一部隊に入ったわけです。初めは七三一部隊の様子が全然分からなかったですね。

七三一部隊はハルビンの陸軍病院と裏口で繋がっていました。私らは本部付きでハルビンから22キロくらい離れた平房《ヘイボウ》という所に部隊がありました。何万ボルトという電流を通した鉄条網の中に研究所がありました。誰であろうと司令官の許可なく出入りを禁ずとい

＊1　1939年5月～9月、満州国とモンゴル人民共和国との国境で起きた日ソ両軍の衝突事件。ソ連軍の圧倒的な機械化部隊と空軍の総攻撃で日本軍は惨敗した。

う立て札が6里四方に立っていました。七三一部隊の上空は友軍機でさえも飛行を禁止されていたのです。

他の部隊と違って飛行機も何台もあって鉄道もありましたが、操縦するのは飛行隊勤務の操縦士でなくて軍医か薬剤師です。日本中の科学者を集めた部隊なんです。

七三一部隊で医学の実験として研究材料に使った人員は約３０００人です。ハルビンにはだいたい26カ国の人が送られて来ていたので、その人間をマルタとして実験に使ったんです。アメリカの兵隊は新京、奉天に捕虜が少しいましたが、七三一部隊の実験には使わなかった。おそらく10カ国くらいの人を実験に使ったと思います。

その材料（人間）は日本領事館、特務機関、憲兵隊、鉄道警護隊から来るんです。普通の犯罪には、殺人だとか窃盗、強盗、詐欺などの罪名がありますが、軍隊にはそういう罪名はないんです。略奪の罪だとか軍用物損壊の罪だとか10ほどありました。けれど裁判にかけられて来た人は一人もいない。八路軍関係だとか、憲兵隊や特務機関に睨まれて留置所に3年とか5年も入っていた人が七三一部隊に送られて来るんです。でも、本人に聞いてみると、「私は本を書くのが好きなだけで憲兵隊に連れて来られちゃった」というようなことで、自分が悪いことをしたという観念の人は一人もいなかったわけです。

当時、私らが教育された兵役・納税・義務教育という国民の三大義務は、すべてが陛下の命令だとされていました。陛下の命令だから、悪いことではないんだと言われました。医学の研究にマルタを使うことは、国のためなので罪の意識なんて毛頭ないんです。

七三一部隊の正式名称は関東軍防疫給水部ですが、兵隊に清い水を飲ませるという表看板のもとで水の試験をいろいろやりました。人間は水だけでどれくらい生きるかということで、生きている人間を乾燥機の熱風にかけてミイラにしてしまうわけです。人間は水だけで60日くらい生きます。人の体は78パーセントが水分です。人間の体にいかに水が重要かということがはっきり分かったわけです。

それと同時に水を全然やらないでパンを与えたらどれくらい生きるかということもやりました。だいたい一週間くらいするとものすごく苦しがって喀血《かっけつ》（口から血を出すこと）し始めました。

今、一番忌まわしく心に残っているのはガスの試験です。当時七三一部隊では細菌戦に使うため細菌の生産やガスの試験を行っていました。ガスはイペリット（糜爛性《びらんせい》毒ガス）、ホスゲン（窒息性毒ガス）、一酸化炭素、青酸ガスなどの試験をやっておりました。

ガスの試験は四畳半くらいのガラス張りの中に人間を10人ほど入れて、犬や鶏なども一緒に入れました。いかに少量のガスで大量殺人ができるかということで、２０００倍、３０００倍の薄い濃度から試験するんです。このガスは何千倍で使えば人間がどのくらいの時間で倒れるかという試験です。私は実際に人間の倒れていくところを１００回以上見ています。ガラス張りで断末魔の状況が記録できるので、全部映写機で撮りました。

細菌ではハルビンから約２８０キロほどの距離にある安達《アンダ》という所が演習場になっていました。石油の生産地で今も石油の出ている所です。そこまでマルタ40人くらいをほとんど自動車で輸送するわけです。

ペスト菌の場合、散弾みたいに細かく飛ぶ瀬戸物の弾丸の中へペスト菌を混ぜて入れます。マルタの心臓に弾丸の破片が当たると死んでしまうから、胸から腹の部分に鉄板をプロテクターのようにぶら下げます。マルタを円形に40人から50人、十字の木に結わえておいて、その円の真ん中に細菌爆弾を２つ置いて電気着火で破裂させるわけです。それでドカーンとやると、手や足に当たるわけですが、傷口からペストの菌が侵入するので、どのくらいの時間でペストの感染によって死んでいくかが実験できるんです。風上にいないとこっちが菌を被《かぶ》っちゃうので、私たちは３キロも離れた風上にいるわけです。

実験の最中にマルタが逃げ出したことがありました。普通なら一人で逃げちゃうんですが、次から次へと仲間をほどいて逃げ出した。私は眼鏡で見ていたのですが、逃がせば国際問題になるということで、憲兵と私と二人でアメリカ製の特別車で追いました。捕まえることはできないので、可哀想だけれど40人ほどを車で引きました。今、冷静になってみれば本当に涙の出る話です。

私は日本の領事館へもマルタの輸送に行きました。いつもなら地下にある留置所へ入れるんですが、ある時、解剖室の前へ車をつけろと言われました。ロシア人が約40人です。

それで、解剖室の前に行くと、青酸カリを入れた注射器を台の上に並べて待っていて、ロシア語の通訳を通じて、「これから予防接種をするから一人ずつ下へ降りて来い」と命じます。マルタは予防注射だと思って一人ずつ手を出すわけです。私は苦しむ声が聞こえないようにエンジンの回転を上げました。青酸カリを約１ｃｃ血管に注射すると、６尺ほどあるロシア人が声ひとつたてずにバタッと倒れるんですね。それを両脇で押さえて車の後ろへ持って行って隠して、次から次へ40人を青酸カリによって殺しました。小指の先くらいの青酸カリがあると約２０００人の人間が殺せるんです。

その時は七三一部隊としては実験台に使う人間はもう飽和状態になっていて要らなくなっていたんです。七三一部隊では終戦前にそういう殺し方をしたことがあるんです。

昭和20年の8月には最後にマルタが１００人くらいいたので、青酸ガス以外でも処理をしました。マルタを互いに向き合わせて首にロープを巻き、真ん中へ丸太棒を入れてお互いに絞めさせます。2～3分で2人とも死んでしまう。穴を掘らせておいてから全部殺してしまった。それをボイラーで焼いて、夜になるとその骨をハルビンの松花江《スンガリー》の満鉄の鉄橋の下に捨てたんです。これには2日かかりました。

●逃亡と隠蔽

そして8月9日に戦争に負けると分かると、家族はみんな殺してしまえと、妊婦などは部隊で堕胎させました。そして、原子爆弾が投下されると、７３１部隊は55車両の汽車で釜山まで逃げたんです。車両の下には米や味噌を入れていました。釜山からは舞鶴・門司へと向かった。私は石井隊長とは釜山でお別れしましたが、隊長が飛行機で帰ったのか潜水艦で帰ったのか、未だに分からない。逃げる前に官舎はドラム缶をひっくり返して焼き払い、ソ連軍に使われないように車も６００台全部爆破しました。

石井隊長をはじめ部隊の３０００人が戦犯に問われなかったのはどうしてか、どういう形で帰国したのかということが問題だと思います。

それは、私らが輸送した機密書類をアメリカ軍へ提供して、それと引き換えに戦犯としての訴追を逃れたわけです。ベトナムで使われた枯れ葉剤は昭和10年頃には七三一部隊で完成していました。枯れ葉剤を使うと、10日もすると真っ赤になって、2年間くらいは草が一本も生えなくなる。南方作戦で使った枯葉剤は七三一部隊で開発していたのです。

そういう研究資料と交換したために、七三一部隊の隊員の命が繋がったわけです。しかし、ソ連に近い支部にいた人は全部処刑になっています。長野では安曇の唐沢少佐もハバロフスク裁判にかけられて処刑されています。

七三一部隊の研究資料・機密資料は、将官[＊2]５人を含む佐官[＊3]級ら20人ほどで金沢の野間神社の倉庫に全部隠しました。その後、東京に残った私にその資料を東京まで輸送してくれという要請がありました。車２台で飛騨の山を越え下呂温泉に泊まり、諏訪大社の境内で一泊しました。車の中には大事なものがあるので、懐に拳銃を入れていました。

資材にはドイツ製の顕微鏡など、お金に換えられるものが多かったので、七三一部隊独特の財源にもなっていました。顕微鏡は１００台か２００台ありました。輸送している途中、飛騨の山中で横にしてしまって、ドラム缶と一緒に落としてしまったこともありました。

翌日、東京に着いたのですが、石井隊長はピアノのある10畳くらいの部屋で疲れて寝ていました。家には23歳くらいの娘さんがいました。

●「この秘密は墓場まで持って行け」

帰国した七三一部隊の隊員はばらばらに分散しました。「お互いに連絡は取り合ってはいけない」と言われていたのです。石井部隊長は、「この秘密は墓場まで持って行け。口外した者についてはどこまでも後を追うぞ」と脅迫めいたことを最後に言いました。

旧七三一部隊としては、隊の人間が生活に困ったりすると秘密がばれるので、困窮者の支援もしていました。長野の場合は駅前のアオキヤホテルで会合をしたんですが、長野には七三一部隊にいた人が18人ほどいました。１日５円で月に１５０円を長い人で５年間くらい受け取っていました。私らは３カ月４５０円でとりあえず凌《しの》いでいろということでし

＊2　大将・中将・少将のこと。

＊3　大佐・中佐・少佐のこと。

た。

3カ月ほどした頃、「越、おまえは長野にいてはまずい。疎開しろ」と言われて、千葉県房総半島に疎開して漁業に携ったこともあるんです。ほとぼりが冷めた頃に長野へ帰ってきました。

七三一部隊の幹部は高等教育を受けた人ばかりでしたが、罪の意識なんて全然なかったですね。「自分たちが研究をして成功すれば、他に助かる人間がたくさん出るんだ。だから博士号を取るんだ」という感じでしょうか。国のためといいながら、自分のためでもあったのです。

こういう仕事をやっていながら特に感じたことは、他の部隊と違って、隊の人間そのものが非常に温和でした。これは感心したことですね。ビンタをもらったことは一回もない。そういう人たちが集団心理で、こういうことは何ともないんだ、天皇陛下のため、お国のためなんだということで罪の意識は毛頭ないのです。

しかし、平和になった今考えてみれば、あんなことがよくできたと思います。私自身は最近は気持ちも落ち着いてきましたが、帰ってきた当時は眠っていてもうなされました。なかなか頭から離れなくて、一時は狂わんばかりの時もありました。

40年が過ぎた今、なぜ語ることになったのかということをお話しましょう。

森村誠一さんが書かれた『悪魔の飽食』の中に出てくるKというのが私です。ところが、その証言の中に間違いがたくさんあった。他で取材をしてきたことを、私のところで書いているわけです。後世にずっと残すには正しいことを残さなくてはならないという気持ちがあったので、森村さんと協議して間違った所を直して改訂版を出してもらったわけです。

それと同時に言い足りなかった分を『日の丸は紅い泪に』として自費出版もしました。私は本のことなどで、南方へ行っていたある部隊の隊長に相談したことがあるんです。「人の噂も75日だ、そういう話はお互い忘れましょう。不利な立場になるので、被害の記録は残しても、加害の記録は絶対に残してはいけない。教科書でもなんでも書かないように運動しなくてはだめだ」と言われました。

ところが、石井隊長が亡くなった後、話をする人が出てきたんです。

私もテレビに出て証言をしましたが、とても大きな反応がありました。放送後10日間くらいは夜中の1時2時に電話がかかってきて、「そういう証言をしたら絶対生かしてはおかんぞ。家族が大事なら証言は一切やめろ。日本が不利になる加害の証言なんて絶対してはならん」と言われました。長野の人ではなく、ほとんどが東北弁や関西弁でした。最後には困って電話機を座布団に包んで押し入れに入れました。手紙は１０００通ほど来ていますが、１割はそういう脅しです。最近は少し落ち着きましたが、この4年くらいは脅されてきました。

最近、加害の立場で証言してくれとのことで早稲田の大講堂で約3時間講演をしました。「戦争というものは絶対にあってはならない。人生をめちゃめちゃにしてしまう。これからの戦争は昔以上の被害が出る。戦争は絶対にあってはならない」という気持ちでいます。

（１９８８年）

中国人民への尋問と刺突《しとつ》

辰野町　小沢　又蔵

●八路軍の追跡と情報収集

辰野町川島村の小さな山村の一番奥、今ダムがあるその麓の農村に生まれました。昭和17年に徴兵検査に合格し、昭和18年の1月に北支《ほくし》*1への派遣要員として豪雪地帯の高田へ入隊したわけです。そしてすぐ2月に、今の北京の東に通州《つうしゅう》という大きい都市がありますが、その付近（天津市最北部）に薊県《けいけん》という県がありまして、そこで1期の教育を受けました。そして5月に1期の検閲も終わって、中隊に配属になりました。

当時、北京周辺というのは、いわゆる治安地区と言って、鉄砲を逆さに担いで歩いても、あまり抵抗もないといった状況でした。そんな中にあっても、毎日のように、いわゆる討伐《とうばつ》・粛清《しゅくせい》ということで中隊を単位に歩いておりました。私が所属した63師団の任務は、北京から漢口《かんこう》（現在の武漢市の一部）へ通ずる京漢《けいかん》鉄道というのがありますが、その警備を受け持っておりました。毎日のように討伐に参加して、今の共産軍にあたる八路軍《はちろぐん》*2の追跡などをしていました。まあ、18年当時は華やかな北支の日本軍隊でした。

中隊といっても野戦の中隊なので、当時は極めて少数で50～60人でしたが、ある時、中隊全員である部落を朝早く、いわゆる「払暁《ふつぎょう》（明けがた）急襲」に出たわけです。そしてその集落に着いたとき、主要な所には警備兵を残して、我々全員が部落内に侵入して、病人を含めて老若男女の部落民全員を村の広場に駆り出しました。

中隊長は長野県の北信出身の中尉でした。その中尉が情報収集のために住民に尋問をし

*1　中国北部（華北）。北支那方面軍の司令部は北京に置かれた。

*2　日中戦争時に華北方面で活動した中国共産党軍の通称。1937年8月、中国工農紅軍が国民革命軍第八路軍として国民政府指揮下に編入されたことからこの名称で呼ばれた。現在の中国人民解放軍の前身のひとつ。

ます。

「八路軍はいつ来たか」

「八路軍の工作員は何人ぐらい来たか」

「電話線をなぜ切ったのか」

「この前来た時にそういう情報を届ける約束をしたが、全然情報を提供しないじゃないか」

このように責めるわけです。そして、「日本軍隊は五族協和のためである。聖戦のためである」というような説得も行います。しかし、住民は武装した兵隊の前で、恐れおののいて頭を下げるばかりでした。誰一人として頭を上げて答える者はいません。当然のことです。

そうして尋問を進めていった時に、ある人が頭を恐る恐る持ち上げて様子を窺《うかが》ったところ、「おい！　お前は敵に通じておるな。八路軍の工作員ではないか」と言って、その人を引きずり出して私の戦友に「おいお前、ここで刺突《しとつ》しろ（突き刺せ）」と言うのです。

私は初年兵を終わったばかりで、軍人精神もまだ充実していない純情で無垢な青年でしたので、そこで貧血を起こして倒れそうになりました。ところが、中隊長は「お前、そんなことで戦《いくさ》ができるのか。バカヤロウメ！」と、軍刀の鞘《さや》ぐるみで頭を叩きました。それで私はようやく気を取り戻しました。

そしてまた中隊長は尋問を始めました。住民は恐る恐る中隊長の顔を見ました。その時、中隊長は「お前も八路軍の容疑者だな。工作員ではないか」と言い、「今度は小沢一等兵、お前が突け」と命令します。私も初めての刺突です。

その時は5月の早い時期でしたが、日本軍は何をやるか分からないので、みんな綿入れ姿で来ていました。突けと言われた相手は、孫を両側に抱いた50がらみのお婆さんでした。

私ともう1人の兵隊は、恐る恐るそのお婆さんの胸を目掛けて突きました。すると、子どもがびっくりして「ワアー」と泣き叫びながら、お婆さんの胸にしがみつきました。乳飲み子と上は3歳か4歳の2人の子どもでしたが、私たち2人の兵隊は、その乳飲み子を振り払って、もう1回そのお婆さんを突いてとどめを刺しました。その血に濡れたお婆さんの姿を見て泣く子どもたちも、また2人で突き刺して殺してしまいました。そんなことで私も、いわゆる軍人精神を植え付けられたわけです。

●人間を鬼に変える罪業

そしてまた尋問が始まりました。そのうちに2人の青年がそこを逃げ出そうとしました。その時、そこを取り巻いていた兵隊が、逃げる2人を銃殺しました。

そうこうしている時、また1人が恐る恐る中隊長の顔を見上げました。途端に「容疑者である」ということで、「おい！　今度はお前、通訳（朝鮮の通訳）、拳銃で撃ってみろ！」と命令しました。こうして、身に寸鉄《すんてつ》（小さい刃物）も持たない無辜《むこ》な住民を1部落で7名殺害致しました。

そこで、私も本当に「人を殺すなんてたわいもないことだ」と自信がつきました。人間は泥棒をやっても、1回成功すれば、次にはなお凶悪な、なお大きなことを計画するようですが、それと同じように、私も「人を殺すなんて極めて楽なもんだ」「面白いじゃないか」というような思想に変わって参りました。つまりその頃から、人間から鬼へと変わりました。まさに、人間から鬼に転落していたわけであります。人を殺すことに何とも言えない「興味」を抱くようになって参りました。

ある冬の寒い時、行軍中に2人の若い農民を見かけました。彼らは高粱《コウリャン》殻などを持って仕事をしておりました。眼のくりっとした非常に精悍《せいかん》な兵隊のようなタイプの人でした。その2人を呼びつけて、私どもが銃剣の前で手を後ろ手に縛って部落内に連れていきました。

そこでもやはり、さっきと同じような情報収集をしましたが、その2人はやはり口をつぐんで一言も喋りません。怒った中隊長は「おい！ これを拷問にかけろ！」ということで、私どもは両手両足を梯子に縛りつけました。そして、口にガーゼのような布を当てて、そ

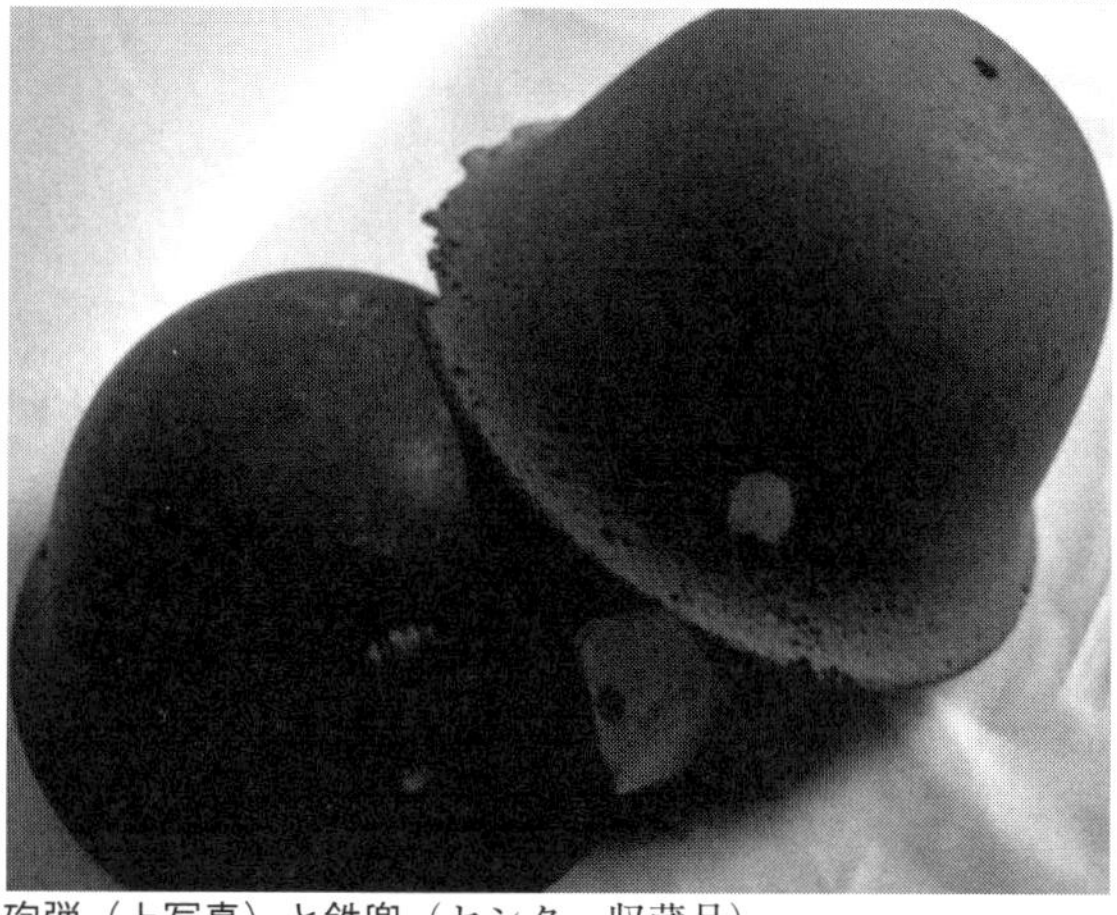

砲弾（上写真）と鉄兜（センター収蔵品）

の上から水をどんどん注ぎ込みました。見ている間に彼らの腹が大きくなって、ちょうど臨月に臨む妊婦のように、腹が大きくなりました。にもかかわらず、まだ注げと言われます。本当に腹の皮が切れそうな状態になりました。拷問中に言葉は出せません。そうして、その縄だけ解いてそのまま放置して、我々は中隊へ引き揚げてしまいました。

このように、1回人殺しが成功すればだんだん凶悪になって、日本軍隊のいた所では必ずこういう罪悪が、罪業《ざいごう》が、身に寸鉄も持たない無辜な人民にまで及んでいただろうことは想像に難くありません。(注[*3])

朝鮮戦争真っ只中の昭和25年、撫順の監獄に入りました。7月25日、ソ連を出て、カンカンと照る大陸の下、60トン貨車の中で脱水状態で3日間、そして次の日に移管されて、かつて日本の監獄であった撫順の監獄に戦犯として収容されました。

「戦犯管理所」という看板がかかっておりましたが、「中隊長や大隊長が戦犯であるのは当然としても、我々のような一兵隊、一下士官が戦犯だなんて不当だ」とずいぶんわめいておりました。

6年間、中国の監獄におりましたが、看守人たちから悪口雑言や暴力は一切ありませんでした。社会主義の勉強ということではなく、「戦争を見つめてみなさい。戦争はあなた方のためになったのか、中国人民や日本国民の役に立ったのか」と反省を促されました。

天皇は神である、神の国である日本の大和民族は世界で最も優秀である、「支那人」は劣っている、といった誤った優越感やそれに基づく劣等視が、鬼になる気持ちを増幅していったと思います。そういう誤った優越感を植え付ける学校教育の怖さをしみじみと感じてい

＊3　小沢さんは終戦から昭和25年に撫順の戦犯管理所に収容されるまでの約5年間の経過について触れていません。今回、この空白期間について関係者に問い合わせをしましたが、明らかになりませんでした。

なお小沢さんが、日本への帰国したのは昭和31年7月。32年に結成された中国帰還者連絡会に加わっていました。

ます。

戦争は私の心身に拭《ぬぐ》いきれない「罪業」を残しました。戦争というものは、武装した軍隊間だけの戦いで済むものではない、悲惨なものです。「何が何でも戦争を許してはならない」と痛切に思う次第であります。

（1991年）

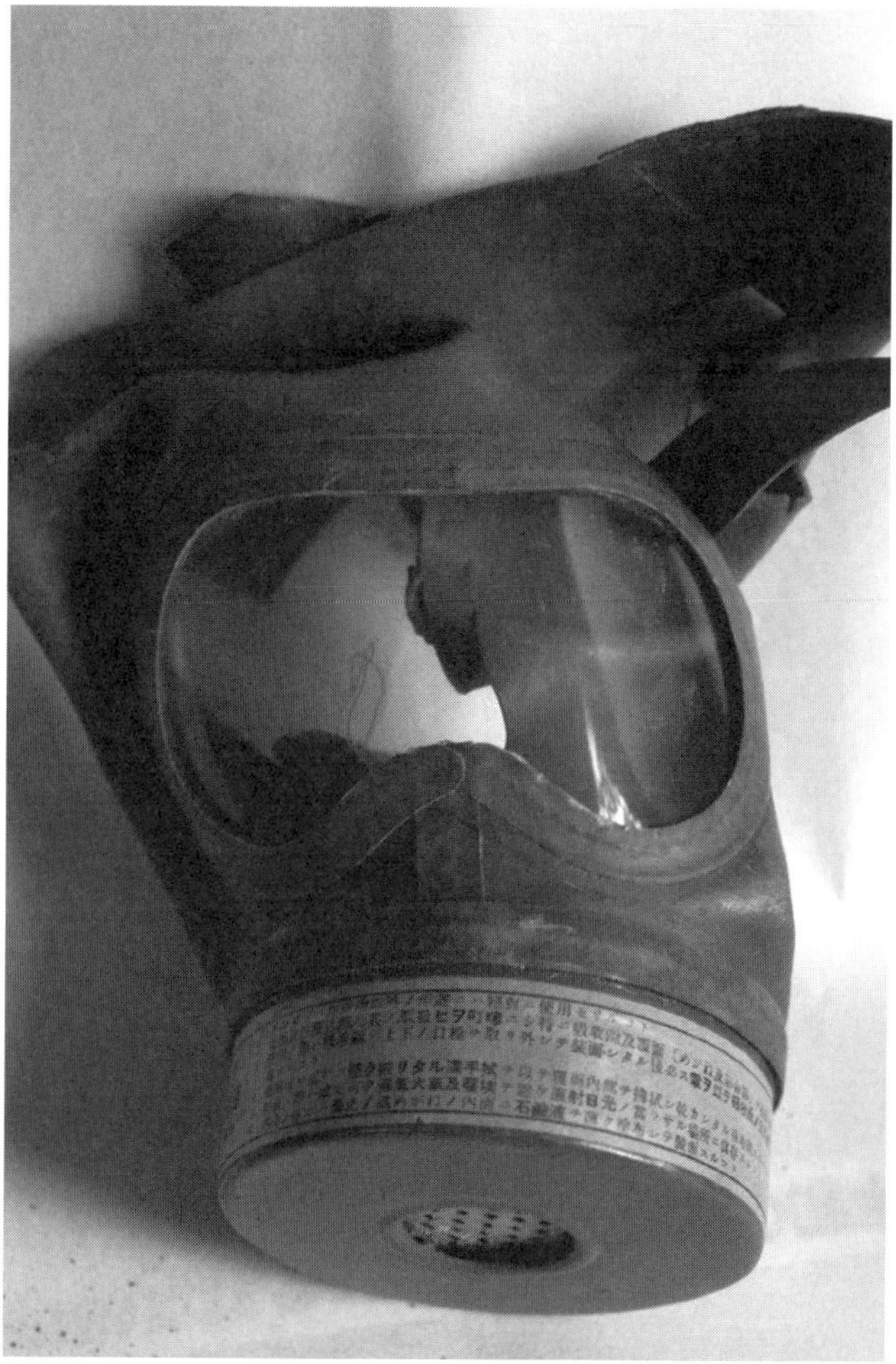

民間用ガスマスク（警防団用直結式ガスマスク）（センター収蔵品）

衛生兵が見た戦争のむごたらしさ

松本市　秋山 芳通

●初年兵教育はげんこつの往復ビンタ

私は東京に生まれ、90歳になります。14歳で学校を卒業し、寿司屋の丁稚《でっち》に入りました。昭和16年頃までは寿司屋が営業できましたが、昭和17年頃からは営業できなくなりまして、昭和18年に入隊を決意しました。

入隊するときは朝早く5時頃に起きて村のお宮に行って、婦人会や村の青年団の人など１００人くらいの歓呼《かんこ》の声に送られて入隊しました。今思えば歓呼の声に騙されてしまいました。見送られるときはお宮で出発の挨拶をするのですが、まだ16や17歳ですから人前で話ができず、2〜3日練習して、当日は「本日はお忙しいなか、お見送りをいただきましてありがとうございます。無事軍隊に入りましたら粉骨砕身《ふんこつさいしん》軍務に精励《せいれい》して、皆様方のご期待に添うよう覚悟いたします。本日はどうもありがとうございました。どうか留守中よろしくお願いします」と挨拶しました。それから最寄りの駅までみんなに旗などで送ってもらいました。下の写真は、私が出征したときの旗です[*1]。これまで大切にずっと持っています。

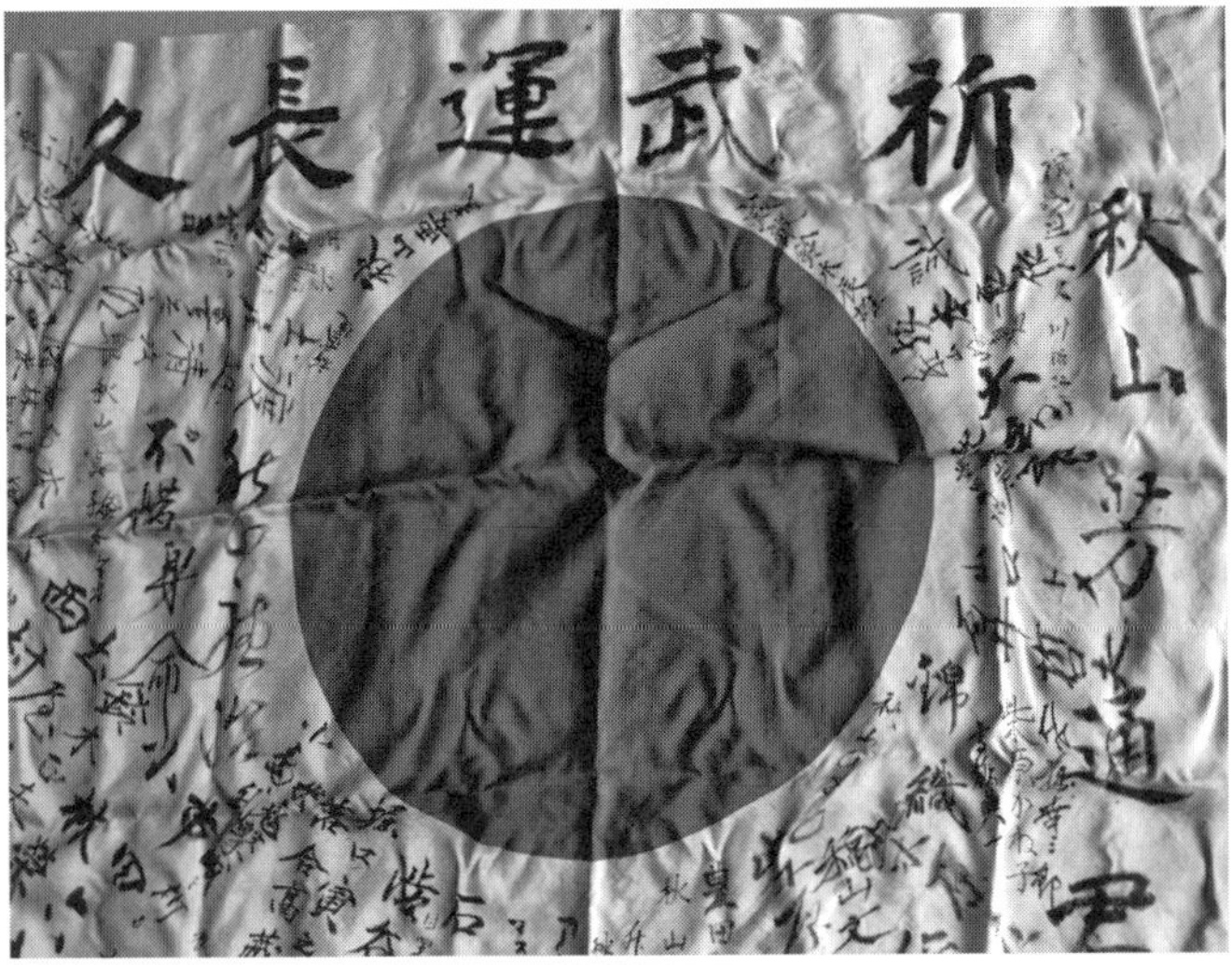

私は東京の麻布檜町（乃木神社の少し上）にあった東部六部隊第三連隊に入隊しました。その日の夕飯は赤飯かなと思っていたら、コウリャン[*2]のご飯でした。

入隊して2～3日はお客さん扱いで、その間に三種混合や四種混合の注射を受けるのです。衛生兵がその注射を左胸の上の方に打つのですが、打った後血が出ている人も多くいて、その針でさらに10人くらいの人に打つのです。衛生管理など全くされていなくて、今では考えられないことです。位の上の人は大事にされましたが、初年兵にはお金はかけられないのでそんなことはお構いなしでした。馬にはお金をかけて、人間より大事にされました。

入隊して4～5日経つと苦しいいろいろな演習が始まりました。みんな若いので、お腹が減ってお腹が減って、ご飯のときは目つきが変わってくるのです。自分が盛り付けの係になった時には自分のどんぶりにぎゅっと押さえつけて盛るのですが、それがなかなか自分の口に入らないのです。ようやく盛り付けが終わった頃になると、一番偉い兵長が「気をつけ！」と立たせて「右向け！　三歩け！」と言うのです。ですから、自分が食べようと大盛りにしたどんぶりから離れて食べられなくなってしまうのです。

ご飯の量も少なく、おかずは今の鮭の切り身の3分の1くらいのものが一切れと、味噌汁だけでした。その味噌汁も偉い人から盛り付けるので、具が豆腐など浮き身の時は偉い人にほとんど行ってしまい、初年兵たちは汁だけでした。かろうじて里芋とかさつま芋の味噌汁の時は、具が下に沈んでいるので2つ3つ入っていました。演習に行ってもご飯が飯ごうに3分の1ぐらいと、鮭が今の切り身の半分ぐらいのものしか入っていなくて、腹が減って腹が減って、どうしようもなかったですね。兵隊に充分にご飯も食べさせないで苦しい演習の毎日でした。日本はそういう国でした。

＊1　出征時に親戚や近所の方に寄せ書きしてもらった日の丸。

＊2　高粱。イネ科の一年草穀物。

入隊してから20日ぐらい経ったときによその中隊で脱走兵が出ましたが、翌日憲兵[*3]に捕まって他の少年兵への見せしめのため、営倉《えいそう》[*4]というところに入れられました。そこでは1日に塩まぶしのおにぎり1個か2個と、水がコップ1杯しか与えられないという話でした。初年兵教育は2カ月から3カ月あるのですが、だいたい毎日げんこつの往復ビンタ[*5]をされました。私は二往復のビンタをもらったときは歯がぐらついて、抜けてしまったこともありました。またその時、刺青をしている人や朝鮮人の初年兵、共産党の人（と見なされている人）はちょっとしたミスでも特に毎晩むちゃくちゃに殴られていました。見ていて本当にかわいそうでした。

そうこうして3カ月くらい経つと一つの星から二つの星になり、成績の良い順に役が決まってくるのです。1番・2番は憲兵か事務系に行き、3番から4番ぐらいが衛生兵になる。その他ガス兵、ラッパ兵、弾《たま》運びなどに分かれて配属されるのです。馬を扱うような兵隊になるとすごく骨が折れるのです。素人が馬を扱うのですから、蹴られたり噛み付かれたりそれは大変でした。そこで専門的なことを教育されて、中隊から歩兵としていくのです。

いよいよ大陸に行くことになり、最後の別れは東京芝の増上寺内でした。戦争中は砂糖もないのに、ぼた餅をつくってくれた両親に今でも感謝をしています。後ろを見たら、一人の兵隊が寂しそうにしておりました。母親は病気で寝たきりで、一人も面会に来ないとのことでした。その兵隊は寂しいだろうと思い、二人でぼた餅を2個ずつ食べて出発しました。

赤坂の東部六部隊で編成され、軍服などは全部新しいものに着替えて汽車で下関まで行きました。その時はすでに負け戦でしたので、汽車の窓は開けさせなかったですね。下関

＊3　平時においては軍隊内部の秩序・規律を維持し、戦時においては主に交通整理・捕虜取り扱いなどの業務を行う兵科。

＊4　隊内に作られた禁固室・懲罰房の小部屋。

＊5　手のひらで相手を叩いた後、返す手の甲で反対側の頬を叩くこと。2列に並んで互いに叩かせるのが「対抗ビンタ」。海軍では「バッチ」と言った。

から夜船に乗りましたが、玄界灘の波はそれこそ荒く、みんな船酔いでした。馬も一緒に乗っているので、馬糞の臭いがものすごくて、それはそれは大変でした。それで上陸したら船酔いで、雲の上を歩いているようでしたが、2～3時間もすると治りました。

●捕虜に対する苛烈な扱い

私は満州の大連から錦州の部隊に行き、衛生兵として駐屯していました。衛生兵としては、怪我をした兵隊に軍医のところまで行くまでの応急処置としてカンフル注射をしたり、包帯を巻いたりしていました。そこ（錦州）には日本人はもちろん、占領した満州や朝鮮から強制的もしくは半強制的に連れてこられた女性が慰安婦としており、当時のお金で1円50銭くらいでした。私の当時の給料は9円くらいで一番下の人は7円70銭でした。満蒙開拓団が来たりしてまだ勝ち戦でしたので余裕があり、そのようなことをしていました。今、韓国で問題になっている慰安婦問題ですが、その当時のことがまだ解決していないのです。日本はきちんと補償して解決しないといけないと思います。

そこ（錦州の部隊）では大砲をどんどん撃つので、天気が悪くなり雨の日が多くなるのです。*6 フードつきの軍服を着ているのですが、命令が聞こえなくなるという理由で掛けさせてくれないのです。雨の日は褌《ふんどし》まで濡れてしまい、着替えはないのでそのまま戸板の上に寝るようなこともありました。そんなことをしているので肺を悪くしたり、結核になる

写真集『歴史写真』昭和13年9月号（センター収蔵品）

*6　大砲の影響で空気が暖められ、近くの低気圧が移動し、雲が発生し、気圧の変化から天気が悪くなるほど大砲を撃った。

人が大勢いました。私も最後は結核病棟での勤務でした。

病気になってもうだめだという兵隊が最後に残した言葉はおふくろの名前や妻、子ども、許嫁《いいなずけ》の名前で、一番多かったのはお袋の名前を呼んで死んでいきました。仕事柄そういう人をたくさん見てきましたが、本当に可哀想でした。遺体は慰霊室に2日ほど安置しておき、衛生兵がお線香や野に咲いている花などをあげてやり、夜になると蝋燭を灯していました。私もよく遺体と夜を共にしましたが、とても辛く怖かった。死んだ人が多くなると火葬が間に合わないので、遺体を積み上げておくのです。国のために戦った兵隊を死んでしまえばものとして扱うことに、なんとも言えない切ない気持ちになりました。

体調を崩して、特に下痢をしているときに行軍するのは辛かった。用を足している間に中隊はどんどん先へ行ってしまう。1人ぐらい見てくれる人はいましたが、遅れるとその周りには農民兵がいて日本兵が1人か2人になるのを狙っているのです。中隊から遅れたら死ぬ覚悟なのです。

あるとき捕虜が捕まってきたことがありました。その捕虜は木に縛り付けられていて、上官が一等兵ぐらいの兵隊に刺し殺せと言うのです。いざとなるとそう簡単に人は殺せません。それでも命令を受けた兵隊は震えながら銃剣で捕虜の左胸を突き刺すのです。度胸試しと言っていましたが、そんなむごいことをしていたのです。戦争というものはむごいというか、えらいことをやるもんだと言葉では言い表せないほど悲惨なものと思いました。私は衛生兵でしたので直接そのようなことをすることはなかったのですが。

そのことがあった後20日ぐらいして、また捕虜が連れてこられました。そのときは最初にその捕虜に直径1ｍぐらいの穴を掘らせ、その穴のそばに目隠しをして座らせました。

捕虜は「助けてくれ！」「助けてくれ！」と必死に拝んでいましたが、そこへ憲兵と士官が来て日本刀で後ろからバッサリやってしまい、そのまま穴に落として土をかけてそれきりでした。それを見たとき私はなんとも言えない気持ちになり、戦争っていうものはこれほどまでに残酷なものかと思いました。人間は環境が変われば、変わってしまうと思い知らされました。日本兵のなかには本当のところ、そんなことをしていた人もいたのです。

他には、農作業をしているような男性、女性を問わず極秘で連れてきて病原体（菌）やガスなどの研究の実験台にし、死んだら穴を掘って埋めてしまうというようなことをやっていたと聞いたこともあります。終戦になってそういう人はみんな雲隠れしてしまい、軍

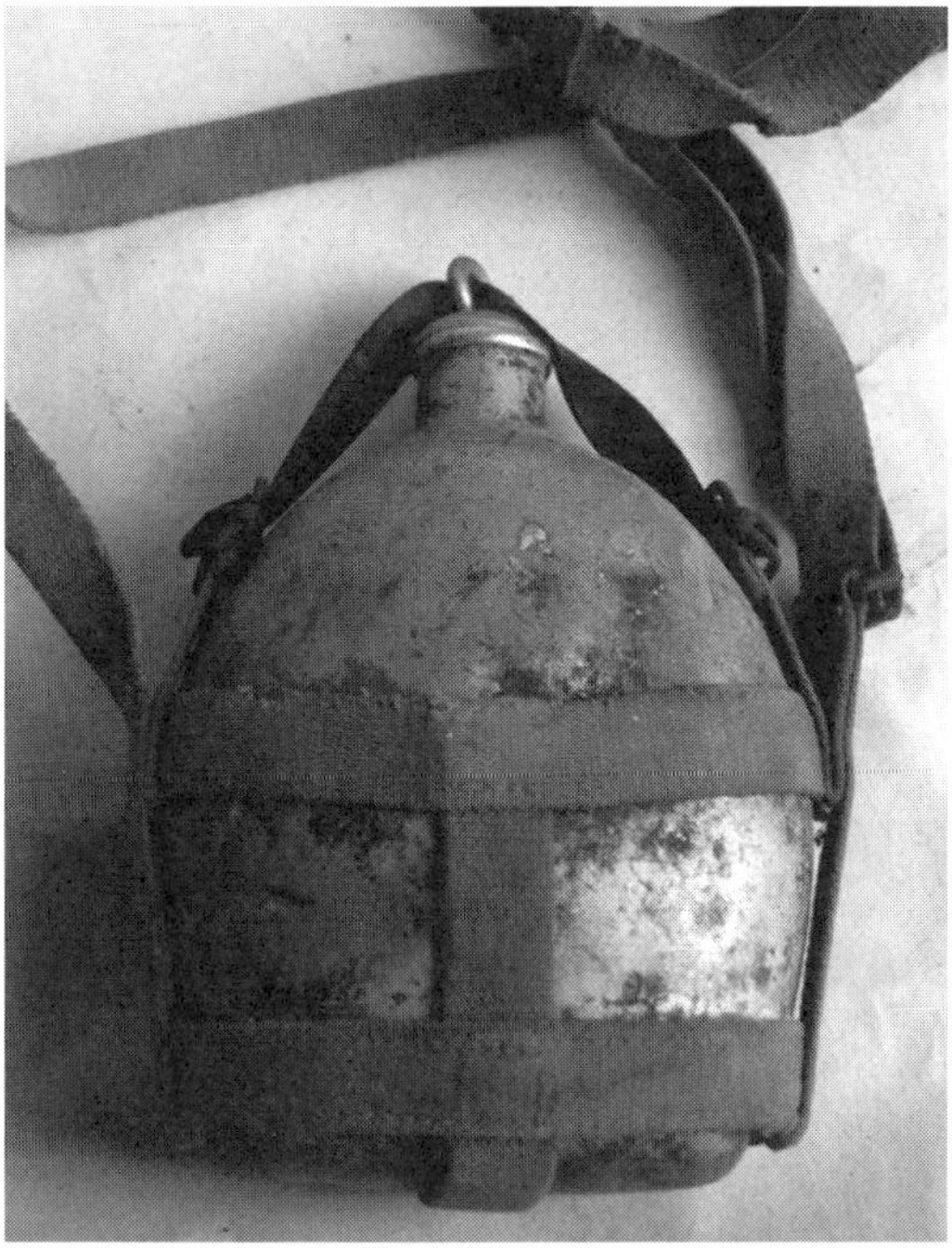

軍で使われた一般兵の水筒と海軍の弁当箱（センター収蔵品）

法会議にかけられることもなかった。そのような悪いことを平気でしていたので、日本兵が来ると聞けばみんな山奥に逃げていました。ですから当時朝鮮は、慰安婦問題や植民地問題で日本にいじめられていたという思いがあり、日本に反感を抱いているのです。

戦争がだんだん負け戦になってきましたが、私は終戦前に病院の勤務になっていて、結核の兵隊を内地の陸軍病院に届ける役を仰せつかっていました。そのため終戦前に帰ってきたので運が良かったのです。終戦は内地の世田谷にある大蔵陸軍病院で迎えました。

大蔵病院に勤務していた3月10日に東京大空襲があったのですが、空は真っ赤でした。それはすごかったです。東京の下町は全滅で、夜が明けたら自分がいた世田谷も、焼夷弾[*7]が結構落とされていました。病院では患者を担架に乗せて、山のほうへ運んだり、それは本当にえらかったです。

終戦後、私は2カ月遅れで実家に帰りました。戦争で体の一部を失くしたような人に日本は初め何の補償もなく、傷痍軍人として街頭で募金をお願いしている姿があちらこちらで見受けられ、かわいそうに思いました。自分は無事帰ってこられたのは運が良かったと、ありがたく思っています。今の若い人にこのような話をしても信じないでしょうが、それこそ惨めでした。今はいい世の中になって、このまま平和がずっと続いてくれたらと思います。

最近、憲法9条の問題が言われています。9条は残し、どんなことがあっても戦争は絶対にしてはいけません。テレビや映画に出てくるように、戦争は格好いいものではありません。しわ寄せはみんな弱い人にいくのです。

（2014年）

＊7　油脂焼夷弾（略称M69）が最も使用された。1発の親弾に48発入っている。300m上空でばら撒かれると、地上に落ちて信管が作動し、爆発・炎上、周囲を火の海にした。

みんな「母ちゃん」と呟《つぶや》いて死んでいった

佐久市　若月俊一

●出征の車中で泣き出す初年兵

日中戦争が始まったのが昭和12年7月です。私が大学を卒業したのは昭和11年3月でした。実は私は昭和10年の卒業のはずなんですが、学生運動をして一度無期停学になりまして、もう二度としないからということで、一年の落第で大学を出ました。卒業したらすぐ徴兵検査になり、そのときちょうど25歳でした。甲種合格というんです。だけど私には結核のひどい既往歴《きおうれき》があったんですが、そんなことは一切お構いなしで甲種合格になりました。懲罰的意味もあったかも知れません。東大医学部を出ても軍医になれないんです。普通は3カ月で中尉になれるんですが。

初年兵でいよいよチチハル[*1]行きということになり、品川駅から万歳、万歳で送られていったのが、昭和12年1月のことでした。母ちゃんたちが国防婦人服を着て、旗ふって「勝って来るぞと勇ましくー」と歌って送ってくれたんです。

品川の駅から次の大井町の駅を通って行く頃、どういう訳だか一人の初年兵が泣き出したんです。そうしましたら、その時のことは今でも忘れられませんが、汽車の中の初年兵がみんなワーと泣き出したんです。寂しかったんでしょうか。自分たちのお母さんが「勝って来るぞと勇ましくー」と歌いながら私どもを送ったことに、何とも言えない違和感があったんでしょう。だって征く人は生きては帰れるか分からないという考えを持っていますからね。私なんかもこの戦争は危ない、最後は負けるんじゃないかと。またマルクス・レー

＊1　中華人民共和国黒竜江省に位置する旧省都。黒竜江地区の中心地として繁栄したが、新中国成立後は省都もハルビンに移転した。

ニン主義の勉強をしていましたから、そういう戦争観を持っていましたし、ふつうの兵隊さんだって、そういう気持ちが強かったんじゃないでしょうか。その時、私は思いました。ああ、この連中と一緒なら死んでもいいなと。

チチハル・ゲリラ戦で私は第一線の塹壕《ざんごう》の中で戦いました。兵隊が撃たれて倒れる。しっかりしろよと言うんですが、血を首からパアッと吹き出して死んでいくんです。若い兵隊さんがね。その時、最後に何を言ったと思いますか。「天皇陛下万歳」なんて全然嘘です。みんな「母ちゃん」と呟《つぶや》いて死んでいくんです。「父ちゃん」という人も一人もいなかった。考えてみたらあの品川駅の時、ワーと泣き出したのは、あの「母ちゃん」だったのですねえ。「勝って来るぞと勇ましく」と歌い、「しっかり戦って来てください」と言って。あの母ちゃんの言葉が寂しかったんじゃなかったかと思いました。優しいものを期待していたんじゃなかったでしょうか。母ちゃんに。

ゲリラにある部落が襲われると、そこへ行って私どもが泊まることがありました。その時びっくりしたことがあるんです。朝、みそ汁を沸かしてご飯を食べる時、2つか3つの女の子がわいわい泣き出したんです。そしたらその沸騰しているみそ汁を、その女の子の顔へかけたんです。かわいい女の子にですよ。ただ怖いから泣いているだけでしょ。「ひでえ奴が日本の兵隊の中にいるもんだなあ」とつくづく思いました。それはいつも私をアカと言っていじめていた2年兵なんです。

そういう経験は他にもいくつもございます。ですから、南京の大虐殺、大きな穴掘ってむこうの兵隊だけでなく、市民まで殺して投げこんだり、火をつけて虐殺したというのは、ぼくはあったと思いますね。そういう兵隊がいた。私ども日本人の中にそういう人間がいたんです。赤ちゃんみたいな子に煮えたみそ汁をひっかける、そういう人もいたんです。そうすると日本人がいろんなひどいことを戦争の名においてしてきたこともよく分かるような気がします。戦争はいけないという原理はそこから出てくるのじゃないでしょうか。

●自分で考えて治める自治の精神

軍隊つまりファッショ（ファシズム）の力が強くなった。でもそれを皆が非難しなかったのはどういう訳でしょう。悪名高きヒトラーやムッソリーニと手をにぎって。天長節にはどの家にも日の丸が立ったが、それに反対を言う人は誰もいない。一体これはどういうことだ。いたのはただ共産党だけでしたが、その共産党も徹底的にやられてしまった。農民運動も若干はありました。しかし、大体みんな一揆的なもので大きくは広がりませんでした。フランス大革命のように、自由、博愛、平等で国中が沸き立つような精神はなかった。

私なんかが今一番悩んでいることは、その点につながります。市町村自治体に福祉を任せると国は言っていますが、それはいいが、その自治体とは一体何なのか。みんな自治体と言わず「役場」と言っています。お役所なんですね。自治体の自治とは何か。民衆が自分で考え、自分の力で治める、そういう自治の精神はまだないみたいです。その辺がしっかりしないと、戦争がまた起こらないとは限らないのじゃないでしょうか。

（1994年）

トラック島の敗残兵

中野市　田中　源造

●松本百五十連隊で軽機関銃の射手に

私は徴兵検査が甲種ではなく乙種で、1年、2年過ぎても赤紙が来ないので肩身の狭い思いでした。それで、昭和18（1943）年、24歳で満州開拓団高社郷に入りました。ところがそこへ赤紙（召集令状）が来たので、急行を乗り継いで2日遅れて松本百五十連隊[*1]に着きました。連隊では練兵場で機関銃の操作や松本城の堀で敵前上陸などの訓練を受けました。

昭和19（1944）年1月21日の真夜中に兵舎を出て、鎧戸を下ろした臨時列車で広島へ着き、荷積みの作業の後、三隻の輸送船に分乗しました。新京丸・辰羽丸・暁天丸のうち私は辰羽丸に乗りました。輸送船といっても貨物船で大きな船倉の両側が二段に仕切ってあり、隣の人の足が頭にくるような狭いところで、地下足袋を履いたまま、着の身着のままでよく寝られませんでした。私は船酔いがひどく何も食べられず、ひたすら船の中で横になっているだけでした。

門司港で石炭を補給し、瀬戸内海、太平洋岸を通過し、横須賀へ着き、海軍の輸送船2隻が合流して5隻の船団になり、駆逐艦と駆潜艇《くせんてい》[*2]1隻を護衛に一路南へ向かいました。

2月17日、アメリカの艦載機[*3]P26の空襲があり、こちらは山砲《さんぽう》[*4]、重機、軽機（軽機関銃）が全部甲板へ出て応戦しました。私は軽機の射手なので甲板へ出なければならないのですが、一二人の先輩が「田中はそんな酔った体では駄目だ。中にいろ」と言って出て行きました。

＊1　歩兵第百五十連隊。歩兵第五十連隊が満州に転出した後に松本に入った。山本部隊はトラック島に向かい、輸送船の沈没で760余名が戦死した。

＊2　爆雷を用いて潜水艦を駆逐する小型快速艇。

＊3　航空母艦に搭載され、そこから運用可能な航空機。海軍の軍事用語では、艦上機と呼ぶ。

＊4　軽量・小型で分解が可能な野戦砲。

間もなく艦載機の機銃掃射《きじゅうそうしゃ》が始まり、あの厚いハッチの蓋がブスブスと抜けてくる。それからドーンとものすごい音とともに、目の前の船倉《せんそう》が真っ赤な火の海となり、二段になっていた下段はペシャンコで出られない。その火の中へ転がり落ちる人を何人か目の前で見ました。全く何が何だか突然のことで分からなかったが、左手に船の割れ目ができてそこから青空がよく見えました。

我先にその割れ目に出て、下を見たら凄い高さでした。泳ぐことのできない私は一瞬躊躇しましたが、人に押されて海中にドブンと落ちてしまった。ああ、これで駄目かと思いながら、海水をゴブゴブ飲むのが分かった。間もなく両親の顔がスーッと脳裏に浮かび、それっきり意識がなくなってしまった。戦友に後で聞いた話では、「船がくの字になって沈み、先尾と後尾の甲板から滑り台のように下へ落ちる兵士を見た」とのことです。私に代わって甲板に上がってくれた二人の先輩は、それ以後姿が見えなくなってしまいました。

意識がなくなってどのくらい経ったのか、急にパッと目の前が明るくなって我にかえり、四方を見回したが船は影も形もない。救命胴衣をしっかり身につけていたから浮き上がったのだと分かりました。その時私の近くで「おい田中、しっかりしろ」と声をかけてくれた人がいて驚きました。青年学校指導員の竹原の先輩の田中義久さんでした。

そして、やっと二、三人が乗った竹の筏《いかだ》にはい上がることができ、それから3時間余りで駆潜艇が救助に来て、縄を投げてくれて引き上げてもらいました。

戦後、帰ってから聞いた話ですが、母が人目につかないように、暗くなってから、毎日必ず若宮の八幡宮へお参りしてくれたとのことでした。

この2月17日、18日にはトラック島に大空襲があり、日本はハワイ真珠湾の何倍かの大被害でしたが、大本営発表は「我が方の損害は軽微なり」ということのようでした。

同じ船団の暁天丸は17日未明に魚雷攻撃を受け、隊員はほとんどが駆逐艦に乗り移ったそうです。新京丸はただ一隻だけ無事に入港、海軍の輸送船2隻は足が早くトラック島へ入港していましたが、そこで全部撃沈されてしまったということです。

●トラック島での訓練と食料不足

南太平洋のカロリン群島にあるトラック諸島は珊瑚礁《さんごしょう》に囲まれていて、その環礁《かんしょう》の内に春島・夏島・秋島・冬島という四季島があり、月・火・水・木・金・土・日の小さな島（七曜島）があります。船で環礁の内に入るには、北水道、南水道があります。

2月18日に夏島に上陸したのですが、海軍の飛行基地の重油タンクがものすごい勢いで黒煙を上げて空は真っ黒でした。昨日の空襲で戦闘機は全滅、3万トン級の船舶も全部やられたということでした。私たちは空襲の合間を見て上陸したのですが、銃を持っている人、持っていない人、帽子をかぶっている人、いない人、素足の人、将校でも軍刀を持っている人、いない人、全くの敗残兵でした。私が持っていたのはポケットの中の数枚の写真だけでした。

「船酔いは陸に上がればなおる」と言われたとおり、上陸後、先遣隊が用意してくれた握り飯を食べると、嘘のようになおりました。辰羽丸には１２００人が乗船しましたが、半数の６００人は船と運命を共にしました。残った者はどうにか装備を揃えてもらいました。その夜は木のない山での野

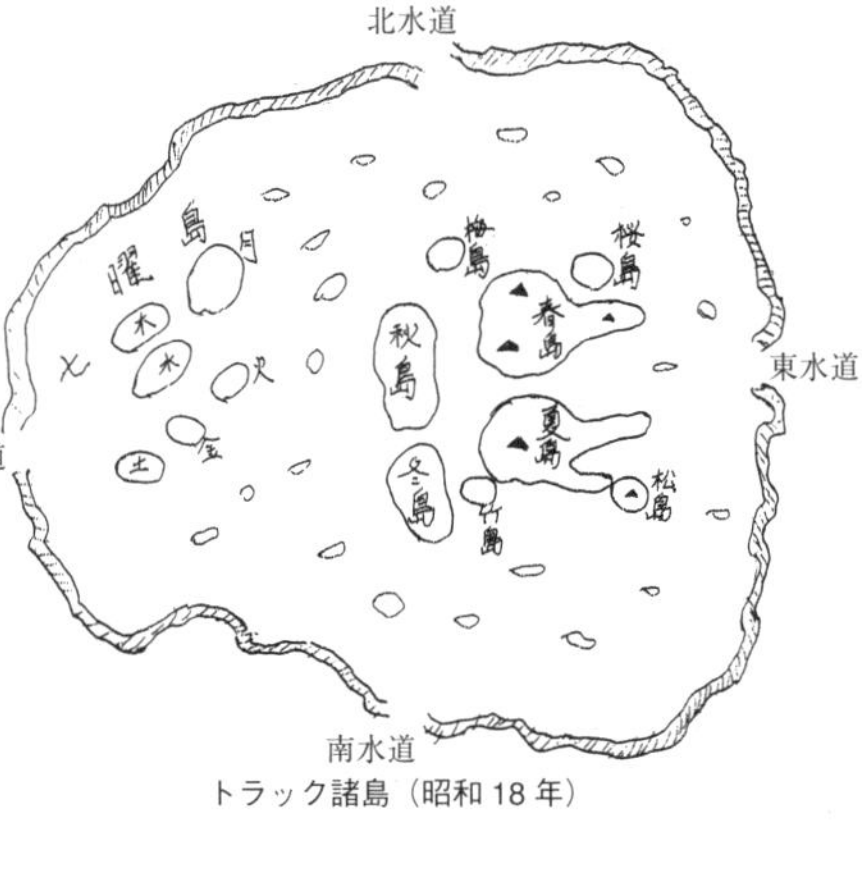

トラック諸島（昭和18年）

宿でした。
隊の仕事はまずたこ壺を掘り、次に防空壕を掘りました。たこ壺はそこに兵士が隠れていて、戦車が上陸してきたら竹の先に付けた地雷を戦車の下へ差し込むというもの、そんな幼稚な訓練を何回かやりました。土の防空壕は爆撃を受けてつぶれ、戦死者が出たので、岩の防空壕を掘るようになりました。鉄のノミで30センチの穴を掘り、その中へダイナマイトを詰めて爆破するのですが、昼夜3交代で掘っても作業は容易に進みませんでした。B29が毎日来て爆撃をするので、満州から来たという高射砲隊が小高い所から弾を撃つのですが、高くて届きませんでした。

月日が経つうちに食料が少なくなり、やせて栄養失調になりそうで、夜、班長について司令部へ米を盗みに行ったことがありますが、歩哨《ほしょう》＊5がいて果たせませんでした。班長が「田中、このままでは栄養失調になって死んでしまう。炊事当番をやれ」と言って当番兵に回してくれました。本部から上がってくるものが少ないので、サツマイモ、カボチャ、オクラ、コショウなどを場所を見つけて作り、補給しなければなりませんでした。班長は松本連隊随一の射撃名人で野鶏や野猫を打ち殺してくれ、それを夕食に出したり、海軍の大小の爆弾を盗んで爆薬を取り出して、海中で爆破させて浮き上がった魚を捕ったりしました。

隊員は毒でないものは何でも食べました。ネズミ・トカゲ・カタツムリ、それに「マングローブ」「タコ」の木の下にいる小さなカニを捕えて煮て食べました。毎日来るB29が「日本の兵隊さん、芋作りご苦労さま」というビラをまいたことがあり、こちらは全く無抵抗

＊5　警戒・監視の任に当たる兵。

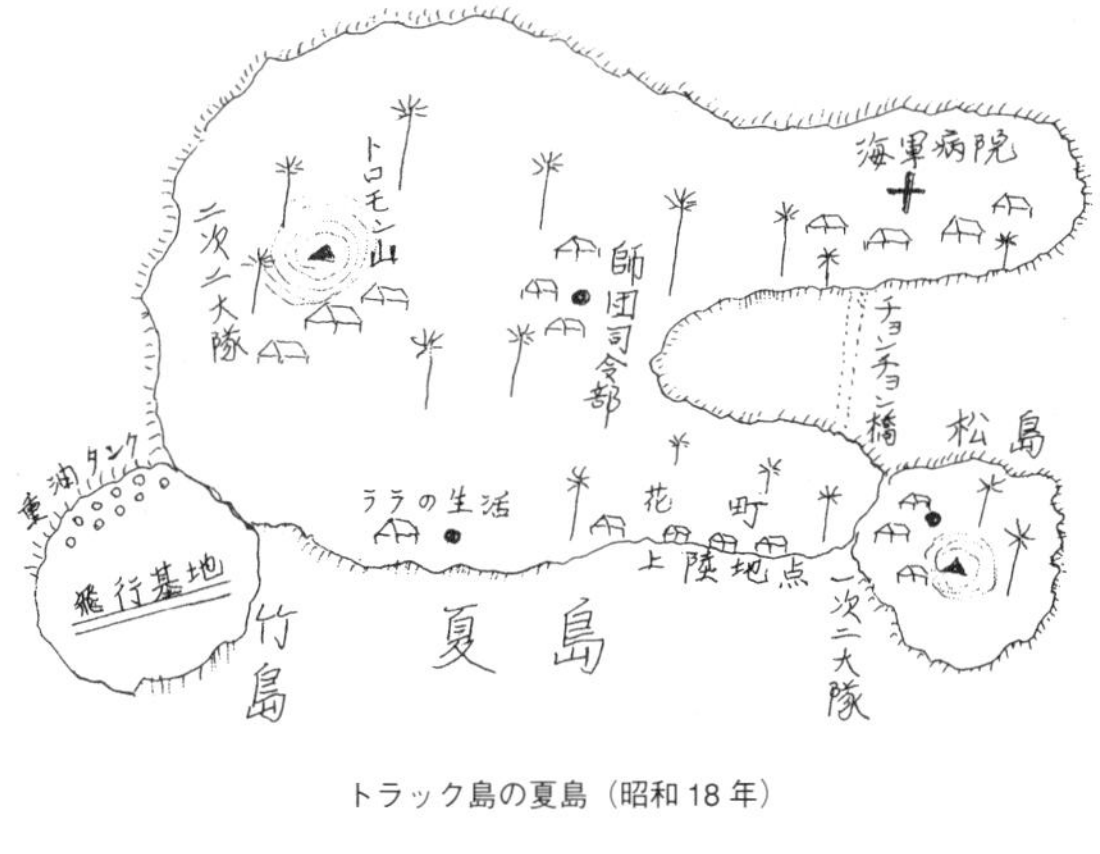

トラック島の夏島（昭和18年）

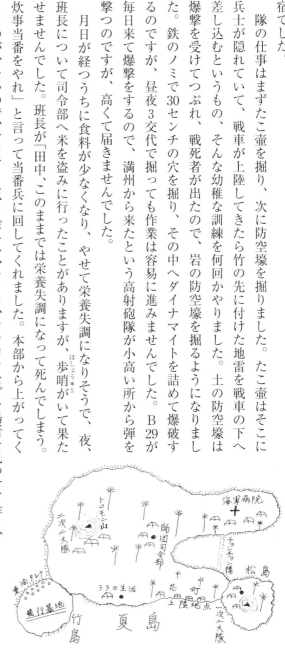

の口惜しい思いでした。

8月15日に終戦となり、2日遅れて17日の明け方私たちの耳に入りました。やっと終わったという安堵と、負けて当然との思いでした。私は運が良く生き延びたのですが、「ああ、やだなあ、もう、あんな戦争はしたくない」と思います。生き延びた者として、亡くなった戦友、兵士たちに何ができるか。こうして皆さんに報告することがその一つと思います。

（1996年）

軍で使われた一般下士兵用飯盒、鍋、豚皮の軍靴（センター収蔵品）

特攻隊員は飛行機を操縦するロボット

松本市　丸山　重雄

●「ほまれの家」の一人前の軍人に

私は大正15年＝昭和元年生まれです。私の子どもの頃は、今の上田千曲高校のところに飛行場がありました。埼玉県の熊谷飛行場の分校が上田にあったんです。熊谷の基地から上田まで飛行訓練で飛んでいたのです。小学校の側を通ると、「赤とんぼ」[*1]といわれる練習機が行ったり来たりしていました。私は子どもながらに飛行機を見て、飛行機乗りになりたいと10歳くらいの時に決めました。

それには、とにかく学科試験に受からなきゃいけないので勉強しました。それで15歳になるのを待って役場へ行って志願書もらってきたのですが、親の承諾書ってのがあって、親の名前を書いてハンコを押すようになっていたんです。私は親の留守中に親のハンコを出して自分で押して役場に提出しました。後に入校して期友に聞いてみたら、ほとんどみんなそうしていた。親に内緒で受けたんです。

戦争中でしたが、親としては戦争で死なせたくない、という気持ちをもっていた。どこの親でも「よし行け」なんていう人はいません。ですから、ほとんど内緒でした。入校通知が来て、その時初めて親もあきらめた感じでした。親はあんまり喜んではいませんでした。

それで16歳の時に東京の立川陸軍航空学校に入校しました。なぜ16で入ったかというと、当時、地域社会では軍隊優先で兵隊でなきゃ人間じゃないというような感じでした。当時兵隊に行った家の玄関の上に「ほまれの家」[*2]という札が掛けられたんです。「ほまれの家」

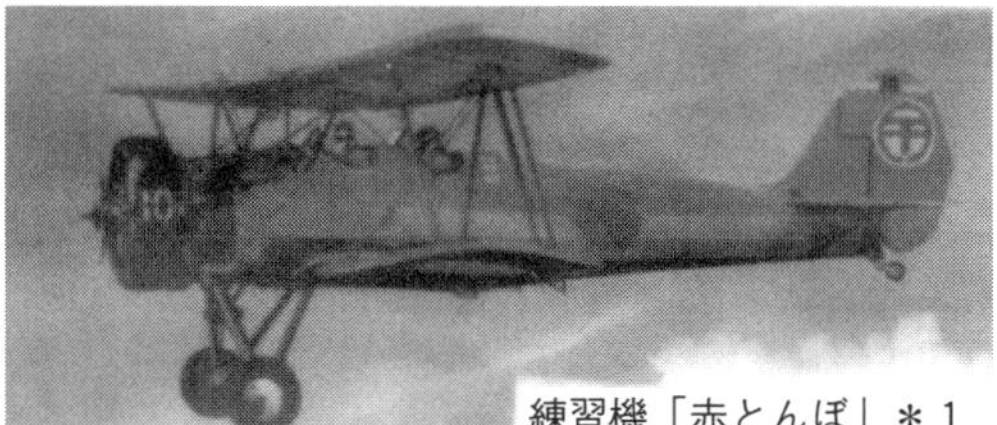

練習機「赤とんぼ」＊1

でない家は半人前というか人並みに見られない状況でした。それで私も子どもも心に兄弟が大勢いるのに誰も行ってないということで、16歳で入ったわけです。何とかして一人前になりたいと思いました。当時の小学校ではとにかく「君に忠、親に孝」、その一点張りでずっと教育されました。それで男は将来兵隊になって国のために命をささげるというような教育が小学校の頃から植えつけられていました。

それで16歳から制服を着て一人前の軍人として扱われて、厳しい訓練を受けたわけです。天皇陛下の命令は絶対服従で背くわけにいかないんですが、「上官の命令は天皇陛下の命令と心得よ」と言われ、もし反対すれば陸軍の場合、営倉《えいそう》というのがあって、ものすごく殴られたり蹴られたり反省文を書かされたり、ひどい目にあいます。とにかく上の人の言うことには絶対服従しなければ生きていけないような状態でした。

航空学校では、本人の希望と学科試験・適性検査によって、操縦・通信・整備という3つの分科に分かれるんですが、ほとんどみんな操縦希望でした。操縦が半分で、あと4分の1が通信、4分の1が整備と分かれました。私は幸い操縦の方に進むことができて、宇都宮の陸軍の飛行学校へ転校しました。そこでさっき言った上田に飛んできた「赤とんぼ」で操縦を訓練しました。操縦装置が前と後ろにあって、後ろに教官が乗って前に生徒が乗る「複座」でした。

操縦は、さらに戦闘・偵察・爆撃という3つに分かれます。私は最新式の飛行機に乗りたいと思っていたので偵察を希望しましたが、戦闘の方に回されて、すぐに中国の石家荘《せっかそう》（河北省の省都）の「隼《はやぶさ》戦闘隊」に配属されました。

戦闘隊というのは特攻隊とは違い、空中戦をやる部隊です。これは機関銃を2門積んで

出征兵士の家の玄関口に貼られた標示板「ほまれの家」＊2

います。それで敵の飛行機を探して、撃ち合いをするわけです。撃ち合いですから、こっちも撃たれます。戦争なので空中射撃、射撃訓練をたくさんやりましたね。

昭和19年の10月2日の10時頃です。一人乗りで宙返りの訓練をやっていました。その時に前のプロペラが止まっちゃったんです。飛行機はエンジンが止まってしまえば墜ちてしまいます。まごまごして墜ちてしまえば「きりもみ」といって、操縦が利かなくなってそのまま地上へ激突して、操縦者は即死です。

私はまだ18歳でしたが、隊長からよく無事で帰って来たと誉められました。エンジンが止まっているので、滑空《かっくう》という状態で降りてきました。死ぬ思いで高粱《コウリャン》畑へ墜ちて転覆し、飛行機をめちゃめちゃにしちゃいました。気絶しているところを救出されました。それが第1回目の命拾いです。しかし、怪我はしなかったんです。なぜかというと、もうあらゆる措置をし、眼鏡をはずしたり、飛行機の中へ体を丸くしてもぐっていました。だから怪我をしなかった。逆に、堕ちても自信がついて、人一倍無謀な訓練をしましたけれど。

昭和20年の3月になると、特攻隊の訓練が始まりました。パイロットは全員特攻ということで、上から命令が来たというんです。片岡隊長がみんな集まれと言いましたが、隊長の顔がいつもと違うんです。悲痛な悲しそうな顔をしている。何かあったなと思いました。上層部から空中勤務者（パイロット）は全員特攻隊の訓練をしろという命令が来たというんです。

それまで特攻隊というのは志願でした。「熱望する」「希望する」「希望しない」という3つのどれかにマルをつけて名前を書いて出す。ところが、私の隊ではパイロットは全員特攻ということに決められてしまったんです。希望じゃないんです。もちろん「志願しない」

とは言えない状況でした。もう全員、「熱望します」「希望します」になっていました。

そんなことで全員特攻。特攻訓練で１２００ｍ上空に上がります。飛行場のそばに石灰でマル印の目標を書いて、そこをめがけて急降下します。そのまま行ったら激突して死んでしまいます。ある程度まで来たら引き上げて上昇させる、一度に6回繰り返します。一人でね。隊長が見ていて、「なんだ、そんなことで体当たりできるか」と言われ、だんだん傾斜が深くなっていきますが、垂直には降りられません。垂直に降りたら、もう引き上げることが出来ないのです。この訓練は並大抵じゃなかったです。命がけの訓練でした。

急降下の時は飛行機のレバーを全開で突進していくんです。４５０キロ程度のすごいスピードです。飛行機はガガガガーと空中分解寸前まで揺れます。その空中分解の寸前で引き上げますが、この引き上げる時が大変です。遠心力です、Ｇといいます。それに関わって頭の血が下がっちゃう。すごい遠心力です。30秒くらい意識がなくなります。

飛行機を上げて回復すると、また高度１２００ｍまで上がって急降下です。6回連続の本当に猛訓練です。私たちの目の前で、引き上げが遅れて激突即死した同僚が4人いました。訓練中の殉職です。飛行機がめちゃめちゃにつぶれて地中にもぐって、体も飛行機にはさまれて無残な死に方でした。我々も間違えればこうなるんだと、青ざめて訓練しました。

毎日、午前と午後に分けて訓練しますが、午前中に6回やって降りてくると宿舎へ帰ります。食事が出ますが、誰もお昼を食べません。疲れてしまってくたくた、ベッドの所でバタンキューです。横たわって意識がなくなるくらい4時間ほど眠ります。そうでないと、翌日の訓練に耐えられない。特攻隊員の食事は神様の食事と言われ、普通の兵隊よりはご馳走と言われていました。おかずもいっぱい出してくれるんですが、全然食欲がないんです。それを月月火水木金金、土曜日曜はありません。天気のいい日は毎日それをやらなきゃなりません。

特攻隊は外地で訓練していましたが、親族にも面会謝絶でした。親に軍事郵便で訓練のことを知らせることも出来ません。特攻という言葉を出すと、みんなスミで消されちゃうんですね。だけど、私はどうせ死ぬんだから親に知らせたいと思っていたんです。そうしたら、東御市の土屋という一緒に飛行学校に入った同期が4月16日に沖縄で戦死してしまったことを、母が手紙で知らしてよこしたんです。土屋は特攻隊でした。それで私は土屋と同じ任務についていると、それだけを書いて、はがきを送ったんです。

母は私が特攻隊だとすぐ分かります。そしたら、母は好きなお茶を絶って、毎日近くにある神社に雨の日も風の日も私の無事を祈ってくれたというのです。戦争の時代でも、親にしてみればわが子を戦争で死なせたくないのですね。

松本市の博物館で特攻隊の展示がありました。そこに遺書などがいっぱいありましたが、ほとんどが「お母さん、お母さん」と書いてあるんです。「先立つ不孝をお許しください。お国のために戦います」ということが書いてある。

私たちは特攻隊になって後で感じたことですが、命を大事にするということが全然考慮されていない、考えてくれないんです。私たちは飛行機の「操縦ロボット」でした。人の命の大切さなんか全然考えてくれない。死ぬのが当たり前という風潮でした。学校の教育では「死は鴻毛《こうもう》より軽し」という中国の言葉を使っていました。鴻毛とは鴻《おおとり》の胸毛にある、ふっと吹けば飛んで行くような小さな軽い毛のことですが、死は軽いもので惜しくも何でもないのだということです。人間の命なんか全然無視された教育でした。「教育勅語」では

「親に孝行しろ」、その前に「国のためにつくせ」、それから真ん中辺りに「一旦緩急《かんきゅう》（差し迫った事態）あれば義勇公に奉じ以て天壌無窮《てんじょうむきゅう》（永遠）の皇運を扶翼《ふよく》（援助）すべし」というような言葉があります。もし他の国から襲われた時には、義勇公に奉じ率先して戦争に参加して敵と戦って天皇陛下が無事にすごせるようにしろという教育を受けてきたんです。

●死を軽く見た訓練

仲間はどんどん命令によって出撃していきました。私の隊では名前は呼ばれません。一人ひとり毎日隊長室に呼ばれ、低い声で命令されました。みんなには内緒で、だいたい一度に6人か7人呼ばれていました。一つの特攻に行くのに9人くらいが一団体で行くわけです。隊を離れる時も私たちが寝ている間に、見送りもされずに別れて行ってしまうんです。

特攻隊になると形相が変わります。栄養を考えて最高の食事を出してくれるんですけれど、それが栄養にならない。ふっくらした顔がみんなやせ衰えていく。目ばかりギョロギョロした顔になっていく。知覧《ちらん》特攻平和会館（鹿児島県南九州市）に陸軍の特攻隊で逝った写真がいっぱい飾ってあります。その写真は特攻隊編成当時に撮らせて、みんな普通の顔をしてますけど、いよいよ出発になると、人が変わったように冗談も言わなくなって、寡黙というか、ものも言わないような状況になってしまいます。

特攻機は２５０キロの爆弾を積んで、片道の燃料しかないんです。私は島田君[＊3]と同じ九七式戦闘機[＊4]で特攻隊の訓練をしていたのです。これは一人乗りで時速４５０キロくらい、航続距離は8時間くらいで、沖縄まで２５０キロの爆弾を積んで飛んでいったのです。

実は今日8月15日は、私の二度目の命拾いをした日です。昭和20年の8月15日、私は陸

＊3　松本市出身の同期。知覧から出撃したが、エンジン故障で徳之島に不時着、生還した。平成25年病没。

九七式戦闘機＊4

軍の特攻隊員として北京に南苑《なんえん》空港という大きな飛行場がありますが、そこで今日か明日かと出撃の命令を待っていました。そしたら今日15日の朝、全員一装（正装。二装は平常服）の服装で11時半に集合しろということでした。

何事かと思って集合しました。中国の夏というのは、日本と違って湿気がなくてものすごく暑いんです。焼けた鉄板の上にいるようなものです。汗びっしょりになって立っていました。

天皇陛下の玉音放送がありましたが、電波状態が悪くて内容がほとんど分かりません。翌日になって隊長から皆集まれということで行ってみたら、日本は無条件降伏をしたというんです。当時の日本の軍人は、日清・日露戦争以来、戦争で負けたことがないんです。「生きて虜囚《りょしゅう》の辱《はずかし》めを受けず」という言葉があって、負けて捕虜になるのは最大の恥、もし捕虜になったら自決してしまえと教育されました。まさか負けるとは思いませんでした。

終戦によって普通だったら死ななくてよかったと思うでしょうが、私たちは洗脳されていて、「助かった、うれしい」という者はほとんどいませんでした。「戦争に負けて恥ずかしい、負けるんだったら早く逝ってしまえばよかった」みんなそんな気持ちでいました、正直。それくらい死ぬということを軽く見て訓練させられたんです。

北京・南苑基地に移動して訓練続行（昭和20年6月）

戦争が終わって、「生き延びた」と思いましたが、当時日本の海軍は全滅しちゃって、軍艦も航空母艦も民間から借り上げた輸送船も沈められてしまったんです。私たちは中国にいましたから、日本に帰るという希望も持てませんでした。

ちょうどその時、中国の政府軍が飛行場に来ました。中国はこれから中共軍と戦うので日本の飛べる飛行機と操縦者をできるだけ多くもらいたいという話でした。隊長がみんなにどうすると聞きました。そうしたら次々と手があがって、私も手をあげた仲間ですが、14人いました。飛べる飛行機が10機ばかりありました。私は、母親がそんなに私の安全を一心に祈っていてくれたなんて夢にも知らず、中国で犬死にするようなことに志願したんです。そのころは日本との交信は全くありませんでした。

その後米軍の将校が3人ほど来て、日本の飛行機が並んでいるのを見ました。日本の飛行機があるがパイロットはどうなっているんだと聞かれて、日本の若い操縦者を14人雇っているという話をしたそうです。そうしたらアメリカ軍がびっくりして、命知らずのカミカゼには何をされるか分からないから、皆追い返せということで、飛行機はそのままで、私たちは強制送還されました。アメリカ軍の船で九州の佐世保に送られて復員しました。

戦争が終わって、親たちは子どもの生死も分からずに心配していたようですけれども、私は夜中にこっそり帰ってきました。

当時「特攻崩れ」という言葉がはやって、彼らは命知らずで何されるか分からない、とみんな相手にしてくれません。だから私も家で2年近く外に出ないで暮らしていましたが、いつまでもそうしているわけにもいかない。そこで、昭和25年に警察予備隊の募集があったので入って、自衛隊に加わり、退職して現在に至りました。考えてみると、特攻隊であ

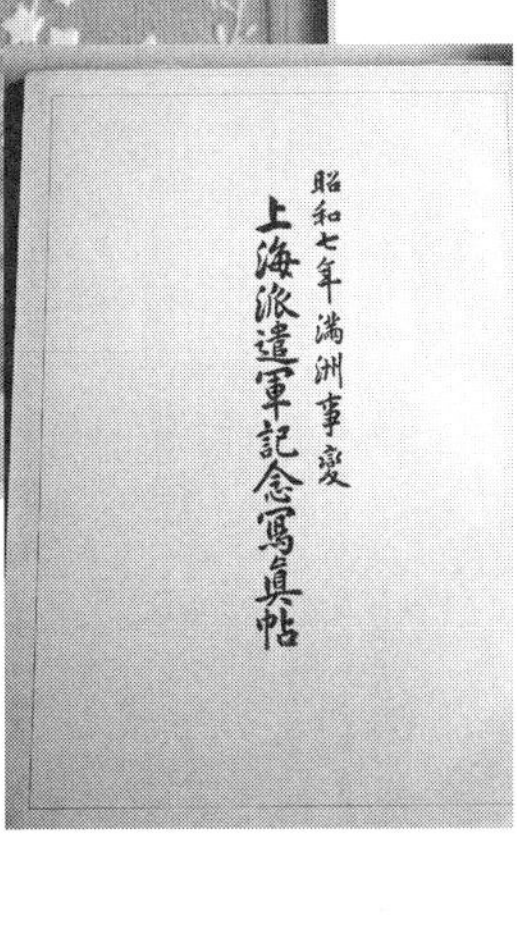

アルバム「軍従」(昭和7年満州事変　上海派遣軍記念写真帖)(センター収蔵品)

んな苦しい思いをしたのに、死んでしまえば誰も話してくれません。私は生かされて、この苦労話をみんなに伝えてくれと残されたような気がして今日参加しました。

今安倍政権が憲法を改正して、自衛隊を国防軍にするというような話がありますが、とんでもないことだと思います。戦後68年、平和に暮らしていますから、もうしばらくは私が生きている間はそっとしておいてほしいと思っています。個人的考えです。

今の戦争はご承知のように、飛行機や船を持っていてもだめなんです。核戦争ですからね。そんな時代ですから今自衛隊を増強するなんて、とんでもないことです。日本にはガソリンがありません。鉄もありません。それからいろんな金属、食料もありません。外国から輸入しているでしょう。衣料品なんかもほとんどメイド・イン・チャイナですよね。こんな国で他の国を相手に戦争なんてできっこありません。ほんとに無謀だと思います。

私は、人の命がロボット代わりにされるなんて、みじめだと思います。私は生かされていると自覚し、書道などをものすごく勉強しました。せっかく生きている、生かされているのだから無駄に生きないようにと思って、一生懸命一人前の日本人になるよう教養課目をいろいろ学び、日本人・中国人と親密に交流し、充実した人生を過ごしています。生き残った喜びを痛感しております。

（２０１４年）

満州開拓で指導的役割を果たした父の悔恨《かいこん》

木曽町　小川　晴男

●貧困からの脱出と新天地への希望

これからお話しする内容には、若干不確実な部分があることをお断りしておきます。私たち家族6人（父母と姉2人と祖母）が満州へ渡ったのは昭和14年、私は4歳で、終戦時は10歳でした。幼かったこともあって、その後の逃避行と引き揚げ途中の厳しい体験によって、記憶の一部があいまいになっているからです。

父は明治40年生まれで、76年の波乱の人生を送りましたが、その最たるものは満州開拓にあったと思います。今になって思えば、生きているうちに満洲へ渡った事情などを聞いておけばよかったのですが、父が満州へ行ったばかりに開拓団の皆さんや家族にも塗炭《とたん》の苦しみを与えてしまったという、悔恨《かいこん》の念を持っているだろうと、私の方で遠慮していたのかも知れません。昨年6月に「木曽町九条の会」が『下伊那のなかの満州』という本の編集委員長の齊藤俊江さんを招いて講演会を開いた折に、齊藤さん持参の資料の中に、満州開拓への勧誘の一端を担っていた父の足跡を見つけました。三穂村（現・飯田市）主催の満州開拓説明会の次第に、先遣隊として体験してきた現地の様子を語る部分があったのです。父の勧誘で満州へ渡られた方々も何人かはいたと思います。父になりかわり犠牲になった方々にお詫びしたい思いです。

父は幼い頃、生地の糸魚川市の大火で罹災し、下伊那郡の下条村へ移ってきました。11歳で父親を失い、やがて一家の柱として飯田市伊豆木にあった組合製糸の工場で働くようになりました。その地で結婚し昭和10年に私が生まれました。

昭和5年（1930年）頃の世界恐慌で、生糸のアメリカ向け輸出が激減し、繭の生産農家と製糸業は大きな打撃を受けました。伊那谷の繭生産農家や製糸業は深刻な影響を受け、翌年には全国の製糸工場が1カ月の操業休止に追い込まれ、昭和7年には生糸の値段が空前の安値となりました。一方、昭和6年に満州事変が勃発し、昭和7年に満州国建国、昭和12年盧溝橋事件と、軍部の中国侵入で実質的な日中戦争が始まります。それと同時並行で満蒙開拓団派遣の機運が高まり、昭和10年5月には国策として決定されました。

満州開拓の募集目標を割り当てられた村役場にとって、よそ者の私たち家族は、父の勤め先の窮迫という事情もあって、格好の標的にされたと思われます。それに加えて、父が味わった少年時代からの貧乏からの脱出への欲求も働いていたと思います。大古洞《たいこどう》開拓団（下伊那郷開拓団のこと。以下「大古洞開拓団」）先遣隊の隊長になったぐらいですから、新天地への野心もあったのでしょう。

私たちの入植先は、満州東北部の三江省《さんこうしょう》（現・黒竜江省）通河県大古洞でした。ハルビンから東北へ約250キロ、松花江の左岸の街「清河鎮」の奥にあたります。

母の妹家族も一緒に加わりましたが、父の誘いがあってのことと思います。母の両親から随分反対されたという話を、引き揚げてきてから叔母たちから聞かされました。叔母の夫はシベリア抑留中に病死しており、引き揚げの混乱の中で5人の子ども全員を亡くして独り身となってしまいました。父は大きな責任を感じていたようです。

●模範的な開拓団

『長野県満州開拓史』（以下、『開拓史』）の第八次下伊那郷開拓団の項に「現地入りした一行（昭和14年に現地入りした先遣隊）は、何をおいても後続団員の宿舎造りを急がねばと、全員（20人）が手分けして、伐採・運搬・羊草の刈り取りなどで日を送っていた。3月に入って建築の段取りを始める頃、小川清一（明治四十年生・三穂村）を隊長とする第二次先遣隊員19名が入植した。（中略）団は住宅の目途がつくと、基幹先遣隊員から順を追って（昭和十四年）九月から家族招致を始めた」と書かれています。

同じ頃、渡満された上久堅《かみひさかた》開拓団の小木曽弘司さんが『満蒙開拓団の手記』（日本放送協会）の中で、満州へ渡ったコースについて、「新潟港から朝鮮の羅津《らしん》港へ渡り、（鉄道で）ハルビンへ、そして松花江を船で下って団へ向かった」と書かれていますが、私たちもほぼ同じようなコースで旅をしたものと思います。

入植当初は、本部や、後に「清内路」と呼ばれた部落で集団生活をしました。そこは開拓地のほぼ中心にあたり、製材工場があって建築用材の製材が行われていました。そこで父は作業の指揮をとっていて、私は大鋸屑の山で犬と遊んだ記憶があります。各部落の住宅は中国人の請負で作られたようです。母の話では「宮野田」という部落の建築のとき、監督のために一時期移住した先で、幼い私は作業に来ていた中国人と親しくなり、かなり満語（中国語）を話せるようになっていたそうです。やがて大古洞開拓団は本部を中心に七つの部落が出来上がり、私たちは大古洞でも一番奥の「龍峡」という部落へ落ち着きました。小興安嶺第二の高山の鳳山という山が部落の後ろに聳《そび》えていました。

入植当時は、日本人からは匪賊《ひぞく》と呼ばれ、反日闘争をしていた住民の襲撃もあって、父たちは常に枕元に拳銃や三八式《さんぱちしき》（歩兵）銃[＊1]を置いて寝ていたとのことです。いろいろな満蒙

＊1　1900年代中期に開発・採用された旧日本陸軍の小銃。1938年には次期主力小銃が開発されたが、国力の限界から完全には更新されず、アジア・太平洋戦争においても九九式短小銃とともに日本軍主力小銃となった。

開拓関係の書物には、開拓とは名ばかりで、現地住民の畑地を強引に奪ったとされています。『開拓史』によれば、「大古洞の開拓地帯は反満抗日遊撃隊の根拠地であったため、開拓団は敵襲に備え、小銃１３０挺、弾薬１３００発を馬車に積み込んで入植した」とあります。また、地域内の中国人の住居は取り払われ、耕地も放置されていたという記述もありますから、元々は中国人の皆さんが住んで農耕をしていたのは間違いないと思います。大古洞も例外ではなかったのです。追い出された皆さんは「清河鎮」に集められ不自由な生活を強いられていたと思われます。後に学校への通学途中で、小興安嶺の方角へ働きに向かうらしき、みすぼらしい中国人の姿を何度か見かけました。

龍峡部落の住宅は、１棟に4世帯が入れる長屋風の家でした。その長屋が5棟と、共同の作業所や家畜小屋が土塀の中に配置されていました。開拓団全体では１９５世帯あったと記録されていますが、龍峡部落は20戸ぐらいだったと思います。異郷の地の生活は共同部分が多く、苦情や問題も多かったと思います。

父は部落長に任じられていたので、我が家に部落に唯一の連絡用電話が置かれていて、父は電話口で大声で何事か本部と打ち合わせをしていました。役目上、馬に乗ってあちこち飛び回っていて、あまり家で落ち着いていた姿を見た記憶がありません。私は冬に備えた薪作りを父と一緒にやった記憶が濃く残っています。父は狩猟が好きで、腕も確かであったようです。ノロ（鹿の一種）や猪、時には仲間と協力して大きな熊を仕留めて帰ったこともありました。雉《きじ》などは一度に10羽ぐらい獲って来ましたが、冬の蛋白源として食卓を満たしていました。その他、満州には兎などの小動物のほか、狼や奥山には虎まで住んでいました。私は祖母に連れられて、もっぱら近くの湖へ鮒やウグイを釣りに出かけました。

開拓の成果については『開拓史』によると「入植2年目から各部落の共同経営の後、昭和16年から個人経営に移行。16年から17年は林業で現金収入を図るも失敗し、財政的打撃を受ける。しかし、水田は10アール当たり約6俵の実績をあげ2年ほどでこれを挽回した。その後営農が順調に進み、水田200ヘクタール、畑700ヘクタールを耕作し、馬200頭をはじめ牛、豚、めん羊、鶏も多く飼育し、18年には乳牛も導入された。この頃から団の経営状態も余裕が生じ、完全な自給体制が出来上がった。県への供出割り当ても125％を達成し、同期入植の開拓団の中では模範的であるという評価を受けていた」とあります。これで見る限り、開拓事業そのものは成功していたと思います。

部落の中では、率先して乳牛を飼い始めた父は、搾った牛乳を学校の先生宅まで配達する仕事を私にやらせました。学校が休みの日の配達で帰りが遅くなり、家の近くまで帰ったところで狼（山犬かも）の群れに取り囲まれ怖い思いもしました。我が家で飼った家畜は、馬、乳牛、めん羊、鶏などで、卵は毎日多くとれました。しかし、19年の春、父に「赤紙」がきて、何人かの団員と共に出征してしまいました。まさか翌年には敗戦するなど知るはずもなく、父がどんな心境で開拓地を後にしたのか、幼い私は知る由《よし》もありませんでした。

●父の応召と家族の引き揚げ

満州の開拓団員には「赤紙」は出さないという原則が、戦況悪化で反故《ほご》にされ、終戦間際には開拓団の成人男子は根こそぎ召集されていきました。『開拓史』によると、大古洞開拓団全体では131人が召集され、戦後内地へ復員できたのは99人となっています。世帯主の大部分が不在になったため、我が家も中国人夫婦を部落内の空き家に住まわせ、農作業を手伝わせました。終戦が知れたとき、その夫婦からは、私たち家族にこの地に留まるように熱心に説得されたと母が語っていました。

父は召集されることを予知していたのか、出征する前から「軍人勅諭」を暗誦しようとしていました。出征する朝、家族は父の好物の「ちらし寿司」をご馳走して送り出しました。母や祖母は大変心細く、不安だったと思います。父は一時的に関東軍へ入り、終戦時は宮崎の軍隊に属していました。宮崎では上官の馬の当番をしていて、餌の草刈り中にアメリカの戦闘機から攻撃されたという話を聞きました。

父のいない満州で終戦を迎えた私たちは、翌日は学校へ集まって集団自決をするという瀬戸際に追い詰められましたが、長老たちの判断で思いとどまり、一冬を開拓地で過ごし、翌年5月7日にハルビンへの約1カ月、400キロに及ぶ逃避行が始まりました。

『開拓史』は、「大古洞開拓団（家族含め950人＝終戦時）の引揚者は506人で、死亡者は410人と全体の43％を占め、生死不明者は11人、中国残留者は23人（昭和54年3月現在）」としています。それでも他の開拓団に比べて受難度が低い方だと言われています。それは多分、直接ソ連軍と交戦しなかったことや、自決を思いとどまり、一冬を食料のある現地に留まったことにあると思います。ソ連軍の攻撃を受けたり、終戦直後に逃避行に入り、その冬に方正《ほうまさ》（ハルビン）に収容されて死亡者を多く出した開拓団が多かったのです。

先に帰っていた父が、大古洞開拓団の引揚者を、飯田駅に出迎えたのは昭和21年10月半ばでした。乞食でもこれまでという格好の私たちを、人目にさらすのが忍びなく、バスの窓に目隠しをして、市内の開拓会館へ運んだとは、後日の父の話です。私は、会館で出されたうどんとリンゴの美味しかったことだけを覚えています。

父は引き揚げてきて住む場所をなくした人たちの一部と、神原村（現・天龍村）で再び開拓に挑みました。戦後の食糧難打開のための国策でもあったのですが、高冷地で交通不便の僻地という立地条件と、昭和34年の伊勢湾台風で壊滅的被害を受けて退団者が続出しました。打つ手もなく見送らざるを得なかった父の心情を思うと今でも胸が痛みます。

父にとっては、結果として間違った国策に乗った満州開拓や、僻地での開拓でしたが、新天地に夢を馳せたこと自体には悔いはなかったと思います。私にとっても、満州の原野を愛馬で駆け回っていた父の姿が、真紅に燃えて沈む巨大な夕日や、咲き競う花の平原と共に忘れ難い思い出となっています。

敗戦後、満州引き揚げで味わった辛く惨めな体験から、一途に戦争への嫌悪感を抱いてきた私ですが、あの日から70年の歳月が流れ、記憶も覚悟も希薄になってきました。しかし、社会の貧困や不安、それに乗じた武力の独走が、戦争の引き金となる状態は今日も変わっていません。時代の大勢に流され、私とて、いつ何時戦争につながる動きに加担しないともかぎりません。

原爆で放射能の恐怖を味わったはずの私たちの国が、いつの間にか原子力で生まれた電気の恩恵に甘んじ、その恐ろしさを忘れ、今日では原発の事故被害の災禍《さいか》に苦しんでいる人たちがいます。事象に遭遇した時の一時の感情や、思い付きだけではこうした過ちは克服できるとは思えません。何事も過去の体験をもとに反省する必要があるのではないでしょうか。戦争は戦場で起きる悲劇だけではなく、私たちの日常の生活も破綻したという体験を振り返り、戦争に結びつく原因の一つだけでも減らそうとする気構えと、努力だけは失いたくないと思っています。

（２０１１年）

引き揚げの中で見た人間の本質

飯田市　矢澤 姈

●五族協和の理想と現実

私は明治41年生まれの引き揚げ者です。世界に本当の平和が実現するまでは死ぬもんか、あの世になんか行くもんか、という気持ちで参りました。

引き揚げ者の多くは「リーベンレン・キーズ！」（日本人の鬼め！）という言葉を山ほど浴びせられて、2年近く荒野を放浪して、やっと帰ってきました。このリーベンレン・キーズという言葉は、罪もない開拓民に浴びせられたわけです。三光作戦《さんこうさくせん》*1という言葉がありますが、当時の日本軍は「殺し尽くす、奪い尽くす、焼き尽くす」という作戦をとっていました。だから、日本人がそう言われても仕方がないんです。

満蒙開拓は15年戦争*2に関連があるわけで、いわゆる侵略戦争の手先としての開拓民の姿がございます。

開拓民が送り出された背景には、世界的な不況や国内での不作がありました。大正・昭和という不景気の中で、養蚕がだめになった。農村ではあちこちでお蚕様を飼っていたんです。この養蚕が立ち行かなくなった。不景気でお金がない、食べる物がないという世の中になって、開拓の話が始まったんだと思います。国の政策としては、昭和6年に見渡す限り広い満州国をつくって、開拓団を大勢送り込むようになりました。

満蒙開拓青少年義勇軍*3の人たちは、「鍬《くわ》の戦士」なんて呼ばれて、可哀想にどんどん国境の方に送り込まれました。私たちは自由移民団、開拓農民として行ったんです。

＊1　旧日本軍の陸軍が１９４０年8月以降、主に中国華北を中心に、共産党の八路軍根拠地に対して行った根絶作戦。北京語の「殺し尽くす・奪い尽くす・焼き尽くす」の接尾文字「光」をとって三光作戦と呼ばれる。燼滅作戦または燼滅掃討作戦。

＊2　１９３１年の満州事変から１９４５年のポツダム宣言受諾によるアジア・太平洋戦争の終結に至るまでの足かけ15年にわたる戦争を総称した呼称。

＊3　88P参照

一番印象に残っていることは、昭和12年のあの南京陥落（大虐殺）です。「万歳、万歳！南京が陥落した、めでたいぞ、神風が吹いた」と昼間は旗行列、夜は提灯行列。でも、私はおかしいと感じました。「隣の国同士、お互いに助け合って、信頼して生きていくべきではないか、なんで殺さなけりゃならないのだ。なんで攻めていかにゃならんのだ」という思いでした。殺し尽くし、奪い尽くし、焼き尽くして殺された人々は私たちの隣人です。これが15年戦争なんです。

そういうときに、五族協和[*4]、新天地開拓、王道楽土[*5]というすばらしい文句ができました。私は、五族協和によって中国の人たちと仲良くできそうだと単純に感激しました。五族協和の満州国をつくるなんて、こんなすばらしいことないじゃないかと。いい気になった私は、水曲柳《すいきょくりゅう》自由移民団に参加しました。国の政策で自由移民と集団移民というのがあったのです。

私たちのリーダーとして一番上に立ったのは、高森町上市田の松島親造という方です。当時、「満州浪人」という言葉がありましたが、松島さんは朝鮮と満州で16年間、あちこちで暮らしたクリスチャンです。朝鮮や中国の人たちをとても大事にした、大きな気持ちを持った方でした。皆仲良く暮らす。人間はけんかなんかしてはいけないんだ、という主義の方でした。その方がたまたま帰国して、ちょうど満州の開拓が始まったんです。

東安省密山県へ信濃村の第6次が入植し、12年に先遣隊が入って、13年に１００人余りの本隊を連れて、私の父親が出発しました。私たちも14年に入植したのですが、吉林省舒蘭県《じょらんけん》江蜜へ松島自由移民として入ることになりました。

拉法から拉浜線、ハルビン、そして水曲柳で降りました。満州で驚いたことは、「日本人

＊4　日本が満州国を建国した時の理念。五族は日本人・漢人・朝鮮人・満州人・蒙古人を指す。

＊5　アジア的理想国家（楽土）を、西洋の武による統治（覇道）ではなく東洋の徳による統治（王道）で造るという意味が込められた満州国建国の理念。

が世界で一番偉いんだ。『鮮こう』『満こう』なんてものは、へぼい人間だ」という軽蔑した態度でした。日本人っていやだなあ、と思いましたが、松島先生は「周りの人間も同じだよ、仲良くしな」と言って聞かせてくれました。

初めの頃は周りの人とは仲良く住もう、一緒に水田や畑を本気でやろうという意気込みでした。時々来る松島先生は、励ましの言葉を与えるだけでなく、「みんな仲良くやろう」と言ってくれました。私は着くとすぐ、満人の家屋を改造して学校にしました。生徒と先生が32名の学校が始まったのです。

第6次入植の兄が、新京へ行くたびに寄ってくれましたが、ある時、主だった人を集めて話し合っていました。

「おれたちは、間違った道を歩いてしまった。でも、今からでは国へ帰れない。今から、文句は言えない。しょうがない。これからの生き方をどうする」

私の父親は、「まず、この土地を皆で力を合わせ、すばらしい土地にする。大きな水田地帯にして、作物をうんと作る。五族協和で皆がひとつになって作る」と言っておりました。具体的な営農については、単純な方法では見通しがつきません。今までの、リージャンという満人の使う鍬では一畝《うね》行くのに半日かかる。皆が楽しく暮らせるには、十分な食べ物を作り、日本軍のおっしゃる通り、関東軍や内地へ食べ物を送らなければならない。そうするには、大きな機械を使って新しい農法で行こう、ということを決めました。入植した土地にすぐ、北海道から大きなカルチペーター（耕耘機《こううんき》）を持ってきて、乳牛を10頭も20頭も飼う人たちが来ました。満州は大平原なので、北海道の農法が向いているのです。

ところが、内原訓練所の先生は、「鎌、鍬でやれ。水曲柳は自由移民だからって、そんな方法があるか」と叱られました。でも私たちは、「これでないとやっていけません、これにします」と国の方針に反対しました。水路を掘り、水田を広げ、乳牛や鶏を増やし、すばらしい営農を築き上げました。

学校も座光寺の北原先生が校長として来てくださり、日・鮮・満が子どもの時から仲良くする行事をやることになりました。その一つが日・鮮・満の子どもたちを集めた大運動会です。当時、朝鮮人はお金持ちの子どもだけが朝鮮人学校へ通い、一般の子弟は働いていました。そういう子どもを集めて、駅前の広場で大運動会。その頃、満州国の歌が出来たので、三つの国の子どもたちが一緒になって大合唱をしました。

そうやって楽しく暮らして、作物もどんどん伸びて、すばらしい開拓地に皆が喜びました。しかし、この楽しい生活は先遣隊から9年目の8月を迎えた時、終わりを迎えました。

「開拓民は召集しないから、思い切り作物を作れ。そして関東軍によこせ。兵隊たちに食べさせて、内地へも送る。内地の者たちは飢えている。皆を助けるんだ。皆の力でやれ」という命令に本気になって応えていました。ところが、20年春に最後の召集があって、17歳～47歳の働き盛りは皆兵隊に取られました。最後の土壇場で、根こそぎ動員です。後に残ったのは、お年寄り、女、子どもだけ。どうしたらいいでしょう。

8月9日には、ソ連軍が入って来ました。大人や義勇軍は皆、ソ連に連れて行かれてしまいました。戦車隊が長い縦列横隊で、逃げる人を踏みつぶして行く。今ここにいた子どもがいない。探したら、戦車の下で板切れのようになっていた。そういう惨劇が始まったのです。妹は車のかげにうずくまったので、戦車が乗り越えて無事でした。

私たちは8月15日を過ぎても、敗戦も終戦も知らなかった。列車にすずなりの人が一杯物を持って乗って行く。

「なんであんなに荷物を持った人が乗って行くのかな」

それは、軍人、その家族などの政府筋の人たちでした。安全地帯に逃げる、内地に引き揚げる列車だったのです。当時はラジオもテレビもない。私たちは終戦も知らずに、のほほんとしていたのです。捨てられた民でした。

8月15日の放送を聞いた人が本部へ集まってきました。

「私たちは、もうここにはおれないんだよ、皆どこでも行けということなんだよ」

「日本から助けに来てくれるんでないか」

「そんなものは来っこない。死ぬよりしょうがない」

それが、開拓民のなれのはて。その晩から暴動です。暴民・匪族・匪襲……。やられたって、日本が悪いんだから、しょうがない、という開き直った気持ちでいました。

●棄民の逃避行

日本人は偉いという差別意識が露骨だった人は、人民裁判で皆が見ている前で殺されました。そういう人は2~3人いました。部落によっては、ものの分かった人たちは、周りの人とも仲良く暮らしていました。その効果があったというのは、私には本当に驚きでした。

隣の郡では恐ろしい襲撃がありました。

「大襲撃があるぞ、1000人来るそうだ、えらいことだ」

「七三一部隊がこの近くにある。そこの細菌でやられたらえらいことだ、細菌を川へ流したそうだ。一帯の人間を殺す予定なんだそうだ」という噂も流れました。

「どうせ棄民、捨てられた民はいつ殺されるか分からん。精一杯自分たちで生きるんだ」ということを皆で確認して、それを合い言葉にして頑張りました。

そして、いよいよ放浪の旅が始まりました。私たち水曲柳自由移民団は、わりと早く新京に出て、ハルビンの駅で一晩泊まりました。そこからが、本格的な逃避行の始まりです。ハルビンで1週間、今度は東本願寺の別院に宿泊をお願いしました。

子どもたちは、お寺にいる頃から栄養失調で、食べる物などろくにありませんから、コウリャンを一人コップ半分、それが一食分の計算で、どろどろに薄めておかゆのようなものを与えるしかなかったのです。実り始めた米を置き去りにした逃避行が恨めしい。

でも、「リーベンレン・キーズ」、やっぱり日本人は鬼だったんだなあと思います。ここの衆の土地を奪い、家まで奪い、あるもの全部奪ったんだもの、鬼でなくて何でしょう。ひどいことをした。申し訳ないという気持ちをずっと持ち続けて引き揚げて来たわけです。

ソ連軍とは半年間向き合いました。やがて彼らは「女を抱かせないと、今夜の食料はやらんぞ」と言うのです。

皆で寄り集まって相談しました。すると、「私たちが行くから、開拓のお母さんたち、出て来てはいけない」という女の方がいました。朝鮮・台湾、中には日本の人も混じっていましたが、彼女たちは慰安婦でした。開拓民は慰安婦という存在を知らなかったのです。

「関東軍に連れられてそこらじゅう引っぱり回された。1日50～60人もの男の相手をしました。私たちは、めちゃめちゃです。もういつ死んでもいい体。もう国へは帰れない。朝鮮に乗り込んだ日本人に騙されて、金儲けに連れて行ってあげようと騙されて慰安婦にされた。こういう人がだいぶいるんですよ。もとからの売春婦もいますが」

同じ人間でありながら、どうしてこんなひどいことをするんだろう。猫や犬じゃあるまいし。「運命だね」と、朝鮮の人は言っていました。

また、新京の収容所にいた時、はるばる200キロも離れた水曲柳の部落の部落長が、食べ物や着る物を積んで慰問に来てくれました。彼は満系です。

「皆さん、生きていますか」

私たちが、仲良く暮らした村の部落長が、日本人を恨むのでなく、「皆さんが残されたものは、みんな私たちがいただくことになります。ありがとうございました」と、お礼を言われた。そして、持って来た物を皆に分けてくれた。やっぱり、仲良く暮らさなくてはいけないと思いました。

ソ連軍が半年で撤退してから、今度は、蔣介石軍と毛沢東の共産軍との内乱になりました。私たちの身近でパンパンとやり合っていました。

●戦争を起こさない子どもを育てよう

新京の昔の日本人街にいた時、「引き揚げ船が出るで、南下しろ」と、無蓋《むがい》列車に乗せられて南下して胡盧《コロ》島に着きました。ここから博多湾へ向かったのです。

しかし、上陸したとたん、「この中に擬似コレラの保菌者がおる。絶対に上陸させんぞ。おめえたちは全員船に戻れ」と船に追い返されました。

3週間、船の中で過ごしました。そして、ようやく上陸した時、「何で満州から帰って来たんだ」「満州で死ぬべきでなかったか」「今頃帰って来て、引き揚げ乞食め」なんていう言葉を浴びせられました。

「腹減った、まんま」と言って死んでいった子ども。道端で、「水くれえ」なんて叫んで死んでいった人たちを、私たちは助けることができなかった。可哀想なことをしたなあ、という思いが今でも残っています。

「もう一回生まれ変わるんだよ。そして、戦争のない世界を作るんだよ。お母さんたちも一生懸命やるで、お前さんたちも生まれ変わるんだ。日本人として、戦争のない世の中を作る人間に生まれ変われよ」と心の中で言いました。

そうやって、私は3人の子どもを埋葬してきました。引き揚げ者が大きな穴を掘って、日本人難民の死骸の山をそこに放り込んでいました。

そういう所をお参りするために、私は引き揚げてから12～13回訪中しました。35年目にして、元開拓民は現地を訪問してよろしい、ということになったのです。若い兵隊たちや義勇軍の子どもたちがどうなったか、心配で心配でそこらへんにいるかと思って歩き回りました。南京、天山山脈では「こんにちは」と言いながら、小屋をのぞいたりしました。水曲柳では「申し訳ありませんでした」という思いでお世話になった所を訪ねました。

「ようこそ来てくれた」と大歓迎でした。

「あんたたちは、本当にいい物を残してくれた」

現地では皆が喜んでくれました。そして、部落へ入って行くと、朝鮮系の女の人、満系のお母さん、おばあさん、お嫁さんが飛び出して来ました。私に抱き付いて、「よく生きていた」とわんわん泣いてくれました。仲良く暮らした証しなんです。本当に人間として、お互いを大事に思い、信頼し、助け合っていたんです。その良さは、全世界に広めなくてはいけないということを教えられたわけです。私は、その後も幾度も行ったけれど、行くたびに喜んで迎えてくれました。

戦後、「保育園を作って子どもの世界を整えよう」と保育園を作りました。お父さん、お母さんが力を合わせて子どもをしっかり見て、戦争を起こさない、平和な世界になるように皆で努力しよう。女も男も同等の権利があるのだから、お母さんたちも世の中に目を向けよう。女も男も、お年寄りも、一人暮らしになった人も、障害のある人も、お互い助け合っていく。そして、二度と恐ろしい戦争は考えない子どもを育てよう。

残留孤児を育ててくれた中国人のあのすばらしさ。人間として、日本人の心を大切に育ててくれた人たちの温かさ。大陸的な大きな心に感謝します。日本人は自分さえ良ければと、了見が小さいのかもしれません。

（1999年）

開拓団での根こそぎ召集からシベリア抑留へ

飯田市　小木曽　弘司

●満州へ行けば20町歩の大地主

私の父は大工で、仕事のある所へある所へと引っ越して、そのたびに住居を変えておりました。昭和の初め頃は不景気で、その前の不景気よりもっと深刻だったそうです。大工の仕事がなくて、大きな養蚕農家の作男《さくおとこ》（雇われた耕作者）として入って働かせてもらったようです。母親は近所の桑つみなどをさせてもらって、細々と生活をしていました。

昭和9年関西地方に室戸台風による大きな水害があって、父は大阪の建築会社へ入ってその復興の大工仕事ができるようになりました。私は小学校6年生で少しばかり修学旅行の貯金がありましたが、「貯金を生活費に回してくれ」と父に言われて、仕方なく修学旅行をあきらめました。その後、私は愛知県へ年季奉公に出されました。20歳の徴兵検査までということだったのですが、実は後に逃げ出しました。大阪の復興が進んで、父の仕事もなくなりました。それで父も家に帰ってきました。

その前後の昭和7年ころから長野県は満州移民の募集を始めていました。上久堅《かみひさかた》は第8次の開拓団で、昭和13年には上久堅分村移民の募集をしていました。「こんなに仕事がなくては大変でしょうがない。満州へ行けば20町歩の大地主になれる。満州へ行こうじゃないか」という父の言葉に、私は一番先に賛成しました。学校の体育館や村の広場などでは、映画やスライドでしきりに満州移民の宣伝をしていました。特に先進開拓団の大日向村《おおひなたむら》の写真を見せてくれました。ものすごく広い所だから行くしかない、ということで賛成しました。

満州では水田1町歩、山林原野10町歩、畑9町歩、合計20町歩の大地主になれる。18歳以上になると、一軒分もらえるということでした。それで、15年4月に一家揃って満州へ行きました。その前に父親は3カ月間御牧ヶ原《みまきがはら》へ行って、開拓のための訓練を受けてきました。行くときはちょうど出征兵士を送るように、皆で日の丸の旗を振って送ってくれました。

昭和15年4月に見送られ、長野と新潟で1晩ずつ泊まり、4月23日、今でも覚えていますが、新潟港から「満州丸」という船に乗って北朝鮮のラシンに着き、ラシンから汽車に乗って満州へ渡りました。牡丹江《ぼたんこう》、ハルビンを経由して今の黒竜江省、その当時は省が細かくて、三江省（今は黒竜江省）通河県《つうかけん》に入植しました。先に先遣隊が入っていて、大雑把だけど準備ができていまして、さっそくそこで生活が始まりました。

開拓団では、入植したばかりで大工の仕事が結構あったので、父は大工の仕事をやりました。私は本部で購買部をやれと言われて、本部部落に住んでおりました。団の生活は最初の1年は全部で共同経営、共同生活をやりましたが、次の年からは部落単位の共同経営、次の年からは個人経営というふうに移管して、耕地はほとんどが既耕地で中国人が作っていた畑をどこかへどいてもらって、そこへ入ったわけです。

うちの開拓団は最初は300戸入植する予定でしたが、上久堅だけでなかなかそんなに集まらないので、よその村から応援してもらったり、飯田市の上飯田の人たちにも来てもらって9つの部落をつくりました。飯田は飯田郷開拓団や飯田頓部落をつくって「飯田は飯田だぞ」と言ってやっていました。

水田はほとんどが朝鮮人に作ってもらいました。団の東の端と西の端に川があって、その川を利用していたので、水田まで遠くて仕方ない。それに朝鮮の人は米作りが上手でほとんどこの部落でもそうでしたが、朝鮮人に作ってもらって、年貢を米でもらいました。それで水田の方はやめて、自分たちはとうもろこしや大豆を作っていました。団の西の端の方に濃河鎮という港があって、そこから大豆やとうもろこしを出荷しました。

中国人の土地をぶんどっておいて、中国人に小作に出して小作料をとっていたんです。開拓団の余った土地は小作に出していた。私はみんなより早く中国語を覚えたので、通訳で小作料を取るのについて行きました。中国人は暴動も起こさなかった。マクワウリを売りに来た人を、3〜4人で取り囲んで「まけろ！」と交渉した時には泣いていました。なんであんなに従順なんだと思います。

「満州へ行けば兵隊に行かなくてもいいぞ」という触れ込みでしたが、昭和19年頃から在郷軍人である団員にも召集令状が来るようになっていました。私は体が小さかったので、徴兵検査で甲乙丙の一番下の丙種で兵隊に行かなくてもよかったわけですが、根こそぎ動員で私にも昭和20年の5月に召集令状が来ました。牡丹江省のセキトウという所に歩兵として入隊しました。そこの「蛸壺《たこつぼ》」という陣地構築でした。人間が1人入れるだけの穴を掘って、丸い爆薬を持って穴の中から敵の戦車のキャタビラをめがけて突き上げるという作戦で使うのです。結局はそうなる前に戦争が終わってしまったので、1つの玉も打ちもせず打たれもせずで終わりました。

●重労働と飢え、吸血虫と伝染病

まもなく奉天に集結して、ソ連の捕虜にされたわけですが、軍隊生活は3カ月足らずで終わり、それから2年半ばかり捕虜生活をやってきました。ソ連に送られる時はハルビンの近所で壊された鉄道を修理して、それからウラジオストク経由で日本へ行けるのだという触れ込みでしたが、騙されてシベリアに送られました。

シベリアはちょうど真ん中に細長いバイカル湖という湖がありますが、その一番南の端から100キロばかり離れたウランウデ収容所で松の木を伐採して枕木を製造しました。日本では松はすぐに腐ってしまうけれども、そこは雨が降らないので松の枕木でも結構もつそうです。鉄道は広軌《こうき》といって、30センチほどレールの幅が広い。したがって、枕木も長くて約2メートルぐらいかな、松の生なので重たい。その枕木の製材されたのがノタというんですが、まだ皮が付いているので皮けずりをやらされたり、貨車積みをやらされたりして捕虜生活が始まりました。

その他、レンガ工場でも働きましたが、肉の総合工場（メヤスコンビナート）の作業をさせられたときが、口に入るものの扱いなのでその頃が一番よかった。寒さはものすごくて、温度計が真ん中に0度があって、上に50度　下に50度あって下の50度を2度ばかり切ったことがありました。マイナス52度も経験しました。捕虜をマイナス30度以下で仕事をさせてはいけないという国際法があって、2年目からは30度まで上がるまで収容所で待機していて30度に上がるとカーンカーンと鐘が鳴ってそれから出動しました。

捕虜生活の中で困ったのは吸血虫、シラミ、南京虫、アブ、蚊です。あの寒い所で、日本より多いんです。かゆくてかゆくて、それに刺されると化膿してました。南京虫は家の中ですが、明かりを消すともそもそ出てきて噛みつきます。大きいんだけれども、ちょうど山にいるダニみたい。触るとすぐつぶれてしまう。木の割れ目とかつなぎ目とかに隠れていて、明かりを消すと這い出してくる。カンテラを使って指でつぶして歩くと、一年に一度塗り替えなきゃならんほど壁が黒くなる。

それから、食料が少なくて腹がすいて困りました。食事当番になると飯が終わってから食缶を洗いに行くのですが、あさましいとは思いながら、食缶の周りに付いている「のり」を手でなでて食べるのが楽しみでした。これがあるんで役得だと思って喜んで食事当番をやりました。でも、食事当番になると身体に視線が刺さるような気がしました。

兵隊たちは食べ物の話ばかりしていました。女の話は全然出てきませんでした。「お前の所は何が名物よ?」「おらの所は御幣餅よ」。食べたような気になっていました。

作業にはノルマがあって、100%達成しないと飯が減らされるんです。主にパンを減らされました。100%以上やった方へ回してやるんです。レンガ工場はノルマが高くて熱くて大変でした。森林の伐採の方がノルマが低くてよかった。

それから伝染病がはやって困りました。赤痢と発疹チフスです。私は洗濯をやっているうちに、赤痢をもらっちゃって困りました。下痢が始まると止まらないんです。下痢が始まると衛生兵に下痢の回数を報告するんですが、一日中のべつまくなしに下痢をするんです。便器の上で眠ってしまうようなことも何回かありました。

捕虜700人のうち30人くらい亡くなりました。絶食療法で5日間絶食したときは、ベッドから下りて伝え歩きもできなくなった。そんな時、衛生兵の話が聞こえてきました。「あいつはもうだめだぞ」。そして飯ごうのふたに8ミリばかり重湯をくれました。そのおいしかったこと！　今まであんな美味しいものを食べたことがなかったです。どんなものより美味しかった。「あいつはだめだぞ」と言われてから重湯がきいて、下痢が止まり元気になったんです。死ななくてよかった。

昭和23年頃から「ダモイ」といいますが、日本への帰国の順番が来たようで、1週間に1度ずつ20名から30名ぐらい名前を読み上げられて本部へ集まって日本へ帰されました。何回目かの時に、私は自分の名前を聞き逃しました。「今日もだめか、今度もだめか」と思っていると、「よかったなー、上松！」。私の旧姓は上松というんです。「帰れる！」。心の中で「バンザイ」と思いました。家族のこと、ふるさとのことが思い出されました。11日がかりでナホトカまで行きました。走ったり止まったりの汽車なので11日かかりました。そこで営繕作業をして、23年6月に帰ってきました。

後で考えてみると、日本人を満州に送ったのは日本の領土にしてしまおうという気持ちがあったんだろうと思います。朝鮮や台湾は地図が赤く塗ってあった。満州国も最初ピンクだったが赤く塗ってあった。満州にいた家族のうち、親父は物取りの暴徒にたたかれて死亡しました。母は翌年病気で死にました。兄弟は小さい方から栄養失調で順に死んだそうです。弟が先に帰っていて、話してくれました。おだてられて「満州へ行けば王道楽土だ」と思って行ったが、考え違いだったと思っています。

（２０１１年）

中国残留婦人として生きて

木曽町　斉藤　さと志

●難民収容所の死体の壁

私は、中国残留婦人の斉藤さと志です。今年で83歳になりました。1979年8月29日に帰国して、現在長野県木曽郡木曽町に住んでいます。

私は1944年の春、19歳で当時の山口村・神坂村・田立村の人たちと満州の北安省《ほくあんしょう》徳都県双龍泉開拓団に行き、農業をしていました。近所の中国の方にも仲良くしてもらい、小学校を卒業したばかりの15歳の妹とけっこう楽しく暮らしていました。

終戦のときは辺ぴな開拓団に、その知らせは届きませんでした。今まで届いていた新聞や手紙などが急に途絶え、おかしいなとは思っていましたが、やっと9月になって、現地の人から知らされました。急ぎ冬越しの準備をしましたが、ソ連兵が来て武器を接収するため、荷物検査を行い、私たちは開拓団を追い出され、避難が始まりました。何日歩いたのか、北安に着いて驚きました。各地から来た人たちが汽車を待っていましたが、その様子は惨めなもので、着の身着のままで、中には麻袋の底に穴を開けてかぶっている人までいるのです。私たちは初めて、とんでもない事態になっていることが分かったのです。

その後、貨車に乗って止まったり走ったりしながら、奉天の難民収容所に入ったのは10月の末頃だったでしょうか。収容所には、先に来た人たちが大勢いました。すでに疲れ果てた人たちの姿を見て、これからどうなるかと不安でした。日ごとに寒くなるのに着る物も食べる物も、お金もありませんでした。食べた物は、お湯の中に高粱《コウリャン》粒がわずかに泳いでいるようなお粥だけです。個人で来た人はお金があります。その人がリンゴの皮をむいていると、その皮の落ちるのを待っている子どもがいました。でも、リンゴの皮は子どもの命を助けてくれませんでした。

お風呂に入れない、着替えもない中、すごい数のシラミが発生し、その繁殖の早いことにはただ驚くばかりでした。一匹一匹つぶしていられません。空き缶を拾ってきて、その中へ払いました。そのシラミが発疹チフスを人々の体にうつします。毛布1枚、薬1粒ありません。板の間に寝て、死を待つばかりです。先に子どもが、そして年寄りが死んでいきます。電気がないので、夜は真っ暗です。夜が明けると、ここにも、そこにも、あそこにもと死んでいます。病気になっていなくても、栄養失調で穴を掘る力はありません。死んだ人は、広い庭に並べました。外は、零下30度。その上に、またその上に並べて、カチカチに凍った死体の壁ができました。中国人がその上に登って、着ている服をはぎとっていくのです。その光景は、それこそ地獄でした。

こんな時、自称日本人だという人が、「子守がほしい。来てくれないか」と言ってきました。ここにいたらいつかは死んでしまう。妹だけでも日本に帰さなければと思った私は、妹をこの人にあずけました。「2～3日したら会いに来る」と連れて行きましたが、妹は二度と収容所に来ませんでした。

孤児訪日調査で春陽会[*1]の婦人を招待の時、もしかしたら、と期待しましたが、来ませんでした。後になって知り合った残留婦人たちの話では、「仕事があるから」と言われて何人も一緒について行ったが、中国人に売られた。また家族が生きるために売られたという人ばかり。若い娘、女の子はお金になったのです。私は、妹は子守なんかではなく、中国人

＊1　1982年、浪曲師の国友忠が残留邦人の救済に私財を投じて設立、残留邦人を帰国させた。

に売られたのだと知りました。

そのうち、私も発疹チフスになり、何日も意識不明でした。人が死んでしまってガラ空きにになった広い部屋から小さい部屋に移るとき、動ける人は先に行き、動けない私を連れにきたら、私はそこにいなかったのです。私はふと目が覚めました。暖かい部屋で布団をかけて寝ていたのです。ここはどこだろう、いつどうしてここに来たのだろう。周辺から聞こえてくる声は、日本語ではありません。何で……。でも聞くことができません。

ある日、日本語の上手な人が来て、事情を話してくれました。この家の主人は、妻と何人もの子どもがいる。終戦のとき、日本人の家や商店で品物やお金をかっぱらい、大金持ちになり、もう一人妻がほしくて私を連れてきた。病気が治ったら妻にするつもりだというのです。大変なことになったと思いましたが、動けない体ではどうすることもできません。日が覚めるまで何日だったか、今も分かりません。

この夫婦は、毎晩麻雀に行き、明け方に帰って寝ていました。夜はいないのです。私は歩く練習をしました。昼間は動けないふりをして寝ていました。逃げるためです。

日ごとに暖かくなり始めた頃でした。朝起きたら、夫婦はよく眠っています。私は、「今だ」と外へとび出し、日本語の上手な人の家まで走りました。難民収容所へ行く道は分かりません。行っても捕まりますから、行けません。その人は、朝早く突然飛び込んで来た私に驚いていましたが、すぐに私を馬車に乗せて市内の親戚の家にあずけました。この家は自転車の修理店で、主人には2人の妻と子どもたちがいました。私はそこに隠れて、この大家族のために働きましたが、この間に難民は日本へ引き揚げたのです。私はそれを知りませんでした。

その後、日本人が帰国できると知り、私は集合場所へ行きました。大きな建物の中で出発を待っていましたが、国民党[*2]と中国共産党[*3]の戦いが激しくなり、夜中に大空襲がありました。夜が明けてみると、周辺の建物はほとんど壊され、私たちのいた建物だけが無事だったのです。日本に帰ることはできなくなってしまいました。沈陽の町は、共産党の支配下になったのです。

どのくらいしてか、洋服を作る縫製学校ができ、学費は無料でした。私はその学校に入学し、中国語と縫製の技術を勉強しましたが、卒業後には何の援助もありません。日本に帰る手がかりも全くありません。帰国した開拓団関係者からは、「まだ5人残っているから、探して一緒に帰れ」と手紙が来たのと、妹も探したかったので友人の紹介で、日本に帰れるときは必ず帰してくれる条件で結婚しました。この夫は10年前に日本で亡くなりました。

新しい中国ができた後、中国の合作化[*4]の時、私は縫製の技術で合作社[*5]に参加就職しました。初めて給料がもらえたのです。合作社が被服廠になり、黎明服装廠という1000人以上の社員がいる大きな会社になりました。私はただ嬉しく働きました。文盲をなくす運動の時は、中学の部に参加し、毛沢東の著作を勉強しました。私は本気で、毛沢東と中国共産党のお蔭で人間らしく生きられるようになれたと信じました。

長年にわたり、会社・区・市の先進生産者として表彰もされました。あの文化大革命の間も無事だったし、日本の父母と文通を絶やしたことはありません。でも、日本に帰りたい思いは強くなるばかりです。父は「早く帰って来い」と、国籍証明書を送ってきました。国内では、厚生省と中日新聞社に「娘を帰してください」と、手紙を書いていたのです。

＊2　1919年、孫文が中華革命党を改組して結党。中国共産党との内戦、台湾への土着化（台湾化・本土化）を経て今日に至る。

＊3　中華人民共和国の政党。1921年、上海で中国共産党第1次全国代表大会を開催、結成。

＊4　農業集団化。

＊5　中国の地域における協同組合。信用、運輸、供給、消費、生産などの分野に分かれる。

●一時帰国から永住帰国へ

1972年日中国交正常化が実現した時は、本当に嬉しかったです。あの頃は、大勢の残留婦人・孤児たちとも知り合い、みんなでよく集まっては遊びました。歌の上手な安田さんが、箸でどんぶりをたたきながら東京音頭を歌えば、みんなが踊りだす楽しい時もありました。

私が一時帰国した時は、まだ航空協定が調印されていなくて、香港から飛行機に乗りました。一年間浦島太郎が龍宮城にいるような生活をして、再び中国に戻りました。日本にいる時、外国の難民救済のニュースをよく見ました。私の目の前に浮かぶのは、あの難民収容所の死人の壁でした。救済という言葉さえ聞くことなく死んでいった大勢の人たち。もし救済があったら、あの人たちは助かったのにと悔しかったです。

中国に戻って、私は定年になりました。会社では、「若い人を養成してほしい」と言われましたが、私は永住帰国したいからと断り、退職しました。帰国の時は盛大に送ってくれました。また私が中国旅行に行った時は、主任が空港まで迎えてくれ、立派な歓迎会をしてくれました。今も文通しています。私はこの会社で25年勤務しました。

1979年8月、願いがかなって永住帰国しました。心臓が悪く、医者から余命2年を宣告されてきましたが、日本で治療した結果、30年過ぎた今も私は生きています。それにこの30年、思いがけない仕事ができたのです。

●帰国者や2世・3世を支える日々

厚生省の中国残留孤児訪日調査では、1981年から1999年まで30回援護員を務めさせていただきました。また、１９８９年から１９９５年までは春陽会の残留婦人の招待も15回務めました。１９９３年から１９９５年までは、長野県中国残留者招待実行委員会で県出身者の招待を3回手伝いました。

１９９３年12名の残留婦人の強行帰国者[*6]は、春陽会が招待した人たちです。長野県出身者が3名いて、私はよく会いに行きました。最高齢の横田はつゑさんは、「90歳になってやっと幸せになったよ」と、嬉しさいっぱいの笑顔を見せてくれましたが、新しい支援を受けることなく亡くなりました。でも、この行動のお蔭で１９９４年に中国残留邦人の帰国・自立支援の法律案が成立したのです。残留婦人の帰国が実現し、忘れることのなかった日本語で暮らせるようになったのです。「13歳以上は自分の意思で残った」という国の言い分に悔し涙を流したのは、残留婦人です。この日、やっとその涙が乾いたのです。

末期ガンを隠して訪日調査に来た孤児、日本に来て3日目に自殺した婦人。この2人は、祖国に帰りたい、日本で死にたいと思う孤児・婦人全員の気持ちを代表しています。この2人に今日まで元気で生きていてほしかったと残念でなりません。

木曽町には、帰国者は多くありません。健在でいるのは2人だけ。両国の言葉が分かるのは私1人だけです。でも、2世、3世は大勢います。私はみんなに2カ月だけ生活保護をいただき、2カ月目の月末には給料がもらえるようにしました。末日当日に、「親の世話ができないなら、明日にでも中国へ帰りなさい」と言ったのです。今思えば、随分きついことを言ってしまったと思いますが、みんなは聞いてくれました。私も、去年支援を受けるまで生活保護を受けていません。

2世3世には町営・県営住宅をお願いし、旅館に行って不用になった布団をもらい、建

＊6　１９９３年9月、日本のパスポートをもつ12人の中国残留婦人が引受先を定めずに「強行帰国」した事件。当時、中国残留婦人の帰国は日本の親族の同意が必要とされており、補完的に「特別身元引受人制度」もあったが引受人自体の絶対数も不足していた。この事件が契機となって、翌年「中国残留邦人支援法」が成立した。

設会社に行って風呂桶をもらい、町の人たちにお願いして不用品を集めて落ち着かせました。仕事はハローワークに行き、また直接会社に行って頼みました。みんなを就職させ、私はその会社を回って歩き、仕事を覚えさせました。木曽でも一番大きな大同キャスティングスでは、９名引き受けてくれました。

忙しい中で、私はみんなが日本語が話せないことが、私を忙しくさせていると気づき、町に頼んで日本語教室を始めたのですが、私は70年前に小学校を卒業しただけです。本屋さんに行って自分に分かる本を買って、まず自分が勉強し、それを教室で教えました。その後、県にお願いして、２年間県から来た先生に教えていただきました。今はまた、私がみんなと一緒に勉強しています。ほとんどの人は、簡単なことは自分でできるようになりました。でも、むずかしい手続きはまだ無理で、書類を作ったり公証書を訳すのはまだ私です。でも、私は誰からもお金をもらうことはしていません。

木祖村出身の孤児が私に「帰りたい」と言って来たときは、日本に呼んで信州大学で血液鑑定をし、松本の法務局で戸籍復活をして、私が保証人になって、帰国させました。

私は今年83歳です。私の目標は、私の元気なうちにみんなが自分のことは何でも自分でできるようになることです。自立指導員、自立支援通訳、医療通訳、日本語教室と役（役目）がありますが、このような役に関係なく何でも手伝います。国際結婚の人の夫婦げんかに呼ばれたり、分娩室で一緒に力んだり、手術の時は寝ずに付き添いもしました。日系の人も国際結婚の人も区別しません。今は若い人たちに囲まれて、楽しくやっています。何しろ、みんなが仲良しであることが嬉しいです。体調はよくありませんが、動ける限り、ボケない限り頑張ります。

（２０１１年）

満蒙開拓青少年義勇軍として

木曽町　原　今朝松

●「広い土地で農業ができる」という先生の話

私は、大正9年に開田村西野で生まれ、現在91歳になります。5人兄弟の三男でしたが、兄弟のうち4人が軍隊に行っています。昭和10年3月に把《たば》の沢尋常高等小学校を卒業して、家事を手伝ったり、父について御料林の仕事もやりました。

昭和13年2月に満蒙開拓青少年義勇軍[*1]に進んで志願しました。友人3人で話し合って決意し、内緒で書類に父の印鑑を押して、後で父から叱られました。母も、「見ず知らずの土地に行かなくても、何も外国までも」と強く反対しました。当時学校の先生から満州について「義勇軍として満州へ行けば、広い土地で農業ができる」という話がよくあり、夢や希望を膨らませたものです。当時の開田は土地が狭く、開墾して畑や田んぼを作ったり、養蚕をやっていましたが、大家族なので農業や林業関係の仕事の収入で食べていくのは大変でした。5人兄弟の三男でしたから、いずれは外へ出ていかなくてはならない状況でした。結局、それらが私の渡満《とまん》のきっかけになったと思います。

3月23日の壮行会は、出征兵士並みに盛大に行われました。511人（木曽町関係では開田村3人、福島町1人、三岳村3人）が長野県庁前に集合し城山神社にて祈願祭を行い、茨城県の内原訓練所に入所し、2カ月の訓練を受けました。行動はすべて太鼓とラッパの合図で行われ、礼拝・日本体操《やまとばたらき》[*2]に始まり、精神訓話・開墾作業・軍事教練・行軍演習などがありました。生活のすべては自給自足が基本で、食品の製造加工から衛生看護に至るま

＊1　日本内地の数え年16歳から19歳の青少年を満州国に開拓民として送出する制度。満蒙開拓団に代表される満蒙開拓民送出事業の後半の主要形態。

＊2　天孫降臨神話を取り入れた体操で、皇国精神を養う作用があるとされた。

で満州での生活に即応できる基礎教育と訓練がなされました。

5月29日に訓練所を出発、東京で皇居遥拝・靖国神社参拝を経て、第一次寧年義勇隊開拓団（100人）として、福井県敦賀港から渡満しました。目的地の満鉄寧年自警村訓練所に到着したのは6月5日でした。そこは鉄道の安全の確保と防衛（「匪賊《ひぞく》」と呼ばれる反満抗日組織から守る）のために設置されたもので、3カ年の訓練後は自警村開拓団として定着させる計画でした。「さぞかし立派な所だろう」と思っていたら、宿舎は仮設で雨漏りが激しく、舎内は地面に乾草とゴザを敷き、通路は土間、風呂は野外のドラム缶、まるで原始人の生活そのものでした。

最初の年は宿舎の建設を行い、秋に新しい宿舎に入りました。農作業の傍ら、鉄道警備も行いました。入所当時は、生水や気候に慣れないため、ほとんどがアミーバ赤痢にかかり、絶食するか寝て休むしかありませんでした。人手が足りず建設作業にかなり影響が出ました。2年目は営農が主となり、トラクターと農耕馬を使って耕作を行い、大豆・麦類・コウリャン・大根・白菜・馬鈴薯などを収穫しました。土地は中国人から安く買い叩いたもので、石ころがなく雑草が多かったです。畜産も盛んに行われ、遠く離れた湿原地まで行き、飼育用の草を大鎌で刈り取ってきました。馬も飼い、軍馬として出しました。

厳寒の冬期間は、主に教学（国体観念に基づく刷新教育）と軍事訓練を行いました。零下30度は普通で、手袋を二重にしても手が凍えるほど寒かったことを思い出します。16歳から行っているので、母親が恋しくなり屯墾病《とんこんびょう》（ホームシック）になる者が多く出てきたため、先生として寮母が2人つきました。

●開拓と営農から軍隊へ

昭和14年5月、ノモンハン事件*3が起き、訓練所にも出動命令が下り、15人が出動しましたが、仲間の一人が昂々渓《こうこうけい》で戦死しました。

昭和15年頃から徴兵検査を受け軍隊に入営する者が増え、義勇軍の使命である開拓と営農が弱体化していきました（昭和17年4月から開拓団に移行）。私も、15年11月に徴兵検査に合格し、軍隊に入営するために帰国しました。16年2月に宇都宮連隊に入隊し、ソ連と満州の国境警備のため満州に派遣されました。関東軍の主力部隊は18年から19年にかけ南方に移動したため、19年4月に混成部隊が結成され、私たちは中支《ちゅうし》（中国大陸の中部地方）に行きました。行先は極秘で、移動は主に夜間でした。その間、戦闘にも参加しました。20年に入ると、教育隊として2～3歳年上の人たちを教育し、前線に送りました。

24歳の年に私の部隊は蔣介石《しょうかいせき》*4の軍隊に降伏し、終戦を迎えました。内心「終戦になってよかった」と思いました。当時本部にいたので、少し前から「日本は負けそうだ」という情報が聞こえてきたし、すでに軍票*5が使えなくなっていたので、薄々気づいていました。兵器係のとき、三八式銃*6などを見ては、「これではだめだなあ」と思ったこともありました。帰国を待つ間、「何とか帰りたい。体を大切にしなくては」と思いつつ、米は非常時に備え備蓄し、魚や雑草の類を食していました。中国では内戦が始まっていて、「外に出ると危ない」と言われていました。マラリア*7にかかって病死する人も多かったと思います。

昭和21年5月に上海を出発し、1週間後に無事復員できましたが、途中佐世保に上陸した時、木の葉を巻いてタバコとして売られているのを見て、「こんな状況ではだめだ。今後どのようにして立ち上がっていくか」と思ったものです。

＊3　１９３９年５月から同年９月にかけて、満州国とモンゴル人民共和国の間の国境線をめぐって発生した紛争で、１９３０年代に日本とソビエト連邦間で断続的に発生した日ソ国境紛争（満蒙国境紛争）のひとつ。

＊4　孫文の後継者として北伐を完遂し、中華民国の統一を果たして最高指導者となる。国共内戦で毛沢東率いる中国共産党に敗れて１９４９年より台湾に移り、大陸支配を回復することなく没した。

＊5　軍用手票の略で、軍隊が戦地や占領地で通貨の代用として使用する手形。

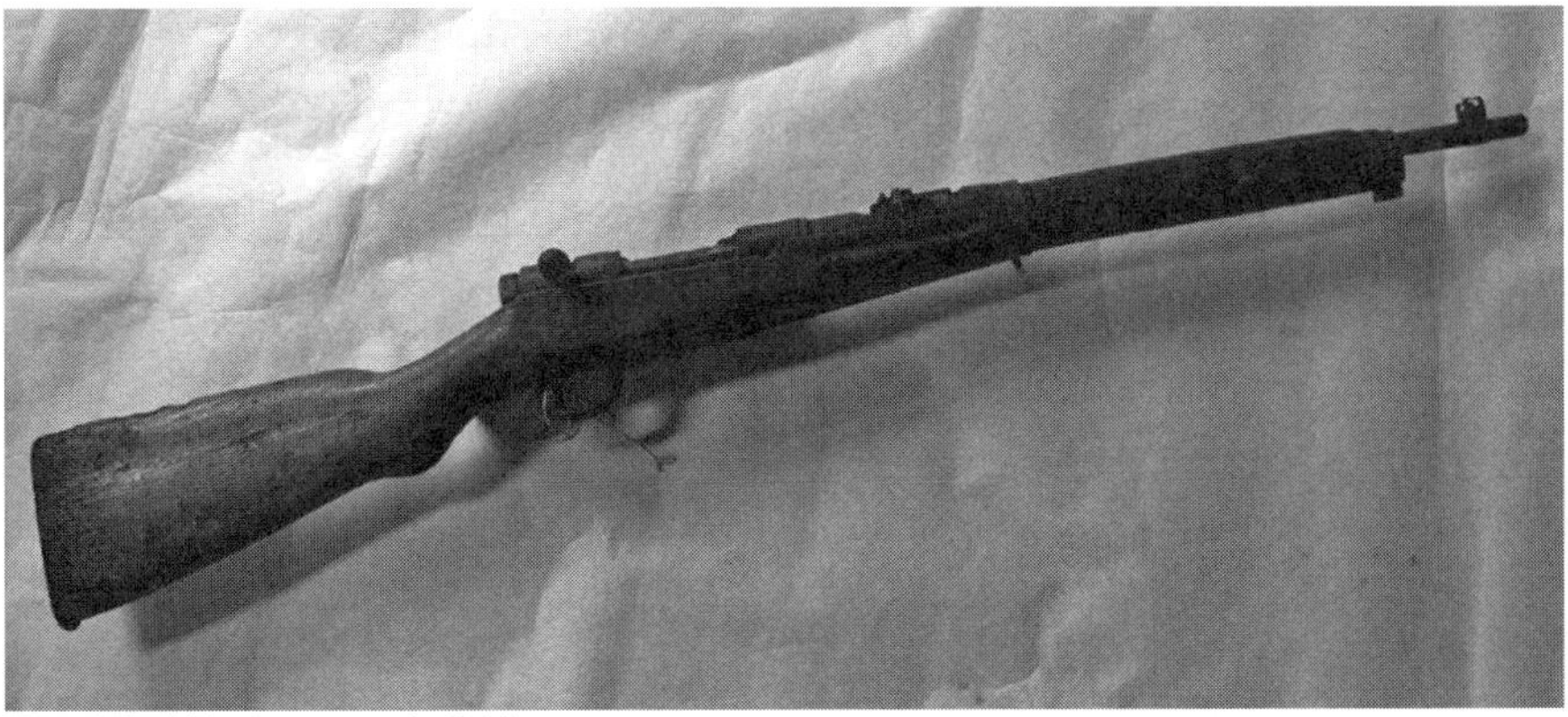
三八式歩兵銃（センター収蔵品）

戦後しばらくは配給制度が続き、米が不足していました。今でもポンせんべい（ポン菓子。米などの穀物を膨らませた駄菓子）作りをやったり、田立まで長芋の買い出しに行ったことなどが忘れられません。

今振り返ってみて言えることは、戦争だけはだめということです。昭和52年の名簿作成時に、第一次寧年義勇隊開拓団（１００人）のうち、61人が帰国でき、39人は戦死もしくは病死（主に栄養失調による）したことが判明しました。

（２０１１年）

＊6　61P参照。
＊7　マラリア原虫の感染による伝染性感染症。発作的な高熱を繰り返す。

少年たちはなぜ勇んで義勇軍に志願したのか

伊那市　宮下 慶正

●親の反対を押し切って義勇軍へ

私は25歳で満蒙開拓青少年義勇軍の幹部訓練所へ飛び込んで、それから少年たちを238人連れて、満州に渡ったわけです。なぜ14歳、15歳、16歳の子どもたちが満州へ渡ったのかということは、これは私たちが真剣に考える問題だろうと思います。

先ほど、「戦争を始める舞台がだんだんと作られていくのではという懸念を持つ」というお話がありました。義勇軍は先生がほとんど勧めて、14や15の子どもたちが「おれは満州に行くんだ」と言って、親の言うことは聞きません。親はほとんど反対でしたね。親を押し切ってでも、印鑑を無断で押してでも志願していったのはいったい何だったかということを私はしょっちゅう考えさせられています。私たちはこれをよほど真剣に考える必要があると思うんです。

昭和16年、私が満州へ行った年、私は小学校にいたのですが、長野県は非常に移民熱が高まって、自分が行ってみなければ始まらないと思いました。幹部がいなくてしょうがない、行く人がいないというので、私は血気にはやって、「子どもばかり送っておいて、なんで先生が行かないのか。では俺が行こう」と言うと、ある校長が手をあげて喜びました。誰もいないんですから。それで「君行け、中隊長だぞ」と言われました。

開墾をしたり、「日本体操《やまとばたらき》＊1」というのを覚えたり、説教を聞いたり、茨城県内原の訓練所の日輪兵舎の中でどういうことを生徒にさせるかということを聞き、子どもたちが来る前

＊1　88P参照

に幹部の訓練を受けたんです。そして、いよいよ子どもたちが来る2日ばかり前に辞令が出ました。

私の団の中隊は上伊那と下伊那と諏訪と南安曇・北安曇の5郡です。下伊那が一番多くて100人ちょっと、上伊那が40人、諏訪が36人、そのあと安曇を入れて、全部でたしか274人。でも、内原へ移る時にもう幹部が脱落してしまいました。幹部訓練で手に豆ができてまいってしまう。私は中学を途中でやめて百姓をしていましたから、土方や抜根作業も平気ですから、豆なんてできても大したことはない。1人、また1人と脱落して、先生は3人になってしまいました。

横川という諏訪から行った当時41歳の先生が中隊長でした。丸山という農地専門の先生が30歳になったかならないか。そして私が25歳。私は軍隊の経験があったので兵隊さんの基礎を教えていました。機関銃・小銃の撃ち方や銃剣術など、基礎の訓練を3～4カ月教育して新兵さんたちを中国戦線へ送る。するとまた召集兵が入ってきて、また教育する。教練指導員、教学指導員の二役を受け持っていたのです。

それで、3月20日から長野県下5郡の生徒が日の丸兵舎にどんどん入ってきました。日の丸兵舎とは、真ん中は土でそこに柱が立つ「天地根元造り」の丸い兵舎です。その兵舎の中で皆一緒に生活するわけです。

1小隊がその中に入ると、すぐ編成しなくてはなりません。幹部の3人はほとんど寝る暇がなかったです。次は何を教えるか、敬礼も教えなければならない、朝はラッパで起きてラッパで全部行動する、そういう訓練を2カ月しました。また、満州に行けば医者がいないので、お灸をする生徒を育成しました。満州では自分でパンを焼かなくてはならないから、パンも焼きました。そういうごく基本的なことだけを教えたのです。

そして、昭和16年6月満州へ渡りました。県知事以下各市町村長、学校長、あらゆる機関の長が松本へ集まって、全県あげて義勇軍の私たちの壮行会をしてくれました。長野県には3つの郷土中隊がありました。私ども一番南の横川中隊、その次は北村中隊、長野・小県・佐久の生徒たちが成沢中隊。3個中隊が松本へ来ました。松本の陸上競技場で分列行進をしたり、日本体操を見せるのですが、軍隊よりはるかにすばらしいと言われました。どの中隊も徹底した訓練が行き届いていたので、咳払い一つしないほどで、みんながバンザイで送ってくれても、ただ敬礼するだけの徹底ぶりでした。親がお菓子など食べ物を持ってきても「食べるな！」というわけです。そういう松本の壮行会でした。

●荒れる子ども、成長する子ども

松本を発って伊勢へ、そして舞鶴から朝鮮へ渡り、羅津《ラシン》から上陸して満州の牡丹江省《ぼたんこうしょう》へ入りました。行ってみると日本内地とは全然違う。丘また丘で何にもありません。ところどころに煙が見えるなと思うと、その凹地に中国の人たちの部落がある。煙が立っているから部落が分かる。その部落を過ぎて歩いていくと、また丘があり丘を越えて駅から32キロも離れた中隊に入りました。

行ってみたら、中隊は半地下、土で造った家で屋根はトタン、家の中は兵舎と同じです。板敷で真ん中は土、板の上にアンペラ（むしろ）を敷いてその上で寝起きする。満州の土はいやらしく、真ん中の土はべとついて、歩く所は高くなってつるつるしていました。そして、寝る所が両方にあってそこへ皆分かれて寝たのです。

馬など家畜が若干配給になりました。夜になると、狼が鳴いて大変です。それこそ布団を被って泣くよりない。私は指導員だから、泣いているわけにはいかず、自分を強くするために生徒に強くあたり、「こんなことで泣いてはいけない、しっかりしろ」と励ますしかなかったわけです。

一次、二次の義勇軍隊員たちは荒れてしまい、幹部が殺されたりする事件があちこちでありました。だから指導員として行った者に命はないと言われました。生徒が荒れ放題荒れてしまう、それはそうでしょうね、無理もない。私にはよく分かります。

連れていった生徒も、1年経ったら裸馬にまたがって野原を飛び回ります。ピーンと凍りついた土の上を馬で走る。子どもたちはしっかりしてきます。軍隊の払い下げの馬だから勇壮です。

弾を入れた銃を持たせて毎晩歩哨《ほしょう》（見張り）にも立っているので、14、15歳の少年たちも強くなります。それが18、19歳になれば、たいしたもんですよ。幹部の私はそれを250人も統制していかなければならない。それはもう目の色も変わります。厳しい先生だと言われました。小さい頃から気の弱かった私も強くなりました。強くならざるを得ないんです。本気でやらずにせっかく連れてきた生徒たちをへぼくしてしまったら、指導員が悪いということになる。環境に負けるわけにはいきません。途中で指導員がやめたりして、最後は中隊長が死んでしまって、私が開拓団をやらなくてはならなくなりました。これはもう話にならないくらい切ない話です。

（1991年）

「間違いだった」では済まない義勇軍送出

伊那市　三沢 豊

●教え子への説得に酔いしれた自分

こういう所で話をするのは、いわば自分の心を切り刻むような気がするわけですが、しかし、今政府自民党が国連平和協力法案を国会に出したが通らず、次は政令の一部を変えて中東へ飛行機を飛ばそうとしたけれど、これもできずに、とうとう閣議決定だけで掃海艇《そうかいてい》をペルシャ湾へ送るというように事態が進んでいます。その上、新たに小選挙区制を持ち出してきました。これが通れば、たぶん次に出てくるのが憲法改正とか海外派兵、行く先は徴兵制というようなことになってくる事態の中で、やはり私はそういうことを話すのが嫌だと言っていられないのではないかと思って、自分を励ましながら出てきたわけです。

私がかつて義勇軍に送り出した子どもも、たぶん満州（正確には中国の東北地方）で、「俺を送り出した先生は俺よりいいんだぞ。話すことがつらいなんて言っていられるか」と言うのではないかなと考えると、やはり私はここへ出て来ざるをえなかったと思います。

私は当時、青年学校に籍がありました。青年学校は軍隊の予備校というか、ほとんどが戦争の練習をするところでした。わずかに勉強する時間はあったけれど、主として軍隊から払い下げられた鉄砲を担ぐなど、軍隊の予備的な教育をする所でした。だから、満蒙開拓青少年義勇軍に限らず、私は幾つかの罪を犯しているわけですけれども、今日は満蒙開拓青少年義勇軍に限って申し上げます。

私は週5時間ほどの授業を担当する教師でした。冬、ちょうど夕食をすませて、私がこたつにあたっていると、１人の教え子が訪ねてきました。教え子といっても担任ではありません。なんの用事かと訝《いぶか》りながら広くもない教員住宅の部屋に上げ、こたつをはさんで向き合いました。その子はもじもじしてなかなか言い出さなかったのですが、そのうちに思いつめたように口を開きました。

毎日、満蒙開拓青少年義勇軍に行けと担任から言われていること、親は賛成していないこと、自分の父は身体が不自由で母も病気がち、兄たちは工場へ行っており、百姓は自分がいないと大変で、妹たちはまだ小さいというような実情を話してくれました。

当時、小学校高等科（当時は国民学校）を卒業すると、身体のしっかりしている男の子は、少年航空兵か少年海兵隊などの軍隊へ、その次は軍需工場へ、後に残った者の中から義勇軍行きが選ばれていたような気がします。学校の築山《つきやま》で日の丸の寄せ書きを持って写真に写っているのをみても、身体もどことなく弱々しく、14歳には見えない子どもたちです。こたつにあたっていても、耳たぶが冷たくなるような寒い夜でした。その子は義勇軍に応募できない自分の立場を精一杯私に打ち明けようとしたのです。

しかし、私は一通り聞き終わると胸をそらせながら、「満州は日本の生命線である。大和民族の発展を考えたら、君らのような若者がこの重責を負わなくてどうする。今の農村は行き詰まっている。農村更生のためにも君らが新天地に雄飛《ゆうひ》する以外にない。今満州は君たちを求めている。あの広大な沃野《よくや》は君らを待っている。一夜たてば、南瓜《かぼちゃ》の蔓が30センチも伸びるんだ」と私は得意になってしゃべっていました。

その子はすごすごと帰っていきました。私は自分のことばに言い知れない興奮を覚え、充実した夜だったような錯覚に酔いしれながら眠りました。次の日、その子は義勇軍行きの承諾を学級担任に伝えています。担任の先生は私に、「とうとうやったよ。これで目標達成だ。校長先生もご機嫌だよ」と話してくれました。私は内心、「俺の力さ」と気をよくしていました。

その子は戦争が終わってもとうとう帰ってはきませんでした。墓石だけが建てられました。

●「また間違った」とは二度と言えない

その後、私はあの子どもたちが行った後を追うように、軍隊に召集されてやはり昔の満州へ渡るわけです。今私は体重が70キロ近くあるのですが、満州では病気で30何キロまで減ったこともあります。そのくらいの体重になると、野戦病院で寝ていることが精一杯でした。空襲警報があっても防空壕へ逃げていくことができないので、ベッドの上で「仕方ない」とあきらめていたんですが、年が若かったのか、そこを乗り越えて命を捨てずに済んだわけです。

また、敵との戦闘で撃たれて1発が私の耳をかすめて、「頭へ当たらなくてよかったな」なんて思っていたら、肩へ当たったことがありました。そういうことを体験して、戦争が終わって昭和21年に内地へ帰ってきました。

一番懐かしかった所は、前に籍のあった学校ですから、「俺も苦労したんだ」といって慰めてもらうようなつもりで、その学校へ出かけていったんです。そしたら、その時の高等科の生徒が5、6人いました。生き残って故郷へ帰ることのできた教え子たちで、成長してたくましくなっていました。私は再会がうれしくてにこにこしながら近付いて行ったんです。

そしたら、子どもたちは「ごくろうさん」とも何とも言わないで、まっさきに「三沢先生は俺たちと同じように戦争に行ったから許す。だけど、戦争に行けとあれほど言って無理やり俺たちを行かせておいて、帰ってきてみたら、あの戦争は間違いだったと言ってやがる。死んだ者はどうするんだ」と言うんです。

私はそれを聞いた時に、「あっ俺は教師だったんだなあ」ってことをつくづく思いました。教師とは「国の政策がこうで、俺は国の政策の代弁をしただけだ」などということでは責任を逃れられないんだなあ、ということを感じました。このことが、それから後の私の一生を貫いていく元になっているような気がするんです。その子どもたちや亡くなった子どもたちに「ごめんなさい。また間違ってしまった」なんてことは二度と言えないな、という気持ちです。

そういう誓いを立てると、いろいろと大変なことにぶつかった時に歯をくいしばって耐えなければならないこともあるわけです。この頃思うのは、私は意識的にそういう努力をしてきたんだけれども、なぜああいう過ちを犯さざるをえなかったのかということについて、私はまだあまり深く考えてこなかったんじゃないかということです。

（1991年）

義勇軍から北支《ほくし》部隊の〝鬼〟になる

上田市　小林 英次郎

●満蒙開拓青少年義勇軍鉄道自警村

私は昭和13年の3月23日に満蒙開拓青少年義勇軍として内原訓練所に第1期の先遣隊として入植しました。当時、義勇軍を満州に送るということで大募集しており、信濃教育会に割り当てられた人員は全国でも長野県が多かったのです。

先生方は自分の人員を確保するために各家庭に幾日も通い、説得していました。うちの両親は非常に反対していましたが、母親が「お国のためだからお前もぜひ行け」ということで、数え年19歳の3月23日に義勇軍へ行きました。

長野県からはその時５１０名ほどが一緒に行きました。私の村から行ったのは３人で、私が一番年長で、その下が17歳、16歳の３人でした。23日に長野市に集合。県知事が満蒙開拓に熱意のある人で、記念として満州国旗と日の丸の一対を全員に渡されました。そして長野市内を行進し、列車に乗って茨城県の内原へ行きました。

内原訓練所の教官は所長先生と配属将校2名でした。内原は広大な松林があって、それを伐採して兵舎を建てました。兵舎は2階建てで一棟が60人。昼間は軍事訓練と開拓、夜は学科という生活が始まりました。

開拓訓練は鍬《くわ》をもって松林に一列に並び、2時間やって休憩・お昼、午後も2時間やって休憩・夕飯ということになるんですが、途中の休憩はありません。大きな鍬をゆっくりと振りかぶり、ゆっくりと開墾していく。早くやってはいけないのです。要するに精神教育ですが、これがとても厳しかった。

そういう訓練を2カ月~3カ月受けた者を満州に送ったのです。満州に行くときは東京で宮城遥拝、明治神宮を参拝してから夜行列車に乗って新潟まで行きました。満州丸という3000トン足らずの船に乗船し、新潟市民のテープの見送りを受けて、3日かけて朝鮮の清津《チョンジン》に行ったわけです。途中、佐渡島沖を通過するときは幹部から「日本の見納めだから全員甲板に出ろ」と言われ、日本に最後のお別れをして満州に向かいました。

清津に上陸し、そこに一晩泊まったのですが、初めて南京虫にかまれて目が覚めました。そして国防婦人会の見送りを受けて満州に向かう列車に乗りました。牡丹江、林宝、青山と進みました。

私たちの義勇軍は年齢が16歳から19歳までで、たまに20歳という人が2~3人いました。私はその青山という小さな駅の「満蒙開拓青少年義勇軍鉄道自警村」という訓練所に入ったのです。その訓練所はまだ行った当初は満人の家を仮住まいとして入って、すぐ新天地づくりに取りかかったのです。夜になると狼などがたくさん出てきて、怖くてたまりません。着いたその午後から塹壕を掘り、鉄条網を張りました。

何しろまだ16~17歳なので、夜になると寂しくなってしくしくと泣く者もいます。それで、私たち年上の者が夜の歩哨などには全部立ちました。

その鉄道の駅には関東軍の警備隊が1個分隊~2個分隊ほどいたのですが、実際は私どももも鉄道自警村なので満鉄《まんてつ》*1の配下に入ったのです。満鉄の中に拓殖課があって鉄道自警村の面倒を見てくれました。

訓練所というのは小訓練所、中訓練所、大訓練所とおよそ3種類に分かれます。私ども

*1 南満州鉄道株式会社の略称。鉄道事業を中心として広範囲にわたる事業を展開し、日本軍による満洲経営の中核となった。本社は関東州大連市から、のちに満州国が成立すると新京特別市に置かれた。東京市麻布区麻布狸穴町に東京支社があった。最盛期には80余りの関連企業を持った。1906年（明治39年）から1945年まで存在した。

が先遣隊で行ったのは100名です。規模の大きい訓練所は1000名～2000名という所もありました。関東軍の大きい訓練所へ行くと、ほとんど関東軍の中にいるようなものでした。

まず新しい宿舎をつくらなければいけないので、2キロほど離れた小高い山の裾に建設を始めました。満州の大工さんや私どもの中の左官屋などが中心になって、地ならしから材料切り、塹壕掘りを始めました。

開墾は満鉄のトラクターでやりましたが、100人で110町歩の開墾をしました。作物はジャガイモ、キャベツ、麦を中心にスイカやマクワ瓜などもつくりました。私たちの食料は満鉄から補給されていました。

気候風土に慣れるのは非常に困難でした。6月の満州は30度、8月になれば40度近い気候でした。冬も大変で、マイナス30～42度くらいになったこともあります。そのため、ドアの取っ手は全部木材でした。金属だと手が張り付いてしまい皮がむけてしまうのです。井戸ではロープでバケツを巻き上げるのですが、1週間もすると大きな穴も氷でふさがれ、バケツがやっと通るような小さな穴になってしまうので、氷を叩き割って水を汲めるようにしました。

満州での生活は非常に厳しく、生水を飲むとおなかを壊して一週間も何も食べられずに下痢をし、骨と皮ばかりになってしまいます。亡くなった方も1人おりました。そこで2年間教育を受けましたが、満州の厳しい気候風土に慣れるために非常に厳しく訓練されました。

●書かなかった遺書が届く

ここに私は2年半ほどいましたが、昭和15年の春、20歳になって徴兵検査を受けて軍隊に入りました。兵隊検査は24名が受け、20名が甲種合格、そして関東軍に入る人、北支部隊に入る人がいたわけですが、北支部隊に入る3人は内地に帰ることができました。私は10月15日に内地に帰りました。

内地で親戚回りをし、12月1日に宇都宮連隊に入り、そこに一晩泊まって翌日東京の芝浦港から輸送船に乗って大沽《たいこ》（天津市浜海新区＝旧塘沽区）の港に上陸しました。そして北京の部隊に入ったのが12月6日でした。

北京から南に下った高碑店《こひてん》で軍事教育を半年受け、警備隊に配属され、さらに訓練を受けました。

6年間に及んだ私の軍隊生活は、毎日が戦闘です。半年間の教育をうけて配属されたのは北京から黄河の端までの範囲です。黄河の上に洛陽《らくよう》という所がありますが、昭和19年の春に毛沢東が隠れているということで、山西省や北支の大部隊を夜行軍で黄河の端に集結させた大作戦がありました。その集結の途中、体力の尽きた人は途中の部落で火葬されました。本人の飯盒の中に片腕の骨だけを入れて、それを戦友が持ち、それ以外の遺骨はその部落に埋めて夜行軍で戦地に集合したのです。

洛陽作戦の時は、洛陽の三方から攻撃しました。全部包囲すると、かえって中にいる人を強くしてしまうので、一方を開けて逃げ道を作っておくんです。そして逃げて行くのを隠れていて攻撃するんです。そういう作戦を何回もやりました。

ゲリラ戦というのは、少数で行くとやられてしまうし、大勢で行くと相手が隠れてしまいます。あるいは銃を撃って誘導し、こちらが揃ったところで攻撃してくる。そういう作戦に苦しめられました。

あるゲリラ戦では、命令で大勢で行ってみると年寄りが1人いるだけ。中国の家は入ると両側に大きな鍋があって、下に鉄板が敷いてある。その鉄板をはいでみたら抜け穴、地下室になっている。あるいは、庭にコーリャン殻が積んであると、そこが地下室に通じている。そういうことが非常に多かったですね。残された年寄りは暗号を持っている、あるいは連絡を取っている。それがゲリラ戦でした。

日本軍の中にも逃亡して向こうの仲間になった人も何人もいます。私が一番身近に感じたのはお坊さん出身の憲兵です。中国経由で伝来した仏教の徒が中国人をいじめることに耐られず、昭和19年の終わりに中国軍に逃亡しました。私にしてみれば非常にショックでした。耐えられず逃亡する、演習に行ったまま逃亡する、これは日本軍の恥ですから、軍法会議ですぐ死刑です。

長野市の姉妹都市である中国の石家荘《せっかそう》は、住民を非常にいじめたところです。ゲリラ戦は、やらなきゃやられるという状況なので非常に住民をいじめ、500戸くらいの部落に火をつけて焼いてしまう。向こうの密偵を捕まえて、これ以上しゃべらないということになると抹殺してしまう。だから、山岳作戦の時は岩のところに「東洋の鬼、早く帰りなさい」「お母さんが待ってますから帰りなさい」などと大きい文字が書いてありました。

尖閣問題などがありますが、相手にしてみれば無理もないと思います。中国ではおじいさんから親、子、子々孫々まで、日本にこういうことをやられたということが教育の中で伝えられているわけです。何かあると反日の声があがるのは、やむを得ない。慰安婦も、実際大きな町や軍隊のある所にはありました。私たちの認識では強制的とは思わず、朝鮮の人たちが商売をやっていると思っていました。

昭和19年の終わりごろ、部隊の者は全員遺書を書いて内地の留守部隊に送りました。私はその時、部隊から離れていたために遺書を書いていないんです。ところが、私が復員した後の昭和21年12月暮れにこの手紙が家に届きました。私が書いていない遺書が届いた。裏を見たら荒井（旧姓）英次郎と書いてある。開けてみると髪と爪が入っている。代筆と書いてありますが、「海行かば　みづくかばね　山行かば　くさむすかばね　大君の　辺《へ》にこそ死なめ　かへり見はせじ」という私の遺書も入っている。もし私が戦死していれば、この髪と爪と遺書が偽物だったことは分からずじまいでした。

帰ってからどう生きていいんだろうと思いました。私は剣道をやっていたので、段を取って上小剣道連盟に入り、以後60年剣道をやって自分の体を鍛えてまいりました。

戦争というものは絶対やってはいけないと思い、９条の会に入りました。これからは外交で平和な世界をつくっていくのが、日本の役割じゃないかと思います。

（２０１３年）

8月16日、集団自決の危機を逃れて

高森町　串原　喜代枝

●義勇軍の子どもたちを支えて

満蒙開拓青少年義勇軍は、政府からも信濃教育会からも強い要請がありまして、昭和17年には上下伊那で300人、1箇中隊を出したのはこの時が最初で最後です。その300人の郷土部隊の幹部の1人として夫が参りまして、1年少し遅れて私が嫩江県《のんこうけん》の伊拉哈《いらは》という所へ参りました。そこの訓練所へ入植したのです。

その訓練所は昭和12年8月8日に義勇軍が結成される以前に「伊拉哈少年隊」と言って100人くらいの人たちが長野県と宮城県・岩手県の東北の人たちを中心に試験的に入植していました。「原中隊」といって喬木村出身の原為二という先生が中隊長で満州へ渡ったわけです。

開拓団を作るとき、医療関係のことも知って、簡単な包帯くらい巻ける人がいないと困るだろうということになりました。それで私は病院で6カ月の講習を受けたり、訓練所で寮母講習を受けたんです。

伊拉哈で3年の訓練を受けて、開拓団に入植するという約束でした。

義勇軍を勧誘するとき、学校の先生方は、「義勇軍に行って訓練を受ければ、中等学校と同等の学力を付ける」「信濃教育会が責任を持って教育をする」「3年間の訓練が終わって入植した場合、1戸として独立すれば1町歩の土地をただでもらえる」という話をしました。信濃教育会から相当強い勧めがあったんです。戦争に協力する、国のために働くという本

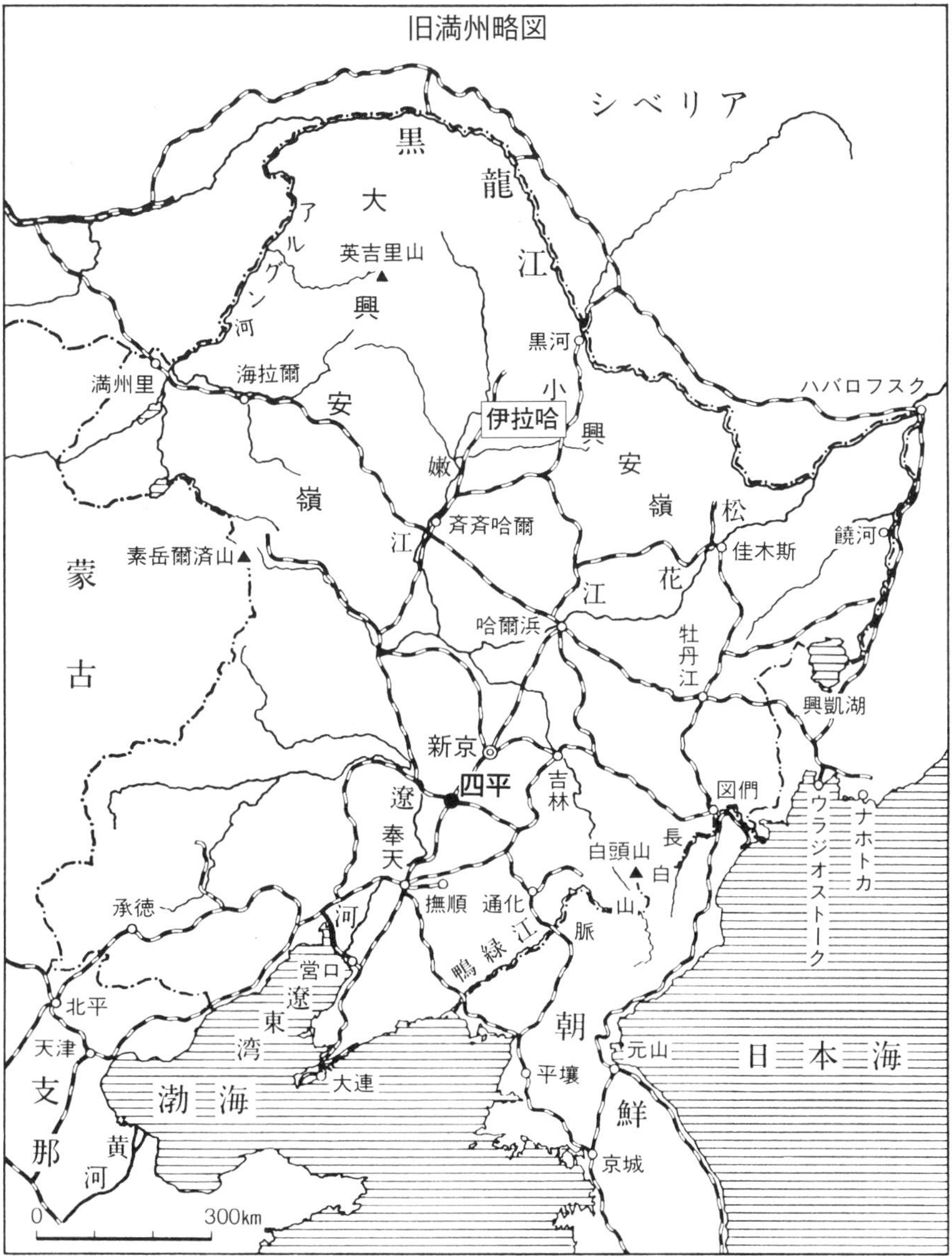
旧満州略図
シベリア
黒龍江
大興安嶺
アルグン河
英吉里山
黒河
満州里
海拉爾
小興安嶺
伊拉哈
嫩江
ハバロフスク
斉斉哈爾
松花江
佳木斯
饒河
素岳爾済山
蒙古
哈爾浜
牡丹江
興凱湖
新京
四平
吉林
遼河
図們
ウラジオストーク
ナホトカ
奉天
長白山脈
白頭山
承徳
撫順
通化
鴨緑江
営口
遼東湾
北平
天津
大連
朝鮮
元山
日本海
平壌
渤海
支那
黄河
京城
0
300km

当に純真な潔い気持ちで応募されたと思います。

私は訓練所へ行ってからは姉さん的存在でした。寮母としては小川先生たちが食堂の中から栄養指導などを一生懸命にされました。私はふるさとが恋しく、お母さんが恋しくてちょっと泣いてくる生徒さんと一緒になって泣いたり、一緒になってお茶を飲んだりというような関係でした。訓練生の世話をしてあげたというより、訓練生が私の世話をしてくれたのかもしれません。17年の9月までそこにいました。ちょうど主人がハルビンの方へ開拓団の農業協同組合みたいな組織の勉強に出向のような形で行ったので、ハルビンの近くの訓練所に移ったのです。

昭和17年の4月ころから先遣隊が出ていましたが、それと前後して軍から人手が足りないから原中隊から100名出せと命令がきて、上飯田から行っていた松下という先生が100名の訓練生を連れて軍の勤労奉仕として出ていきました。18、19年くらいになると訓練生も成長して、自分の将来を考えるようになります。「こんな所で幹部の後についていって俺たち一人前になれるだろうか。大工とか獣医とか手に技術を付けよう」ということで研修生として推薦してもらって、各訓練所に勉強に行った人もたくさんいました。

伊拉哈の本隊は300人いたのが、19年ころは100人くらいの人数になりました。後で記録を見ると、100町歩の耕地があったそうです。18、19年には馬や大農具も入り、だいぶ充実してきて何とか耕作していたようです。私は19年に伊拉哈を出てしまったのでその後の様子は何も分かりません。入植した所が輿凱湖《コウガイコ》というソ連との国境の湿地帯で、「農地として立派に耕せるわけがない。私たちは兵隊に行って我慢するけれど……」という手紙を訓練生からもらって私自身は大変不安になりました。

その後、訓練生から「もう大丈夫だから開拓団へ来い」という手紙をもらい、開拓団へ行こうと思いました。その時行っていれば、あるいは敗戦が1カ月遅れていれば、私も子どもも一緒に死んでいたと思います。それほど人が生きたり死んだりということは本当に紙一重のことです。約300名の方と一緒に行って、まがりなりにも指導者という立場で行った人間が、むやみに訓練生を現地で亡くして、自分たちだけが生きて帰ってきたという後ろめたさで今まで生きております。

●「自決しようということに決まった」

8月15日の玉音放送は満州の午後7時の放送でした。木村さんという家に集まって玉音放送があるということで聞いて、はっきり日本は戦争に負けたということを知りました。警察官に「これから私たちはどうなるんですか」と聞くと、2人の警察官は下を向いて「俺たちもどうなるか分からない。堪忍してくれ」とおっしゃったことを今だに覚えています。

16日の朝、朝鮮の人を中心にして中国や朝鮮系の大群衆がプラカードを掲げて「勝った、勝った」と勝鬨《かちどき》をあげて大行進をしている。午前10時に「衣服を整えて工農合作社2階の大講堂へ集まれ」という知らせが来ました。私は、「衣服を整えて」ということがどういう意味か理解できず、洗濯したきれいな服を着ていけばいいだろうと、1歳7カ月の長男をおぶって5月末に産まれた長女を抱いて大講堂へ行きました。

大講堂は壁の真ん中に日の丸の旗が貼ってあって、誰もしゃべらない。すごい空気でした。そして、みんなが集まったとき理事長さんが言いました。

「日本はもう負けた。男の人たちはみんな召集されてしまってごらんの通り女と子どもと

50歳に近い獣医1人しか残っていないんだ。これからどうやって逃げる。逃げることはできない。敵の辱《はずかし》めを受けて死ぬより、ここで自決しようということに決まった」

「決まった」と言うので、祖国へ向かって遙拝《ようはい》し、初めに水杯《みずさかずき》が配られました。茶碗に分けてもらった水を飲んで別れの挨拶をして、次に獣医さんがやかんに毒薬を入れて配ってくれるはずでした。まず子どもに毒薬を飲ませて死んだことを確かめて、最後に一家の責任者が飲んで全員自決です。まだ全員自決という言葉が実感として出てこないうちに水杯をして皇居に向かって遙拝をしている時、大人の不思議な空気を察知したのか1歳にも満たぬ長男が、私の首に両手の爪を立ててしがみついてくる。長女は小さかったですが、3人ともお地蔵さんのように座っていました。

獣医さんは毒薬を調合しようとしても気持ちが定まらないのか、やかんにカチカチとビンの当たる音がするだけでなかなか毒薬が配られてきません。300人くらい集まっていましたが、本当に水を打ったような静寂で、人間が最期を思う時の静寂なのかと思います。すると、通訳が大声で「責任者は出て来い」と言いました。理事長と獣医さんが出ていって話をしています。そのころは緊張の糸がぽっと切れてその方たちの話が聞こえるようになりました。

「蔣介石が指令を出した、『恨みに恨みを持って報いるな、日本人の生命財産は蔣介石が責任を持って守る』という指令が出たから、みんな早まったことをしてくれるな」

通訳が将校の言葉を伝えてくれたのです。将校は空に向かって威嚇射撃を2発して、次の集結地に向かって駆け去っていきました。

集まっていた人たちはそれまで声を出さなかったのに、号泣というかケモノの吼《ほ》えるような声を出して泣きました。みんな命が助かったことがうれしかったのか……。獣医さんは調合しかかった毒薬を庭へ穴を掘って埋めました。

●難民として、使役として、人間として

それから、15日してソ連が進駐してきて、私たち日本人は強制収容されて小学校へ難民として入りました。私の場合、4カ月そこで難民生活している間に強制労働していた主人がシベリアへ送られることなく帰ってきて、12月半ばに家族が一緒になることができました。それから長春へ逃れ出て21年9月1日まで長春で難民生活を送りました。

中国で難民生活をしている間、国情が安定していれば私たち日本人難民ももう少し平和な生活が送れたと思いますが、満州では革命戦が始まりました。9月の初めころから今の中共軍が蜂起してだんだん蔣介石軍の守備範囲を狭めていった。4月の初め進駐していたソ連が引き上げていったあたりからますます内乱は激しくなって、長春の町も時には中共軍が、時には蔣介石軍が入ってきて戦いをくり返しました。私たちは戦いで死ぬのではなく、食べ物がなくて栄養失調と生活環境の悪化に苦しみました。

北から逃れてきた難民で、12月の長春の町はいっぱいでした。お寺の床下まで難民が暮らしています。12月といえば氷点下20度になるから当然凍《こご》える。着るものもない。そういう状況の中へ私たちも行ったのです。食糧難に伝染病が加わると5歳以下の子どもや50歳以上の人は本当にもろいです。昨日まで生きていた人が次の日には亡くなっている。学校の廊下が死体で満たされる。そういう生活をくり返していると、人が死ぬということについてあまり感覚がなくなってしまいました。

4月頃、洗濯物を干していると、そばへ軍の大きなトラックが止まり、私の手を引っ張ってトラックの中に押し込みました。抵抗もできず、連れて行かれた所が死体処理場でした。七三一部隊は戦争犯罪者などを集めて生体実験をしたり、チフス・コレラを培養したりして、生物兵器を作っていました。でも、そこの偉い人は戦争で負けるより先に飛行機で日本に帰ってしまった。次に偉い人たちは汽車で帰った。マルタと呼ばれて実験で使われたロシア人とか中国人などの思想犯は殺しておいて、アライグマとか猫とかネズミとか、ノミを培養していたのは放っておいたのです。その菌がハルビンから新京あたりまで伝染して、ペストだとかコレラだとか発疹チフスが出た。ペストは死んだときは肌が黒くなっているそうです。だから黒死病と言って中国の人たちもこれを恐れて、小さい集落で黒死病が出ると生きている人間まで焼いて防いだといいます。

ところが、山のような死体が4月になると溶けてくる。溶けたら扱いずらくなるから、氷っている間に焼いてしまえということになったようです。2、3頭立ての大きな馬車にゴボウ積みに積み上げる、それを下から2人で投げ上げる、上で積む使役がその日は足りなかったんだと思います。

私が連れて来られたのは、そういう仕事でした。私も使役に使われました。山のように死体を積んで、何台かの馬車が西の荒野へ向かってその死体を焼いた。帰ってくるときに背中に夕日が当たった記憶がはっきりしています。春になってから何千という死体を広場に埋めたというので、焼いた所もあれば埋めた所もあったのだと思います。

使役の最中、中国人が日本人を悪く言い、私たちが少しでも立ち止まると馬をたたく皮のムチで足下の土をドンとたたいて威嚇する。「七三一部隊や日本人はひどい」とか「日本人はもう帰った」と大きい声を出して私たちを監視している。私も若かったから、40～50％の中国語は聞くことができましたが、それが本当なのかデマなのか分かりません。

お昼にはピンという「おやき」みたいなものをくれるので、しょうがないから死体をさんざんいじった手で食べました。「水をくれ」と言うと「ぜいたく言うな」と怒られて土の上にムチが飛ぶ。

10年前ころから、関東軍のやっていた七三一部隊が細菌を培養して細菌爆弾を作ったと言われるようになりましたが、石井部隊の一番上の人たちは先に日本に帰ってきて「ミドリ十字」という製薬会社を作って、ＨＩＶの入った血液製剤を輸入したのです（薬害エイズ事件）。

そして今度は、イラクが細菌爆弾を作っているとか言ってアメリカが攻撃していますが、アメリカは七三一部隊の研究した資料をもらって石井さんを戦犯にしなかった。その研究資料が盗まれてイラクに細菌兵器があると言っている。アメリカだって作っているんです。

引き揚げの最後に忘れられないことがありました。列車で奉天を過ぎてから、17、18歳のかわいらしい娘さんが赤ちゃんを産まなくてはならなくなった。ソ連の兵隊に犯されて妊娠したのに子どもだからそれを知らずに、無蓋車の中でお産になった。その時、鈴木さんというすごく気働きのあるおばさんがいました。「女の人たちはここへ屏風を作りましょう」と列車の隅に人間で屏風を作り、男の人は向こうへ行って座りました。一生懸命17、18歳の少女が赤ちゃんを産みました。その産声へ向かって男の人たちも拍手をしてくれたんです。その時はとてもうれしかった。やっぱり祖国が見えだすと、人間の心を取り戻して、みんなが拍手をしてくれたことに本当に清い涙が流れました。

でもこの赤ちゃんは1時間くらいで亡くなってしまって、次に止まった駅で鈴木さんと2人で栗の実った畑に埋めてきました。その時鈴木さんは、「この子にだって将来があったのに、栗だってこんなに実るのに、私たちは人間を実らせることができないんだよね」と言って泣きながら土をかけていました。

私は2人の子どもを連れて帰ってきました。長男は失明する危険がありましたが、ここまで連れて来たのだから失明しても生かすべきだと思って、ご近所の方からひんしゅくを買うくらい気の強いおばさんになってしまいました。2人の子も61歳と58歳になりました。

義勇軍を送出したときの前後のこと、自分のことを考えてみますと、学校でやっている教育の恐ろしさ、大変さを感じます。そして今、教育基本法を直そうと言っている。大企業や国の役に立つ人間を作らなくては困るから法律を直すのではないのか。本当に人間として尊い人間をつくる、人格のある人間を作るということを考えて教育基本法を直そうとしているんだろうか、疑問を持ちます。

人間をどう育てるか、やっぱり家庭だと思います。お母さんやおばあさんがしっかりして人間の本性、人間とはこういうものだということを家の中で教えないといけないと思います。

（2003年）

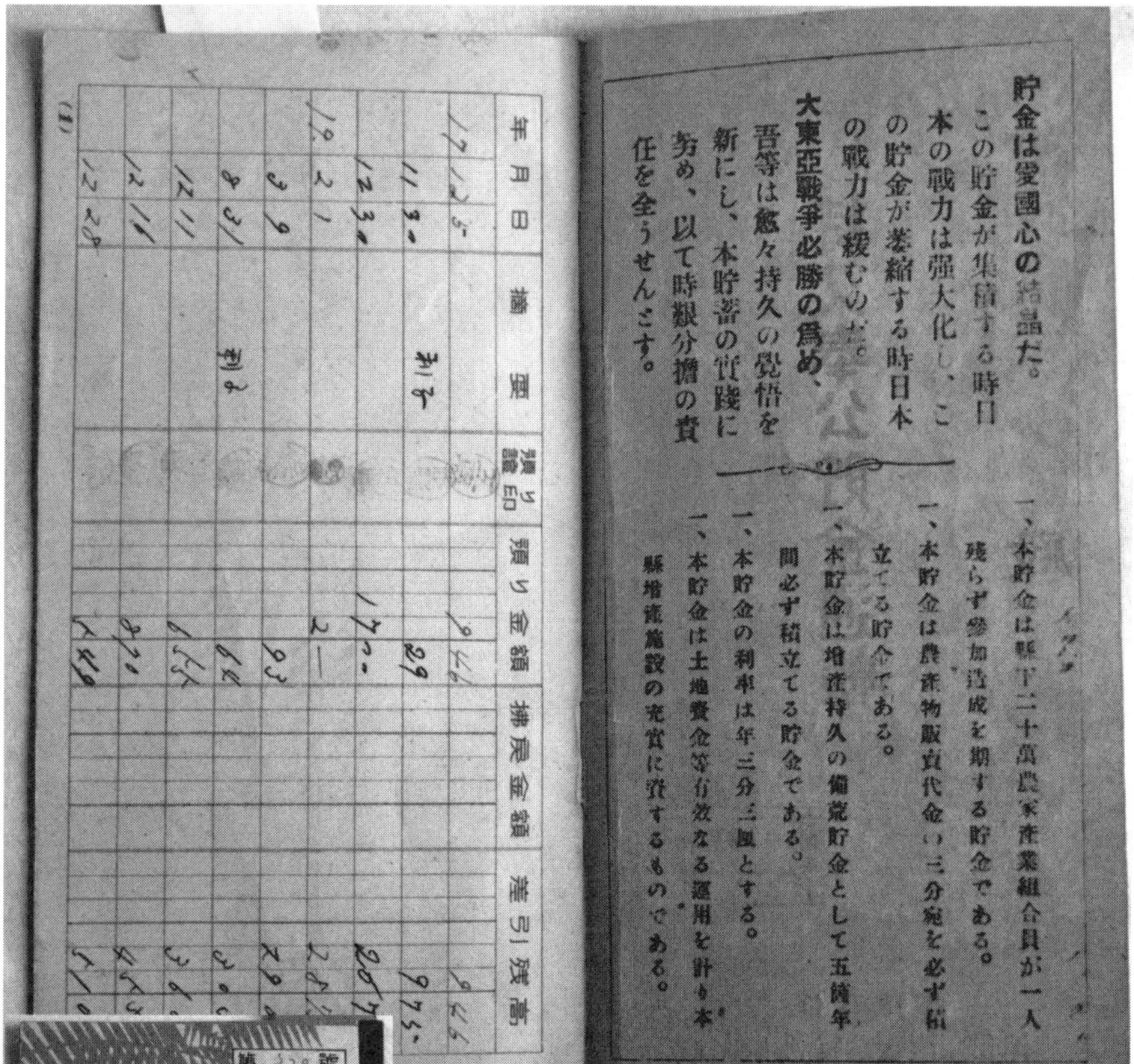

5年間の積み立て義務がある「持久奉公貯金通帳」(センター収蔵品)

満州引き揚げと苦いリンゴの味

上田市　竹内　みさお

●関東軍南下後の「最後の晩餐」

私の家は家族5人、東京の小石川に住んでいました。父は中学の教師でした。昭和13年満州国の首都新京に工業大学ができるというので父に声がかかりました。父は満州へ渡る決心をして、満洲に渡りました。そのあと母が引っ越しの荷物を送りだしたり後始末をして、6月1日に3人の子どもを連れて新京へ到着しました。

父は物理学校の後輩の上原先生とか石川先生などを招聘《しょうへい》して工業大学の陣容を整えていたようです。理化学研大会を手伝ってくれた林さんも父の後を追うようにして新京に来られました。工業大学は父が校長で、先生方も生徒も日本人と満人[*1]と、中には朝鮮人もいました。上田中学の卒業生が6人来られた年もありました。

昭和16年にようやく第8官舎が出来あがって引っ越すことになりました。その第8官舎は200軒の集合住宅で、ボイラーを焚いてスチーム暖房を通してくれる、設備のいい所でした。

19年の2月からは私は専攻科2年の最上級生になりましたが、もう教室で勉強する時間はほとんどなく、5月には軍の勤労奉仕、6月には飛行場へ通って訓練、7月には泊まりがけで教員養成塾みたいなところへ行き、夏休みが終わり2学期が始まると今度は勤労動員ということになりました。新京から奉天、鞍山《あんざん》を通って8時間くらいかかる、何もないところに軍の宿舎があって、そこに泊まって毎日1時間ほど歩いて工場へ行きました。

＊1　満州民族、満州族のこと。

昭和20年の4月から私は順天小学校に勤めまして、妹は関東軍の化学研究班に勤めました。8月9日の未明、初めて新京に空襲警報のサイレンが鳴りわたりました。暗闇の中で身支度を整えて庭先の防空壕へ避難しました。ドドドドッと壕の壁を伝わってくる地響きは何とも不気味なものでした。

空襲後、私は早めに勤務先の国民学校へでかけました。後から職員室へ駆け込んできた教頭先生が、「今朝の空襲はソ連のようです」と言われました。「不可侵条約を結んでいたソ連が参戦してきたとは」と、居合わせた先生方は唖然《あぜん》として顔を見合わせていました。「関東軍はみんな南方戦線に回されて北満には残っていないらしい」「それどころか関東軍の家族が南下し始めたそうだ」「ソ連軍が、もう迫っている」。信じがたいような話が次々に伝わってきます。時間が空回りしているようです。

玄関先で私を待ち受けていた母が、青い顔をして「お父さんに赤紙が来たのよ、召集令が」と言いました。父はと見ると一人椅子にかけて煙草をくゆらせています。夕方遅くには妹が息せき切って帰ってきました。いきなり父の前に行って、「明朝早く、関東軍と共に南下します」と軍隊口調で言いました。

関東軍が南下すると聞いて父は事態を判断したのか、「もしかしたらお前たちは生き残るかもしれない。もし内地に帰れたら信州のおじいさんの所へ行きなさい、住所を書いてあげよう」と言いました。悲痛な面持ちでみんな父の手許を見守りました。

「お母さん、もうこうなったら防空カーテンなど要らんよ。電気を明るくして、どうだ最後の晩餐をやろう」と父に言われて、母がとっておきの葡萄酒を出しました。何年もの灯火管制に慣れた目には、覆いをとった電燈は眩しくて気がひけましたが、父はかまわずに言いました。「いいんだ。ピアノだって弾きなさい」。戦局が緊迫してからは遠慮して弾くことの出来なかったピアノから、メンデルスゾーンの「ベニスの舟唄」が流れました。弾いている妹も私たちも泣きました。

妹は翌朝私と肩を並べて大路大街を北へ急ぎました。何か口に出したらわっと泣き出してしまいそうで、二人とも一言も言わずに早足で歩きました。妹は絣《かすり》のもんぺに雑嚢《ざつのう》（肩から掛ける布製のかばん）と水筒を胸で交差させて、ものものしいいでたちですが、母譲りの豊かな髪をおさげに結んでいるのは何か痛々しく見えました。何も言えないうちに5～6キロの道のりを歩いて関東軍の前まで来てしまいました。通用門の左右には門衛が銃を構えて前方を睨んでいます。私は妹の手を固く握って「元気で」とやっと一言言いました。妹は黙って頷いたままこぼれ落ちそうな涙をこらえて門衛に敬礼すると、一度振り向いただけで赤レンガの建物の中へ吸い込まれて行きました。これが8月9～11日頃のことです。

昨日妹を送った同じ道を、今度は私と弟で父を送って行きました。父の集合地になっていた小高い丘は、新京に残った男という男全部が集められたようで、悲壮な気配が漂っていました。女子どもは大方つてを求めて逃げたので、見送りに来ている人などいませんでした。

「逃げたところで夜の寒さや飢えをどうするのだろう。どうせ死ぬなら、動かない方がいい」と私の家では決心していました。しかし、このように隣近所が皆逃げ出す中で一軒だけ残ることは、やはり難しいことでした。

大荷物を背負って子どもの手を引いた女の人が、暮れかかった道を泣きながら歩いていました。軍や満鉄に縁故のない一般市民は、汽車に乗せてもらえず、駅から引き返して来たというのです。

隣組会場で顔を赤くして憤慨していた石長先生もとうとう夕べ赤ん坊を含めた8人の家族を引き連れて避難しました。これで第3隣組10軒のうち残ったのは、隣の松浦さんと私の家だけになりました。松浦さんは長い満州暮らしで知人も多いし、満語の達者なご主人もいらっしゃるから何かと手だてはあるでしょうが、私の家は父が出征して母と私と弟だけが残っていたのです。

そんなある日、玄関で女の人の声がしました。森先生の奥さんが3人の子どもを連れていました。「海岸に集まると、手りゅう弾を渡されるそうじゃありませんか。関東軍はあまりにひどい。自分の家族は真っ先に疎開させてしかも布団まで届けるのに、いよいよ残った女子どもは足手まといというのでしょうか」と母の手にすがって泣き崩れました。「子どもを殺すなんて出来ませんよ、そんなことできませんよ」と震える声で母も叫んでいました。

母たちが話している所へ近づいてきた古賀老人は、長身の身を少しかがめて言いました。「今日正午に重大放送があるそうです」。玉音放送だといいます。母も私も弟もラジオの前に直立して首を垂れました。「耐えがたきを耐え、忍びがたきを忍び……」。震えを帯びた陛下の声にぽろぽろと涙がこぼれました。

その後、消息のわからなかった父から電話がかかっていると隣の松浦さんが取り次いでくれました。「今市内で塹壕《ざんごう》を掘っている。そのうち帰れると思うから待っているように」と元気な声だったそうです。父は生きていたのです。

それから10日も待ってようやく父が帰って来ました。もう風は秋の気配でした。行く時着て行ったカーキ色の衣服は肩から背中までべったりと色が変わっていました。それは倒れた戦友を担いだ時の血だということでした。

●ソ連の略奪行為と引き揚げ準備

私が勤めていた小学校から呼び出されたのは9月に入ってからでした。いよいよソ連軍が進駐してくるというので、ソ連の国旗を作るようにとの指示でした。先生方もほとんど避難しているので、3人だけでした。赤い布を切って、黄色い紙を探してきてハンマーと星を縫い付けました。ソ連軍が入ってくると娘たちはいたずらされる恐れがあるから、髪を切るようにと言われました。外へ出る時は弟の戦闘帽を深々かぶることにしました。娘はなるべく外出しないようにと言われると、かえってどこかへ出かけてみたい気分でした。

新京へ侵入してきたソ連の兵隊は大方シベリアでひどい暮らしをしていた人たちらしく、腕時計やズボンのベルトなどを見れば取り上げて行きました。家へ入られたら着物や刃物やら家財から食材まで否応なしに取られてしまうので、とにかく用心しようと父と弟で窓に板を打ち付けました。共同でブザーをつけて合図も決めました。

ある夜夕飯を済ませたころ、ピーピーとブザーが鳴りました。ロスケ（ロシア人に対する蔑称）の襲来です。すぐ明かりを消して、母と私は押入れの床を上げて縁の下へ降りました。玄関を叩く音がやんでしばらくすると、今度は家の玄関のベルがビリビリビリビリと盛んに鳴り出しました。じっとしてずいぶん長い時間耐えて、やっとベルが鳴りやむと、3～4人の靴音が遠のいていきました。

その頃、200戸ほどの官舎の人たちが結束して自治会を組織して、父たちがその運営に携わっていました。毎日事務所と称する一軒の部屋に集まって夜警の当番を決めたり、保安隊に連れて行かれた仲間の捜査に努めていたのです。ソ連兵の物取りもだんだん大がかりになって、ゲーペーウー[*2]に頼んでも相手が将校だったりすると、もみ消されて大抵は徒労に終わったのです。自治会では幹部の心証を良くしたらいくらか効き目がありはしないかと、一席宴を設けて司令部の将校を招待することになりました。外国暮らしの経験のある板野夫人がお料理を受け持ち、ロシア語の出来る伊藤さんが応接間を開放して接待役となり、吉田さんの娘さんと私がお給仕役を仰せつかりました。男のように髪を切ってしまった頭で妙な具合いでしたが、母が藤の花を刺しゅうした訪問着を着せてくれたました。

　小学校を再開したいから集まってほしいという連絡を受けてから10日も経ってから、お断りするにしても校長先生にお会いしなければと思って私は勤めていた順天小学校へ出向きました。赤煉瓦の建物は元のままでしたが、昇降口を一歩入って驚きました。廊下には到る所にぼろが干してあり、どの教室も奥地からの難民の方たちがごろごろ横たわっています。どの顔も同様に無表情でした。

「3年は5組あったが先生は1人しか残っていないから、とにかく授業をやるように」と言われて、私は2階の教室へ行きました。教室はあふれるばかり。椅子も机も足りないので二人掛けしている子どもも立っている子どももいました。誰も教科書など持っていない、何をどう教えるかの当てもない。暗算と九九のおさらいをしてどうやら一時間の授業は終わりました。

　敗戦後に外地で一冬を過ごすのは容易なことではありませんでした。奥地から夏服のまま10日以上も歩いて、ようやく新京にたどり着いた人たちは、室町小学校をはじめ空いた住宅に入って、やっと生命を繋いでいました。一冬の間に体力の尽きた者から、ばたばた

＊2　ロシア・ソビエト連邦社会主義共和国内務人民委員部附属国家政治局。ソビエト連邦のレーニンおよびスターリン政権下で、反政府的な運動・思想を弾圧した秘密警察。

と亡くなっていくのをどうすることもできませんでした。とにかく、次の冬が来る前に内地へ帰さなければならないというので、お金を集めることになりました。日僑善後連絡所（日僑連）ができて、確実な補償を約束出来るわけではないが、努力して日本へ帰ったら返してもらえるように取り計らうという証書を出して、1万円、2万円と、持っている人がお金を積んで、そのお金で、引き揚げの準備をしたのではないかと思います。準備は着々と進んで、状態の悪い人から順に引き揚げることになりました。

引き揚げ荷物には、布はいけないというので、私は母と布を何枚か重ねた布団や大きなリュックを作りました。早く縫ってしまってミシンを売る予定でしたが、縫う仕事は、暑くなる頃までかかりました。7月に入ると、中国兵が官舎のあちこちで監視していて、持ち出せなくなっていましたが、扇風機はリュックに入れて持ち出しました。石堂さんは、ミシンを解体してリュックに詰めて持ち出しに成功しました。

●台車から貨車へ、そして引き揚げ船へ

引き揚げは酷暑の7月に始まりました。

父は、隣組ごとに編成した班の世話役で、朝早くから男の人たちが寄って班の食料作りに大わらわでした。お米、高粱、梅干し、お酒など、共同で出来るだけの食料を整えました。私たちはめいめいの用意しておいた俵のような大荷物と、前にぶら下げるリュックを玄関に持ち出して、荷車の来るのを待ちました。11時には官舎を明け渡せとの指令で、中国兵がガチャガチャと鍵をかけて歩いて回りました。家財をそっくり置いたままの自分の家なのに、もう手拭一つ、うちわ一つ取りに入ることはできません。大陸で一番暑い7月の太

陽がじりじりと照りつける中で、1時間以上も待ちました。

やがて、馬に引かせた台車が何台も来ました。5～6世帯ずつ荷物を積み込んで、その上に人が乗りました。

南新京の広い構内には、もう先に到着したいくつものこうした大隊でごった返していました。200世帯もの台車の列は、南新京駅へ向かって延々と続きました。車から荷物を下ろすと、めいめい荷物を背負って、焼けついた砂ぼこりの中を、10m進んでは待ち、また動いては待ち、順番に税関の検査場へと進みました。検査場ではサングラスの若い女が、端から一人残らず胸から腰まで両手でさわってみては、パッパッと荒々しく荷物をひっくり返します。貴金属や刃物を持っていると、その隊全部が足止めを食うと厳重に言い渡されていました。何も持っていなくても、息づまるようないやな瞬間でした。

頼みの全財産を一袋に詰め込むのは、そう簡単ではありません。そして、忙しく乗車です。貨物までは、また100mも荷物を背負って行き、高い貨車へ梯子をかけて上るのです。男の人たちが貨車の上で荷物を受け取っては、中央へ繋ぎ合わせています。

若い男の人たちは、自分の荷物もそこそこにして、班の共同の食料を、後方の車に積み込む作業に追われていました。噂に聞いた通り積み込み時間を忙しくして、積み残しをさせるように仕組んであるらしく、全部は積めなかったというのです。先発の引き上げ貨車では、暴民に遭って荷物や女を引きぬかれたと聞いたので、日僑連では貨車に柵をつけたり、梯子を用意したり対策を講じてくれました。20世帯ほどの大荷物を全部紐で縛ぎ合わせたのもそのためです。その周りに、人がじゅずつなぎに肩を寄せ合って座りました。

貨車が幾分速度を増すと、新京は赤い夕もやの中に消えて、静脈色の太陽が平原遥かな地平線に、刻々と溶けて沈んでいきました。

夜になると、白い上着は目立つから黒い物を着るようにと伝達がありました。しばらくうとうとしましたが、シューッと汽車の止まった気配に目が覚めました。闇の中でパンパンと銃声が聞こえます。隣同士手を握って息を殺していると、「工作中らしい」とどこからか、小さな声で知らされました。機関手にチップを渡さないと、汽車は所々で止まってしまうらしいのです。止まれば暴民の餌食《えじき》になる。何十分か後、再び貨車は動き出しました。

「赤ん坊が死んだ」という声が聞こえました。海老名さんの赤ちゃんが、お母さんの腕の中で冷たくなっていたというのです。また「病院船に乗る予定だった伊藤さんのお母さんが、息を引き取られました」という知らせもありました。そして汽車は人里らしい所に止まりました。ここで亡くなった方の埋葬を済ませることになりました。

すると、近くの満人たちが貨車に寄って来てお湯を売りました。見ていると、蒸気機関車の下から棄てられるお湯をすばやく薬缶にとっては、1杯20円だか30円で売っていました。私は貨車の上でそのお湯を飲んで、乾パンの食事をすませました。足を曲げたままの窮屈な貨車の上で、バケツを回して用を足しました。

熱河省に入り、見渡す限り砂土が起伏しているばかりの、駅も何もない所で汽車は止まりました。ここが目指す胡蘆島《ころとう》だと聞きました。梯子で貨車を降りると、前後に大荷物を背負って、列に遅れまいと砂ぼこりの中を歩きました。宿舎になる所は、元の軍隊の馬小屋でした。

ここに10日ほど滞在する間に伝染病が1人でも出ると、全員が乗船を止められるということで、青いリンゴやトマトは便所に捨てられていました。現に、隣の赤煉瓦の兵舎には、コレラを出した一隊が1カ月も足止めされていました。毛布にくるまれた遺体を5～6人の男が、とぼとぼと運んで行くのを何遍か見かけました。子どもたちが塀に登ってうらめしそうに、いつまでも外を見ている日もありました。

それでも、私たちの隊は無事に10日を過ごし、予防注射を左右の腕に受け、頭からDDTを撒かれて、いよいよ船に乗ることになりました。お互いに手を貸し合って俵のような荷物を背負い、熱気と砂ぼこりの中を蟻のように進んだのです。100m、200m、踏みしめる足が背中の重みで左へ右へよろけそうになる。歯をくいしばって頑張っても、隣の人から一歩、二歩と遅れていきます。

ようやく船が見えました。陸と船を繋ぐ橋を、よろよろと上って、とうとう船に乗り込みました。後から押されるままに、荷物のように船底に運ばれました。荷物を置くとすぐ、私は階段を駆け上がって家族を探しました。父と弟は見つけましたが、母の姿が見えません。列のほとんど終り近くで母は身体一つでようやく船に上がってきました。力尽きて、荷物は置いて来てしまったらしいのです。

船室は、人いきれでむせかえりそうで、その上エンジンの音で話し声も聞こえないほどでした。大きなおなかをしていたMさんが卒倒しました。その傍らには、戦死した父親の遺骨を首から下げた小さい息子が呆然と突っ立っています。

私は手拭を取り出そうとして、小さい方のリュックサックに手を入れた時、丸い物が指に触れました。捨て損なった青いリンゴでした。私は何を考えるでもなく、リュックに顔を埋めて、3口で青いリンゴを飲み込んでしまいました。後日、食べてはいけないものを隠れて食べた餓鬼のような自分の姿が、払っても払っても脳裏に浮かびあがりました。

海水のようなおつゆと、ご飯を少し食べた途端、私は吐き気がして甲板へ駆け上がりました。手摺につかまったまま黄色い胃液を絞るように吐いて、それからずっと船が動いている間中苦しみました。潮を含んだ夜風で蒲団や腕がしっぽりと濡れても、ただ死んだように横になっているばかりでした。

頭の上の方で、どよめきが起こり「内地だ!」という声を聞いたのは、確か6日間もの航海の後でした。佐世保に入港するのだそうです。甲板は笑顔と洗濯物で埋まりました。新京を出る時、鰹節をたくさんお味噌にまぶして持って来たものに、母が熱いお湯を注いで飲ませてくれた即席味噌汁で、私は生き返ったように元気になりました、そして今度はお隣のおばさんたちにそれをつくって御馳走しました。

港に入ってからまた一週間、検疫のために停泊しましたが、もう安心でした。夜は船の上で演芸会が開かれ、船員さんが『リンゴの唄』を聞かせてくれました。その船は、LSTという、アメリカの上陸用船艇だということでした。私たちは小舟で湾を回り、荷物は山の上から滑り落として検閲場へ行くようになっていました。小舟のへ先にいた父が大きな声で「お金は1人1000円しか両替してくれないそうですから、余分にある人は、ない人に配って皆が1000円持つようにしてください」と叫んでいました。

軽い身体で桟橋へ上り、遂に内地の土を踏むことができました。新京を発ってから、実に35日目でした。

(2013年)

寒さと飢えのシベリア抑留

上田市　依田一

●山砲部隊の馬を世話する獣医として

私は大正11年に生まれて、昭和16年に満州に渡りました。新京畜産自由大学というのがあったので、獣医になるために入植したんです。私の親父が柔道8段で、当時の私は3段（後に6段）でしたが、傍らに柔道をやりながら、畜産獣医の勉強をしたわけです。

中国黒竜江省の最北端にある大興安嶺《だいこうあんれい》のそばにアルシャンというところがありますが、そこに山砲《さんぽう》[*1]の部隊があったわけです。山砲は馬がいないことには移動できないんです。私は学校を卒業して、獣医師の免許がまだないけれども勉強したということで、山砲部隊へ入りました。

そして、新京[*2]を守るんだということで8月1日に興安を出発したのですが、そこで戦争が始まって、約1カ月間戦争をやりました。戦争らしい戦争をやったのは5〜6回で、あとは川沿いに道なき道を山から山へと逃げ回っていたんです。山砲は砲と車両に分解して歩きました。しかし、興安で武装解除を受け、捕虜となってシベリアへ送られたわけです。

シベリアで私たちがやらされたことは、松の木を伐採して、それをソリで運び出すこと。ソリで運び出すには毎晩水をまいて、凍った上をソリで川まで運びます。春になって氷が解けると流れ出すので、下流の材木置き場に行って、そこで製材するというものでした。

直径1メートルくらいあるような松の大木を毎日何立米《りゅうべい》（立方メートル）切りなさいと言われる。ところが、鋸《のこぎり》は日本の鋸と違って2人1組で切るんですが、良く切れないんです。

＊1　山岳地帯や不整地などでも軽快な機動が可能な軽量な野戦砲。分解して駄載・車載が可能で、人力でも搬送できる。

＊2　現在の長春。

鋼《はがね》ならいいんですが、ドラム缶を切って刃をつけたようなもので切れない。雪も深いので、仕事もはかどらない。切れないところにもってきて、食料不足で体力がない。一本の丸太を製板するにも小半日かかりました。ノルマの一日何立米ができなければ、ちょうどっこに（満足に）飯も食わせてもらえないんです。

私も満州にいましたので少しは寒さに慣れているつもりでしたが、シベリアというところは、本当に寒いところです。満州ではマイナス30度までしか下がらないのに、シベリアではマイナス40度。しかも8月1日から戦争だったために夏服のままで、その上に防寒外套《がいとう》を着ただけですから、寒いの何のって想像できないほどです。

大きな木を切るんですから馬の力がなければだめだということで、マイナス40度までは馬に仕事をさせました。それ以上になると火を焚いて暖めました。私は獣医だったので、馬が病気になるとそれを口実に外に出ずに馬小屋で過ごしたからまだ良かったと思います。

何しろ山の中で薬もなくて、ある物は浣腸に使うゴム管ぐらい。治療しろと言われても何もできないんです。聴診器は持って歩いていたので、浣腸に使ったり、鼻から通して胃に下剤（と言っても塩水ですが）を流し込んで馬を助けました。そんなようなことでしたが、獣医になってよかったなと思いました。

シベリアでは、まず兵舎を作りました。直径20センチくらいの丸太を切り出してぐるっと周りを囲んで、その中に兵舎を作るんですが、丸太を横に組んで板を打ち付けただけのものでした。2段ベットで、上段の方が暖かいのですが、我々のような初年兵は下にしか入れません。あまりにも寒いので夜中にストーブを囲んで暖をとりました。

それと食料がないことに困りました。春になると山に紫色のつつじが咲きますが、その花を積んできて飯盒《はんごう》で煮て食べました。

松の木の黒皮を剥いで、その下の薄い皮も灰で茹でて食べたんですけど、いくら腹が減っていてもとても食えるものじゃなかったです。松の皮というのはイカをかんでいるよりもまだひどい。食いちぎれないし、灰を入れているからなおさらなんです。

●栄養失調で朝鮮から博多へ

こんな暮らしで栄養失調になって帰されることになり、シベリアを後にしました。汽車に乗せられナホトカに行くと、赤ガエルがいる。「しめた」と赤ガエルを捕まえて食べる。これがうまいのなんのって、カエルがこんなにうまいもんだとは思いませんでした。

道中は黒パン少しとたまに砂糖があればいい方でしたが、そんなものを配給されて食べながら朝鮮に送られました。朝鮮では高粱《こうりゃん》やトウモロコシを食べさせられながら山仕事をしました。

朝鮮は岩山なので松しかなくて、せいぜい20センチくらいにしかならない。それを切り倒して薪にしました。野菜畑があったので、野菜を盗んでみんなで分け合って食べました。ところがそういう物だけではだめで、私も夜盲症《やもうしょう》（俗に言う鳥目《とりめ》）になってしまいました。

夜盲症になると暗くて全然見えず、便所に行くにも這っていくような状態でした。食用油にはビタミンAがあることを知っていたので、ドラム缶に入った食用油を盗んできて、野菜を天ぷらにして食べて、ようやく夜盲症だけは治りました。

夜盲症になる人が多くて、どうしたら良いか分からなかったのですが、それでも相撲ができるくらいまで体力は回復していきました。骨と皮ばかりでしたが、それでよく相撲ができたなと思います。

仲間がこんな歌を作りました。

　今宵さみしい北鮮の空　いとしい坊やの笑顔が浮かぶ
朝鮮に来て少しは食べ物が良くなったとはいえ、高粱とトウモロコシしかないんです。そんな生活を1年ばかりしていました。それで12月の終わりにそこを発って興安に出たんですが、そこで1月1日に日の丸の付いた船に乗った時はうれしかったですよ。それまで日の丸なんていうものは目の敵で自分のためにはならなかったけれど、船に乗ると日の丸がちゃんとついているでしょ。

そして朝鮮半島から九州の博多へ向かいました。船の中では炊事当番をやらされたので、食い物だけは不自由しなくて、腹いっぱい食べたからたちまち体が元に戻りました。

上陸してから農家から有り金10円でサツマイモを買って飯盒で煮て食べながら、10日から15日ほどそこで過ごし、そして家に着いたのは昭和23年の1月8日でした。

名古屋から電報を打ちましたが、そんなものは着いていません。私が突然「ただいま」と帰ったので、家族みんながびっくりしちゃって、「よく生きて帰って来たな」と。帰った日に隣の家のお風呂に入ったんですが、日本に帰ってきてよかった、これで生きていけると思いました。

半死半生の思いで帰ってきたわけですが、戦争というものは苦労しても何の役にも立たないから、やるもんじゃないです。

（２０１３年）

Ⅱ 内地での戦争体験

知られざる最後の特攻隊「人間機雷伏龍《ふくりゅう》」

須坂市　清水　和郎

●人間そのものが爆弾

私は今、須坂市にいますが、旧制飯田中学校3年生の時、海軍甲種飛行予科練習生（予科練）[*1]に志願し、海軍最後の特別攻撃隊（特攻隊）、「人間機雷伏龍《ふくりゅう》」の訓練を体験しました。飛行機の「神風特攻隊」や「人間魚雷回天」は映画になったりして知られていますが、「人間機雷伏龍」は皆さんも耳にするのは今日が初めてかと思います。

なぜ知られていなかったかというと、まず訓練中に戦争が終わり、実戦に参加していなかったのです。また、訓練中に語るに堪えない死に方をした隊員が多く、16歳や17歳の隊員が当時を語りたくなかったため、表に出なかった。私も生き残った者として申し訳ない気持ちが心の隅にあり、人には部分的にしか語りませんでした。戦後50年になり、また戦争をする国にしてはならないと思い、中野市の公民館で語ったのが始まりです。

「人間機雷伏龍」特攻隊は太平洋戦争末期も末期、1945（昭和20）年5月頃から訓練を始めました。本土決戦ということで、米軍が本土のどこへ上陸するか、予想地点は千葉県九十九里浜、神奈川県相模湾、高知県土佐湾、宮崎県志布志湾などで、上陸用船艇や水陸両用戦車で上陸してきたら、潜水服を着た特攻隊員が水中から棒機雷[*2]で突き上げて爆破させようとするものです。

当時、使える飛行機はほとんどなく、水中の特攻としては「蛟龍《こうりゅう》」「海龍」がありました。これは一人乗りまたは二人乗りの小型潜航船艇で、「回天」は魚雷に一人が乗り、運転する

＊1　旧日本海軍における航空兵養成制度の一つ。1929年創設。1937年に満15歳以上20歳未満の志願者から甲種飛行予科練習生（甲飛）制度を設けた。甲飛は海軍兵学校並みの待遇や進級速度が喧伝されたが、低待遇が問題になった。

＊2　当初5m以上の長い柄だったが、水の抵抗のある海中で自由に振り回すこともできず、2mに切り詰められた。

というものでした。これに対して「人間機雷伏龍」は船艇を使わず、人間そのものが爆弾になるというものなので、人間の命の尊厳を全く無視したもので、まさに消耗品扱いです。〝決死の覚悟〟ということを言いますが、そうではなく〝必死作戦〟というものです。

「人間機雷伏龍」の装備は下図のようにゴム製の潜水服を着て、面ガラスで外が見える潜水かぶとを被り、これを外からボルトで二人がかりでぎゅっと締めて潜水服につなげます。そして、水の中に入って浮き上がらないように鉛バラスト（重り）を縄でしばりつけたわらじを履きます。

背中には酸素ボンベを2本背負い、１本１２０気圧、２本で２４０気圧で7～8時間航続できるようにします。もう一つ外側にブリキの空気清浄管があり、中に苛性《かせい》ソーダが入っていて呼吸すると炭酸ガスが酸素になって返ってきます。酸素がなくなってきたらバルブをひねると酸素が出るようになっています。呼吸の仕方は面の中にパイプがあって鼻で吸って口で吐くことになっており、これを逆にしてはならないのです。

この装備は陸上で68kgになり、16、17歳の少年たちは立ち上がるのがやっとです。７mの竹竿の先に15kgの爆薬を

つけた棒機雷を上陸用船艇や水陸両用戦車が来たら突き上げて爆破させるのです。

●訓練で毎日犠牲者を出す

訓練は7月から始めて8月25日までやりました。8月15日に戦争が終わったことを知らされていなかったのです。重大放送があるということでラジオを聞いたのですが雑音がひどく、内容が分からず、訓練続行となったのです。

第1次の訓練は横須賀の久里浜（ペリー上陸記念碑は埋められていた）近くの野比海岸でした。訓練中は、毎日犠牲者が出ました。

伝馬船《てんません》（小型の船）に15～16人が乗り、船から垂直に降りて深さ10～15ｍぐらいのところまで行き、海底についたら上からモールス信号で、「右へ行け」「左へ行け」「回れ」「伏せろ」とかいろいろ指令が来るので、それに従うのです。

モールス信号については、予科練として土浦の訓練所に入隊して朝から晩まで通信の訓練を受けたので、「ツートンツー」の信号を音感で覚えていました。

海へ潜っていく時に一気に潜ると水圧で鼓膜が破れるので、2～3ｍで止まって、つばを飲んで耳をならし、また2～3ｍ潜る。排気管をねじって空気を入れ、潜水服をふくらませたり、空気を出したりしながら潜るのですが、重りによって一度に降りてしまうと鼓膜をやられるのです。

一番多い失敗は呼吸のし方で、鼻で吸って口で吐くのを、逆にしてしまうのです。今、どんな信号だったか、ちょっと迷ったり、考えたりするとうっかり口で吸ってしまい、炭酸ガスが逆流し、これを3～4回間違えると一酸化炭素中毒になって海中で倒れてしまいます。海中からの応答がなくなると命綱で引き上げられるので死ぬことはないのですが、面グラスの中が真っ白になっています。二人がかりで面グラスをとると圧力が急に変わるせいかバーッと血を吹き出し、「お母ちゃん！　お母ちゃん！」ともがき苦しむんです。ひどい人は意識を取り戻さず植物人間になってしまいます。これが一番多かった。

さらに恐ろしいのは海中の圧力で清浄管が破れ、苛性ソーダが逆流して噴き出すことです。苛性ソーダは水に触れるとものすごい高熱を発するので、のどが焼け、顔はやけどでむごたらしい状態になってしまう。

当時、漁は禁止されており、海底は海草が茂り放題で、どこに岩があるのか分からない。海流も早いところがある。そのため海草に巻きこまれて動けなくなる。上で指示する方はそれが分からないまま、「右へ行け、左へ行け」と言う。呼吸法を間違えたり、岩にぶつかって空気清浄管が外れるとか、ボンベの管が外れてしまったりするのです。

海中での酸素の消費量は疲労度に比例して大きくなります。まだ酸素が残っているからもう一度行けと言われると二度目は疲労が大きいので酸素が欠乏してしまうのです。特攻兵器というものはどれもそうですが、事故が起きるとひそかにその原因を調べて改良していくのです。

この訓練でだいたい五十数人が亡くなったということです。記録がないので正確には分かりません。上官や医務官の話ではもっと多いということです。

●軍国主義教育が育てた予科練

海中には海流があり、斜めの姿勢にならざるを得ず、進んでくる米軍の船艇に向かって行って機雷を突きあげようとしても通り過ぎてしまいます。もし成功すれば、近くにいる隊員も死にます。生き残って隊員が岸へたどりついても、自力で潜水かぶとを外すことができないので、一度海へ放されれば終わりです。

当時、特攻隊員になったのは旧制中学校三年生以上の甲種予科練と国民学校（小学校）高等科二年卒の乙種予科練、それに繰り上げで卒業した大学生の予備士官で、職業軍人はいません。予備士官たちの話では「こんな馬鹿げた特攻は成功するはずがない。どの特攻もそうだが、下手な鉄砲も数撃てば当たるという考えだろうが、上層部は敗戦が分かっており、職業軍人たちは日本が再起する時のために残しておくのだ」とのことでした。

私たちは1945年に海軍甲種飛行予科練習生として土浦の航空隊を卒業し、さあこれから飛行機に乗れるかという時、飛行機がなくなっており、どういう特攻か知らされずに、対潜学校[*3]へ行って特攻を志願しろと言われました。行ってみるとそこに生き残った潜水艦乗りたちがいて、「ここは海軍の地獄だぞ、お前ら死にに来たんだ。今までのようにはいかんぞ」と言われました。ほんとかなあと思いましたが、実際に体験してみてその通りだと思いました。

死につながる予科練になぜすすんで志願したのかといえば、それは受けてきた教育のためです。私が小学校に入学した時、国語の教科書が変わり「サイタ　サイタ　サクラガサイタ」「ススメ　ススメ　ヘイタイ　ススメ」で始まりました。桜は「日の丸、君が代」と共に軍国主義の教育に利用されました。「若い血潮の予科練の七つボタンは桜にいかり」「咲いた花なら散るのは覚悟、みごとに散ります国のため」と歌われました。

飯田中学校（旧制）では3年生以上の全校生徒が集められました。配属将校が「日本は

＊3　旧日本海軍の海軍機雷学校（海軍対潜学校）で、神奈川県横須賀市の久里浜にあった。機雷術、水測術、対潜術を教えた。

小學國語讀本　尋常科用（小学校１年生用）

最後の段階に来ている。諸君、全員予科練を志願しろ」「異議ある者はここから出て行け」と言いました。この時、5年生が3人だけ、ドアをけって出て行きました。この5年生は後で呼ばれて殴られたようですが、退学はさせられませんでした。この5年生はカントの平和主義やヘーゲルの弁証法などの哲学で別の価値観があるのを知っていたのです。

私たちはこの先輩のような理念がなく、一人ひとり担任に呼ばれて上からの割り当てに応えて予科練に志願したのでした。

今また、戦争する国づくりが始まっており、日本国憲法を守りぬくために声を上げなければならないと思います。そういう思いで私は「人間機雷伏龍」について語っています。

（1996年）

戦争末期におけるゼロ戦の空輸任務

上田市　加藤　荘次郎

●兵士の運命、飛行士の運命

私は大正11年の12月15日に生まれて、終戦を迎える2年前に兵役検査を受けることになりました。私は12月15日ということで、早生まれの人と同じ扱いを受けて、兵役検査が1年遅れたのです。もしそれが1年早かったら、私の命はどうなっていたか分かりません。その2年間というのは大きな違いがありました。

その検査では陸軍歩兵甲種合格でしたが、私は海軍予備学生の第13期生として土浦に入隊しました。

なぜ海軍にしたかというと、陸軍というのは思い切り勉強しないと少尉や中尉になれない。私は頭が悪い方でしたから記憶するというようなことはダメだ、いっそのこと海軍に行って華々しくやろうという気持ちもありまして、海軍予備学生を志願したというのが実情です。学校の同級生とも相談したので、海軍に入った者が数人いたと思います。生きて帰った者もいれば、戦死してしまった君もいますが、これも人生の大きな分かれ道でした。

土浦の航空隊で2カ月、急ごしらえの勉強をさせられ、九州に2カ月、厚木飛行場にも2カ月ばかり訓練で行ったこともありますが、ほとんど終戦まで茨城で生活していました。私は戦闘機乗りなのに戦闘をできない輸送関係に回されてしまったんです。これも命拾いをした大きな分かれ道になっています。

太田市の近くにゼロ戦を製作する中島飛行機の工場がありまして、私たちは新しくできたゼロ戦をテストパイロットがテストして合格した後、その飛行機を戦地へ運ぶという任務についていました。昭和18年から20年までの間です。

運ぶと言っても戦線が狭められ、当時は台湾まででした。霞ケ浦から飛び立って九州の大村飛行場へ、それから上海に行って一晩泊まって台湾へと運んでいました。

ゼロ戦を運んだ帰りは、大型飛行機に乗せられて帰るのですが、飛行機に乗せられるのがこんなにも恐ろしいものかという思いをしました。ゼロ戦の場合は自分で操縦桿《そうじゅうかん》をもって自由に逃げたりできるわけですが、大型機になれば自分で操縦はできません。大型機には一番後尾に機関銃がついた一人だけ入れるところがあり、そこに乗せられて台湾から帰ってきたことがありますが、恐ろしい思いをしました。

これは私の恥ずかしい話ですが、ゼロ戦の最初の空輸で一機壊してしまったのです。霞ケ浦から宮崎県の延岡にとにかく無事に初飛行を終了し、良かったと大喜びしていたのですが、「この飛行機はここではなくて鹿児島の笠之原《かさんばら》という飛行場にすぐ空輸しろ」という伝達があり、いやだなあと思いましたが、命令ですから仕方なくエンジンをかけて離陸に取り掛かったわけです。

飛行機というのはプロペラの回転の加減で、いつも操縦桿を操作していないと必ず左方向へそれていってしまいます。ちょうどその時、延岡はアメリカの艦載機に爆撃されていて飛行場が穴だらけになっていました。離陸する可能範囲が縮まっていたわけです。気が付けばいいのに、同僚とともに編隊を組んで離陸してしまった。編隊離陸というのは、一番機をよく見ていないと操縦ができません。そんなことに気をとられて自分では分からなかったのですが、飛行機が左へ動いていたんです。そんな離陸をしてしまって、エンドにあった修理用の飛行機にぶつかってしまい、新しい飛行機を壊してしまいました。司令部に行って司令官にぶん殴られたことを覚えています。

18年半ば過ぎのことだと思いますが、戦地に飛行機をもっていく、戦地と言ってももう狭められていて最初に行ったところは台湾でした。当時はもう沖縄の上空は制空権がアメリカ軍に押さえられてしまって、沖縄を通って台湾に行くことができず、上海から台湾に空輸していたわけです。単純な仕事ですけれども、いろいろな問題、事件が起きました。

忘れられないのは、南方で活躍したゼロ戦の勇士が引き上げてきて、私たちと同じ場所で働いていたわけです。彼らは実戦経験もありますし、私たちの搭乗時間などと比べ物にならないほど長い搭乗時間をもっていましたが、人生のいたずらというものはそんなものは関係ないようです。

私なんかは数十時間しか乗っていない、そんな人間と一緒に同行してくれて、ある時、霞ケ浦から九州に飛行機を運んだことがあります。たぶん6機編隊で行ったと思います。ちょうど6月の雨季で、瀬戸内海も雲でいっぱいになっていて、ほとんど下が見えない状態で飛行しました。どのくらい飛んでいたか覚えがありませんが、突然雲から出たと思ったら、別府湾の真っただ中に突っ込んでいた。6機編隊でしたがその時はもうバラバラで、私も宙返りをするように操縦桿を操り、海面に波の音を立てて走ったことを忘れられません。命からがら海の上を滑るように走って、知っていた大分の飛行場に駆け込みました。

その日、宿泊する別府温泉の旅館に行ったら、「今日はすごい飛行機が来た、別府湾に来てみんな宙返りをして飛んで行っちゃった」というような話を聞きましたが、私たちだったんです。その中で悲しいことに1人行方不明となりました。それがアメリカの戦闘機と闘ってきたかなりの熟練飛行士だったんです。運命というものでしょうか。当時は月に1回は隊内葬をするという状態でした。

ある時、同僚が飛行訓練の最後に飛行場へ降りる間際に、張り巡らされていた周りの電線に飛行機の足をとられ、飛行場のエンドにひっくり返って大爆発してしまったことがありました。その同僚は病院に担ぎ込まれて、体中火傷になっていたので、皮膚を取り戻すために肝油《かんゆ》（魚類の肝臓から抽出した油。ビタミンA・Dを多量に含む）を体中に塗り付けられていました。

航空兵というのは特別給食といって普通の兵隊さんと違って食料や薬類が非常に優遇されていました。そして、航空兵は目を大事にしなければならないということで、毎日食事時には肝油が配給されていました。その肝油が事故を起こした君《きみ》（同僚）の体中に塗られていたので、そのにおいが鼻についてしまい、食事の時に出される肝油が何としても口に入らなくなってしまったんです。

●ゼロ戦の使命は終わった

私たちの乗っていたゼロ戦は、「ゼロファイター」とアメリカの兵隊からも恐れられていたすごい飛行機でした。ところがその実態はどんなものだったかと言いますと、アメリカの飛行機グラマン[*1]にも乗ったことがありますが、比べものにならない。

ゼロ戦の胴体や羽根は本当にヘニャヘニャなブリキです。足を強く踏ん張ればへこんでしまうような、それが実態でした。ありったけ軽量にして、それがゼロ戦の素晴らしさでもあったわけです。重量があれば遠心力が大きくなるので、大回りをしなければ円を描く

＊1　グラマン社が設計しアメリカ海軍が第二次世界大戦中盤以降に使用した艦上戦闘機。

ことができません。空中戦で日本のゼロ戦がなぜあんなに強かったかと言えば、結局軽量化されていたからです。戦闘機の闘いでは、何が一番大事かというと、相手の後ろにつくことで、そうすれば勝負は決まってしまうのです。

ゼロ戦の最初の頃の闘いはいわゆる一騎打ちでした。だから、回転半径が小さくて、小回りして相手の後尾に着けばもうしめたものです。その闘い方は、「ひねり込み」というテクニックで、大きな円を描きながらもその上で小さく翻り、逆転して小さく回転して相手の後尾につくというもので、アメリカの飛行機を次々と叩き落としていたわけです。難なく相手を打ち落とすことができたのです。アメリカの飛行機を我が物顔で叩き落としていったというのが、ゼロ戦という戦闘機でした。

しかし、18年後期から19年にかけてアメリカが戦法を変えてきました。数機の編隊あるいは十数機の編隊を組んで、一度に襲いかかってそのまま逃げてしまうというもので、一騎打ちをしない。そんな中でゼロ戦の使命は終わってしまいました。私たちは、そういう闘いが実は通用しなくなった頃に海軍に入り、ゼロ戦の操縦を習っていたということです。編隊飛行の襲撃法というようなものは一切勉強したことはありませんでした。

戦法として終わってしまったようなことをまだ繰り返していたというのが、私たちの現実の飛行訓練の毎日だったわけです。こうしたことが敗戦への大きな一つのポイントであった、そんな思いが今振り返ってみるとあります。

アメリカの飛行機はどんどん改良されていったわけですが、日本では排気ガスをもとにカムバックさせて再燃焼させる方法、エンジンでは普通になっていますけれども、それが終戦間際にようやくつくられた状態でした。

忘れられないのは、終戦の年の6月だったと思いますが、霞ケ浦の航空隊におりまして、もうP51などのアメリカの戦闘機が頭の上を飛ん行く時代に入っていて、その哨戒《しょうかい》（警戒）に当たる仕事をしていました。そんな時は、だいたい2機か3機くらいで哨戒に上がって行って、霞ケ浦の上空を旋回しながら敵の飛行機が来ているかどうかを確かめるわけです。そんな中で、哨戒のために用意されたゼロ戦がプロペラから油漏れを起こして風防がびしょ濡れになってしまい、故障で飛べないということになりました。その時、同僚が私を置いて自分の飛行機で先に上がっていってしまった。

戦闘機が敵機に最も狙われやすい危ない場面は、上昇していくときなんです。空高く昇ってしまえば、逃げるには降りてくればいいんですから。

その段階で同僚は私を置いてひとりで飛び立ってしまったんです。吉村さんと言って京都大学を出た人でしたが、飛行場の周りをずうっと遠回りしながらだんだん高度をとっていき、半周りばかりしてちょうど私たちの飛行場の上に来た時、突然大きな爆発音とともに火花を散らして、その飛行機が目の前で墜落してしまったんです。

何が起きたか分からなかったんですが、実は上空にP51陸軍戦闘機が待っていて、上がってくるゼロ戦を待っていた。その狙い撃ちを受けて、私たちの目の前で爆発し、まっ逆さまに墜落したんです。みんな死に物狂いで防空壕に逃げましたが、故障がなければ私も同じ道をたどっていたと思います。

長野にも終戦後、ゼロ戦の素晴らしい搭乗者が帰って来られたようですが、アメリカのグラマンなどとても多くの飛行機を落として手柄を立ててきた人でも、結局人を打ち落としたという責めと言いますか、罪と言いますか、それに苛《さいな》まれたというお話をお聞きしました。

一方で、私たちはいい死に場所を見つけることしか考えずに毎日過ごしていたわけです。将来どうするとか、これでいいのかっていうようなことを考える余裕がなかった。あえて避けていたのか、そんなことを問題にすることなど全然なかったと言っていいと思います。

そんな中で戦況は悪化し、空輸の範囲もだんだん縮められ、台湾へ行くことは不可能になり、やがて九州に飛行機をもっていくのもやっとという状態になってしまいました。

敗戦の時は太田市の飛行場にいました。何の招集かわからないが、スピーカーの前に集まれということで集まりました。ご存じのようにあの時、天皇陛下の独特の声が、何をしゃべっているのか分かりませんでしたが、周りの話ではどうも戦争が終わったらしいということでした。私の飛行士としての2年間はそこで終わったというわけです。

終わって本隊に帰ることもなく、そのまま自宅に帰ってしまいました。落下傘一つもらって、あとは自分の手持ちの道具を持って帰ってきました。

帰ってから役場に挨拶に行ったところ、お前が一番先に帰ってきたと言われてびっくりしました。村で一番早く帰ってきてしまった、何か人生の皮肉と言いますか、そんな中で戦後の第一歩を踏み出したわけです。


（2013年）

海軍工廠《こうしょう》の「大東亜戦争勝ち抜き棒」

木曽町　渡沢 誠

●軍事訓練・行軍と授業の日々

私は、昭和4年9月22日に木祖村小木曽に生まれ、10人兄弟（男6人・女4人）の六男として育ち、現在83歳になります。父は百姓をやりながらの大工で、田畑や養蚕に加え、馬・めん羊・鶏などの飼育もしていました。

奉安殿（森下孫平氏提供）

学生時代は、奉安殿《ほうあんでん》*1に礼をしたり、修身の時間がありました。高等科では教育勅語を覚えさせられました。また軍事教練の時間には陸軍を退役した在郷《ざいごう》軍人から歩行訓練などを教わりました。

藪原《やぶはら》尋常高等小学校卒業後、3年間父と大工仕事をしていましたが、自分から進んで海軍工廠《かいぐんこうしょう》*2の試験を受けることにしました。父は「しょうがない、行ってこい」と言っていましたが、母は何とも言いませんでした。東京都高座郡《こうざぐん》で試験（体力テストと国語・数学・英語の筆記試験および2回の面接）が行われ合格しました。

*1　戦前の日本において、天皇と皇后の写真（御真影）と教育勅語を納めていた建物。1935年頃から小学校をはじめすべての学校に建てられた。

*2　艦船、航空機、各種兵器、弾薬などを開発・製造する海軍直営の軍需工場（工廠）。

昭和20年4月、藪原駅で親戚の人が見送ってくれました。4月17日、木祖村から2名、長野県から36名が海軍工廠に入隊しました。

海軍工廠では厳しい訓練が待っていました。指示通り動けないと、上官から「大東亜戦争勝ち抜き棒」[*3]で尻を殴られました。基本訓練が4カ月続きました。歩行訓練、三八式歩兵銃を使った射撃訓練などがあり、よく銃を掃除して磨いたことを覚えています。また、行軍もあり、一度に18キロ歩きました。6～8名からなる分隊を単位に、小隊・中隊・大隊が編成されており、同期が500名いました。授業もあり、銃の撃ち方、戦陣訓《せんじんくん》[*4]や軍人勅諭《ちょくゆ》を暗記させられました。1カ月ぐらいして高座から町田市に移って暮らしました。

面会には父が1回、お餅（豆餅）・お菓子・煎った豆などを持って来てくれました。最初の頃はお腹がすいたので、豆を煎ったのをよく食べました。分隊の仲間にも分けてやりました。

北海道の連中は遠くて親が面会に来れず、気の毒でした。しかし根性があり、へこたれませんでした。山形や青森などの先輩は優しく、民謡など歌も上手でした。逆に神奈川や山梨などから来た人の中には威張っている人もいました。同期生が一部屋6人ずつ入っていましたが、気に食わないと廊下に出され、蹴りあげたり殴られたりもしましたが、我慢しました。

●大尉の一言「家に帰れ」

そのうち、アメリカの艦載機が毎日のように飛来し、機銃掃射をかけたりチラシを落としていきました。低空飛行なので艦載機の飛行士の体が見えました。空襲の跡があちこち

＊3　通称「海軍精神注入棒」。164P参照。

＊4　1941年に陸軍大臣東条英機が示達した訓令（陸訓1号）。軍人としてとるべき行動規範を示した文書で、「生きて虜囚（りょしゅう）の辱（はずかしめ）を受けず」という一節は玉砕や自決など軍人・民間人の死亡の一因となった。

に残っていました。
7月末まで訓練が続きましたが、26歳の海軍大尉から「日本は負けるで（負けるので）、家に帰れ」と言われました。毛布など持てる限りをもらってきました。帰りの列車はいっぱいで、屋根の上に乗ってしがみついてきました。お蔭でトンネルを通過すると、顔が真っ黒になりました。

家に帰ると、「よく帰れたな」と喜んでくれました。それから大工の仕事に就きました。主に森林鉄道の仕事で、小木曽の細島まで行って鉄橋づくりを手伝いました。

8月15日に「天皇陛下のお言葉がある」と言い継ぎがありました。玉音放送を家族3人で聞きました。終戦になったということは、だいたい分かりました。母は「日本は負けたとこで、しょうがない」と言っていました。父は、子どもたち5人が皆兵隊（仏印《ふついん》・台湾・中国・横須賀など）に取られたので頭にきて、東条英機の賞状を破りました。仏印（フランス領インドシナ）で憲兵伍長《ごちょう》をやっていた兄については、「もう帰れんかもしれない」と言っていましたが、10月にやっと帰って来ました。

戦後は食べることにはあまり困らなかったですが、わらび・シウデ・豆・菜っ葉などをご飯に混ぜて食べました。

もう戦争はたくさんだ。まずいことだ。人が殺しあうことは良くないと思います。

（２０１２年）

兄2人が戦死の中で特攻の出撃命令を待つ

東御市　内山 昭司（聞き手・渋谷泰一）

●「本当は死にたくない」と書き残した兄

渋谷　東御市の渋谷泰一と申します。今日の証言者である内山さんとは信州大学の繊維学部でご一緒した仲ですが、今日は私との対談という形で無理を言ってご登場いただきました。

早速ですが、内山さんにお聞きしたところでは、上小地区に内山さんの同期だった陸軍特攻隊員の生き残りの方が少なくとも4人おられるそうです。一人は内山さんで、島田さん（松本市在住）、丸山重雄さん（49P参照）、もう一人は小松さんという方で、北御牧の八重原におられるということです。少なくともその4人は同じ釜の飯を食った仲間なんですね。内山さんと他の3人の方々との間には一つ違うところがあります。それは、出撃するときに乗ることになっていた飛行機の違いです。今日のお話のポイントの一つになるかなと思います。

まず内山さんにお伺いしたいんですが、内山さんのご生家は上田の鷹匠町で、兄弟姉妹が全部で7人、男兄弟が真ん中に続けて3人、その上に2人のお姉さんと下に2人の妹さんがおられた。そして当時、一般的には男の子たちは軍国少年だったんですね。内山さんはそもそも何で飛行機なんかに乗ろうとされたんですか？

内山　小さい時からですね、おっちょこちょいなところがありましてね。上田に熊谷陸軍飛行学校の分教場がありまして、2枚羽の飛行機が飛んでいたんですよ。私も「いつか飛行機に乗りたいな」って思いは、小さい頃からありました。

うちの兄貴も上田中学（現在の上田高校）に行っている頃、中学の庭から飛行場が見えるんですね。それを見ていて兄貴も飛行機が好きになっちゃって。親はあまり好感を持っていなかったので、兄は上田中学を卒業してから代用教員をやっていました。でも、どうしても飛行機が気になって、親に黙って海軍の予科練習生（予科練）を受験しまして、土浦の海軍航空隊に入ったんです。で、「ゼロ戦」乗りになりまして、後に戦死するわけですが、土浦に入ってからは、私は顔も見ておりませんでした。

ただ、戦死する1週間ほど前に、私が熊谷陸軍飛行学校の新田教育隊（群馬の分教場）にいたとき、たまたまゼロ戦をとりに来たんです。そばに中島飛行機という製作工場がありまして、そこへ飛行機をとりに来たんです。その時、軍人になった兄と初めて会いました。

兄は海軍の飛行服を着たままで陸軍の方へ来ました。そして私は二言三言交わしただけでしたが、うちの教官が「ラバウルの方で闘った実戦談を話してくれないか」ということで、兄貴は30分くらい話したらしいです。また、実戦機を見せてくれということで、ゼロ戦で飛行場の上を2～3回飛んで見せたらしいです。いずれも僕自身は見聞きしていないのですが、後で仲間から聞かされました。そして次の日、飛行場の上を、翼を振りながら飛んで、6機編隊で帰っていきました。これが兄を見た最後でした。

渋谷　でも、必ずしも三人ともそんなに勇ましい軍国少年じゃなかったらしいですね。二番目のお兄さんは、上のお兄さんに続いて海軍に入られるわけですが、本当は戦争なんかやりたくない、そういう性格の方だったようですね。

美化されて、みんな「お国のため」と勇んで兵隊に行ったみたいに言うけれど、そうでもないんです。ゼロ戦を取りに来られた一番上のお兄さんは、町の郵便ポストに手紙を投函されたらしいんです。軍隊では、実家へ出す手紙もみんな検閲されたので、本当の気持ちなどは書けなかったわけですが、町の郵便ポストからなので、赤裸々な内容の手紙を書いて届けることができたのです。その貴重な手紙には「本当は死にたくない」と書かれている。でもその手紙を投函して間もなく実際には戦死されるわけです。

●帝都防衛の最新鋭戦闘機「疾風」

渋谷　内山さんは、陸軍少年飛行学校で1年半教育を受けられたわけですが、そこではどんな教育を受けられたのでしょうか。

内山　入ったのが東京陸軍航空学校です[*1]。入るときはそういう名前でしたが、途中で「陸軍少年飛行兵学校」に変わりました。東京の村山村というところにあったんですが、新たに滋賀県大津市に「大津陸軍少年飛行兵学校」というのができて、私らと同期でそちらに入った人もいます。ということで飛行兵学校が二つになりました。僕は10期生です。

ここでは一般教養と訓練をやりまして、1年間過ごすわけですが、その途中で適性検査を受けまして、操縦、整備、通信の3つに分かれました。操縦に適性が合った人は熊谷、整備は所沢、通信は水戸の通信学校というふうに3つに分かれたわけです。

私は操縦の方に合格しまして、熊谷陸軍飛行学校の本校に配置され、そこで教育を受けるんですが、まだ飛行機には乗っていません。航空知識を得るための学問でした。卒業少し前にプライマリーというグライダーの教育を一週間ほどやっただけで、今度は本物の飛行機に乗るために新田教育隊に行きました。

＊1　下士官の養成学校

渋谷　ここで、それらの年号を整理しておきます。内山さんが陸軍少年飛行兵学校に入校されたのは昭和17年10月です。それから一年半くらい生徒なんです。それで昭和18年夏に適性検査をやって、内山さんは操縦ということで、10月に熊谷に行き、そこで初めてグライダーに乗った。それで昭和19年の3月に、初めて生徒ではなくて正式な兵隊になられるんです。陸軍上等兵。そこで初めて複葉式の通称「赤とんぼ」と言われていた飛行機での訓練が熊谷で始まる。

内山　熊谷を卒業するとき、戦闘操縦、爆撃操縦、偵察操縦というふうに3つに分かれるわけです。私は戦闘操縦の分科になりまして加古川の飛行場に行きます。加古川は兵庫県の高砂の横にあり、そこで九七式戦闘機[*2]の練習をするわけです。九七式戦闘機は、ノモンハン事件で活躍した戦闘機です。低翼単葉《たんよう》（胴体の下端に1枚の主翼）のプロペラ2枚で足は出っ放しです。低翼単座の戦闘機で操縦を習うんですが、3カ月やりました。

10月からは、神奈川県中津村の第一錬成飛行隊というところで、四式戦闘機「疾風《はやて》[*3]」の操縦練習に入りました。4枚プロペラでエンジンは2000馬力、とにかく大きな戦闘機です。ものすごい音がするので、それまで九七式しか乗ったことがない人間がレバーを入れるとビビっちゃうんです。そのくらい大きい飛行機でした。胴体もものすごく大きくて、自重が2トンですからなかなか離陸しません。ですから滑走路も長いんです。それを練習しました。

渋谷　疾風は足を引っ込めることができますね。疾風は帝都防衛のための最新鋭の邀撃《ようげき》（迎撃）戦闘機でした。

内山　邀撃戦闘部隊の練習飛行場が練馬の北の板橋区成増にありました。そこへ行って1、

＊2　1937年採用の軽戦闘機。運動性が良い半面、防護性は劣る。54P参照。

＊3　1945年採用の旧日本陸軍最後の戦闘機。中島飛行機製作所製造。

2週間くらいたったある日の夕方、全員並ばされて隊長が戦況を話すんです。そして特攻隊でやっつけたいと。「特攻を志願する兵をここで募集したいから、志願したいものは一歩前に出ろ」と言うわけです。

私らは20人いなかったと思うんです。それが一歩前に出ろと言われて、正直な話、出ないわけにいかないんです。それでみんな一歩前に出ましてね。そうしたら隊長が喜んで、「ありがとう、本当にありがとう」と。特攻隊は一個隊が6名で、隊長、副隊長、隊員4人。隊員4人は少年飛行兵出身です。隊長は、こうなることは分かっていたんではないですか。2～3日のうちに航空本部に申告に行きました。

渋谷　内山さんは第一錬成飛行隊に行かれてしばらく後の昭和20年2～3月頃に、「震天制空隊」に配属されてますね。この隊自体が実は特攻隊なんですよ。特攻隊という名前ではない特攻隊なんです。一般に理解されている特攻機というのは、目的地までの燃料しかない、だから戻って来ることはありえない。それがいわゆる普通の特攻隊。それに対してこの震天制空隊というのは戻り得るんです。「疾風」一機でB29を2機落として生還したという人がいるんです。

だから実のところは、内山さんが震天制空隊に配属された時点で、本人には内緒で、事実上の特攻隊に配属されているんですね。

内山　その後、本部に申告に行ったんです。特攻隊編成で出撃となるのですが、本部長かその代理くらいの上級の人が出てきて、「お前らは最新鋭戦闘機で行くんだから、一機で一艦必ず頼む」という訓示があり、帰ってきました。

そうして帰ってきても眠れないんです。死にに行くんだということで、もう眠れない。

同じ部屋に3～4人ずつ寝ているのですが、眠れないから布団の中で寝返ったりして、みんなそうなんですね。それが一週間くらい続きました。そうしたらもうみんなヤケというか腹が決まったんですかね。それから2カ月間、飲むものは飲む、食べるものは食べる、そういう生活になりました。それが8月5日頃でしょうか。

渋谷　その年の春からはずっと何をされていたんですか。館林に移って。

内山　館林には特攻隊が集結したんです。でも、訓練は毎日と言っても飛行機がそんなにないんですよ。乗ったり乗らなかったりです。

渋谷　飛行機もない、燃料もない。

内山　燃料というより飛行機がないんですね。それでも全然ないということではなく、2～3機ありましたね。そこには特攻隊員が他からも来て30人くらいいました。飛行機がないから練習もできない。

　で、そうこうしているうちに8月4日だと思いますが、「いよいよ出撃になるから、休暇をやるから実家に帰って来い」ということで、私は上田の実家に帰りました。そしたら親父から、「明日は実は兄の遺骨が帰ってくるから、お前も一緒にもらいに行ってくれないか」と言われました。長野県の場合は善光寺の大勧進で遺骨をもらうわけですが、私は二番目の兄の遺骨だと思って親に聞いたら、「いや違う、一番上の兄だ」ということで、その時初めて一番上の兄の戦死を知りました。私が熊谷の飛行学校にいたとき、ゼロ戦をとりに来た兄がそれから一週間で死んじゃった。それは全然知らなかったですね。

●申し訳ないですが、うれしかった

渋谷　2人のお兄さんが亡くなって、いよいよ残るは内山昭司さんお一人。特攻隊員ですから、もう死ぬことになってるんですね。どんな心境でしたか。

内山　それで出撃の命令が来るのを待っておりましたが、8月15日に終戦になりまして、天皇のあれを聞いたとき、実は私は嬉しかったです。これで妹二人の面倒も、親の面倒もみれると思って、嬉しかったですね。しかし、笑顔はみんなの前で出せないです。自爆した者もいますからね。そういうところで歯を食いしばって笑いをこらえました。

そして本部から、「操縦者は早急に実家へ帰りなさい、ここにいるとアメリカ軍に連れて行かれる恐れがあるから」と言われました。私たち飛行機乗りは、自分が操縦したときは、「何時に離陸して何時に降りた」と、操縦手帳に全部記録したんです。飛行機の機種も。「その操縦手帳は全部燃やしてしまえ、持ってちゃいかん」ということで、強制的に燃やされ、すぐ帰れと言われ、2日後くらいに操縦士だけは帰されました。それが軍隊の最後でした。

館林から桐生に出て、高崎に出て帰ってきたんですが、もう汽車は満杯で、碓氷トンネルなんか窓を閉めなけりゃいけないのに閉められないんです。私は乗り口につかまったまま帰ってきました。

家に帰ったら、親父が喜んでくれました。戦争に負けたという悔しさはなかったですね。こんなこと言っては、亡くなられた方たちには本当に申し訳ないですが、私は本当にうれしかったです。実は今日も皆さんの前で嬉しかったなんて言っていいのかなと、女房と相談してきたんですが、本当のことを言っちゃって申し訳ないです。

渋谷　お父さんは喜ばれたわけですが、お母さんは?

内山　お袋はあまりいい顔をしなかったですね。

渋谷　私が思うに、いい顔をしなかったというより、多分できなかった。二人の息子さんを戦死させせちゃったわけですね。内山さんの奥様がおっしゃってましたけど、どの男の子が出て行くのもどうにかして止めようと、すがりつくようにして引き留められた。それを振り切って行っちゃったんですね。特に内山さんは3人兄弟の最後に出征されたわけですから。だからお母さんとしては、とりわけ出したくなかったでしょうね。

内山　私はたまたま帰って来れたわけですが、親父は兄2人の戦死をとても苦にしていましてね。いつか碑を建てようと、書道の先生に書いてもらったものが、仏壇の上の箱の中にあるのを、偶然私が5年前に発見しまして、それを刻んだ碑を墓の横に建てました。

渋谷　内山さんが先ほどおっしゃったようなことは多くの人の気持ちの中にあります。「それを言ったら、お国のためにと思って死んでいった人たちに泥をかけることになるのではないか」と。そういう気持ちがあって、今までずっと証言する機会があっても拒んでこられたと思うんですけども、今回無理やり引っ張り出しただけの甲斐はあったなと私自身思います。ありがとうございました。

（2013年）

特攻隊の兄、上原良司の思い出

安曇野市　上原　清子

●学徒出陣50周年

いつも8月の時期になりますと、戦争のお話があちこちでされます。今年は殊《こと》に学徒出陣[*1]50周年ということであちらこちらからお声がかかりまして、明日のNHK特集「50年目のわだつみの声」という番組で、兄のことを一部分ですが取り上げてくださいました。また、テレビ東京が「妹たちの学徒出陣」の取材に見えました。これは戦争の思い出を戦死者の姉妹に女流作家の澤地久枝さんがお聞きしながら訪ねて歩く番組です。

私の家は穂高町の有明で、山の麓にございました。厳格な父や母でしたけれども、その当時としては大変恵まれた生活をしていたんじゃないかと思われます。上原家は上3人が男、そして私と妹の5人兄弟で、ちょうど4～5歳ずつ間が離れていましたが、本当に仲の良い兄弟でした。一番上の兄は生まれながらにして総領というようなしっかりした兄でした。2番目の兄は妹思いのとても優しい兄でした。3番目の兄はちょっとやんちゃなところがあって、私のけんか相手でした。

父も日中戦争に軍医として出征して、中国へ行ったことがあったんですが、まだまだあの頃は私たちの生活にも戦争の影は落ちておらず、恵まれた少女時代を送っていたわけなんです。昭和16年の太平洋戦争の勃発の時、私は女学校4年生でしたけれども、これは大変なことになったと思い、12月の寒さに震えあがったことを覚えています。それでも教育のおかげで、みんなで力を合わせて戦いを勝ち抜こうという軍国少女という感じでござい

＊1　戦争の激化に伴う兵力不足を補うため、1943年に高等教育機関に在籍する20歳以上の文科系（および農学部農業経済学科などの一部の理系学部の）学生を在学途中で徴兵し出征させたこと。学徒動員ともいわれる。

左から良司、良春（長男）、清子（美ヶ原で）

ました。

1番上の兄が昭和15年に慶応の医学部を卒業して、成績が良かったので学校にいるうちから陸軍の委託生になって、卒業後に軍医学校へ入りました。軍医学校を卒業してから満洲へまいりまして、満洲から南方戦線へ行ったわけです。2番目の兄は、昭和17年繰り上げ卒業でやはり慶応の医学部を出て、海軍の短期軍医になって潜水艦に乗りました。

3番目の兄は、上の兄2人が医者になったから3番目は自由にしてもいいだろうということだったのか、それとも成績があまり良くなかったのか、慶応の経済に入りました。1年浪人して、慶応の予科から本科に上がったところで昭和18年の学徒徴兵猶予制度[*2]の撤廃に行きあたったわけです。それで昭和18年10月21日、

＊2　兵役法などの規定により大学・高等学校・専門学校（いずれも旧制）などの学生は26歳まで徴兵を猶予されていた。しかし兵力不足を補うため、次第に徴兵猶予の対象は狭くされていった。

昭和18年10月、当時の東条内閣は在学徴集延期臨時特例を公布。理工系と教員養成系を除く文科系の高等教育諸学校の在学生の徴兵延期措置を撤廃した。

あの明治神宮外苑の壮行式から松本五十連隊へ加わりました。

その後、上の兄は陸軍、下の兄は海軍だから、自分は空へ行くということで陸軍特別操縦見習い士官の試験を受けて即成の操縦士になったわけです。ちょうど特攻隊の戦略が持ち上がった頃で、それに間に合ってしまったのです。

●3人の相次ぐ戦死

それで、一番最初に2番目の兄が初めて潜水艦に乗って佐世保から出航したまま帰ってこない。今の豪州の近くのニューヘブライズ諸島というところなんですけれども。その近くでどうもアメリカにやられたらしいということで、それで佐世保へ帰港する予定の日を一応戦死の日ということにされて、18年10月22日に一応戦死ということになりました。

ちょうど時を同じくして3番目の兄が学徒出陣で出たわけですが、五十連隊へ入隊していたので、2番目の兄の遺骨をもって松本の駅から家まで特別に休暇をもらって帰ってきたことを覚えています。その時は3番目の兄も、2番目の兄の敵《かたき》を討つ、ということで操縦見習士官に挑戦しようと行ったわけです。

私どもは亡くなるまで全然知らなかったのですが、3番目の兄は学生時代から自由主義に憧れて、人間の本性は自由である、自由を抑えては絶対成功しない、という信念を持っていたわけですが、ああいう時代ですからそれをなかなか表へ出すことが出来なかったわけです。それで、本当に戦争に勝ち目がなくなってきてから昭和20年5月、特攻隊として沖縄で戦死いたしました。

8月に終戦になりましたが、それでもまだ「上の兄がいる、上の兄が帰ってくる」と首を長くして待ったんです。待って待って待ちくたびれて、その次の年の7月に一番上の兄がビルマで戦病死していることが分かりました。本当にもう一時は悲嘆にくれて混乱してしまいましたが、私はその当時通っていた学校を中退して主人と結婚しました。そして妹も養子をもらって、やっと戦後の混乱期を切り抜けたわけでございます。

本当にこのような平和な時代になって、やりたいと思ったことがやれないことはないし、行きたいと思ったところへ行けないことはないので、亡くなった兄たちにこの世に中を見せてやりたいと思わないことはありません。

（1993年）

「貧しい心」をたたき込まれた海軍予科練生

上田市　松本　務

●子どもに憧れを持たせた言葉

85歳の老体ですが、この私にも16歳17歳の青春があったというわずかな証拠が階級章と短刀です。短刀は、今でいう高校1年生の時、少年航空兵として休暇で帰った時に、おやじが母親の実家から持って来てくれました。飛行機に乗る者に長い刀は無駄だろう、短い方がいいだろうと用意してくれて、私を送り出してくれました。人を切るものではなく、己の心を切るものです。もし万が一、敵に遭遇した時には、敵の捕虜になることは許されない、己の命を断ちなさいというのが少年航空兵の17歳の子どもたちに与えられたピストルであり短刀でした。袋は母親が結婚式の時に着た一番大事な袋帯をほどいて作ってくれた、これが私の昭和20年の持ち物です。

さて、私が予科練に志願するという気持ちになった理由は何か――。昭和16年12月、ご存じのように太平洋戦争が始まりました。私はその前年の4月に旧制中学校に入学しました。小学校6年生の時は身長・体重・視力なども非常に良かったせいか、健康優良児ということで県から表彰を受けておりました。父親は小作農で借金だらけの家でしたが、昭和16年に初めて蚕の繭の値段が良くて、家の借金が全部終わり、赤い１００円札が残った。その時父親が兄弟たちを呼んで、この１００円をどうしようかと聞いた。父親はみんなが黙っている時に、「務を中学へやってもいいか」と言い、兄弟はうなずいていました。私は思いもよらず旧制中学へ入ったのです。当時は村ではお寺や村長さんの息子さんか、あるいは駐在さんや先生の息子さんぐらいしか行く者がおりませんでした。私の学年では、貧しい私がたった一人村から旧制中学へ入れてもらったわけです。

家から学校までは約10キロ、行く時は自転車で20分、帰りは2時間の山道を上って来る生活でした。当時は中学に限らず社会全体が立身出世主義で、出世して親の名を上げる、身を立てるということが一番素晴らしい親孝行だという時代でした。旧制中学では成績の一番が陸軍士官学校、二番が海軍兵学校、三番で少々身体が弱いのは東京帝大という風に暗黙の進路が決まっていたのです。もちろんその時私は陸軍士官学校へ行こうという確かな野心はありませんでしたが、できることならという気持ちはありました。おかげさまで当時の体力検定ではトップであり、柔道でもマラソンでもトップでした。体力の面ではだれにも劣らなかったのですが、成績の方は陸士・帝大には行けないということは自分で分かっていました。

私は10位ぐらいだったので、飛行士か練習生しかない、そこへ行こう。自分で心を決めたわけですね。その頃はもう軍事色一色ですから、それ以外の志望は考えられない時代でした。ですから自分の学年から、真っ先に海軍予科練13期へ入ったのは、私ともう一人、渡辺という銃のうまい男だけでした。予科練へ行くということは、何といいましょうか、自分の憧れでした。もう一つの憧れはあの軍服の形

旭日章（センター収蔵品）

なんです。上はピッと切れ、ボタンが7つ付いてて襟に徽章《きしょう》（記章）があって、それはそれは若い子どもの憧れでした。私は貧しかったので、いつでも兄のお下がりを着て学校へ通っていました。そんな風な生活ですから、それこそ予科練への憧れということは、一面では7つボタンの美しさに憧れたのかも知れません。

結局そういう夢でしたが、中学3年のころもう「報国の急な時代だ、今こそ銃後の男子は報いるべきだ」なんて言葉が使われました。その中で一番私たちを憧れさせたのは、服装と同時に言葉でした。その言葉というのは、「東亜の盟主」とか「大東亜共栄圏」だとか「八紘一宇《はっこういちう》*1」だとかそういう美しい言葉が我々子どもたちの心をつかんだのです。

特に私の心に残っているのは、玉砕があった北のアッツ島で言われた言葉でした。玉砕とは全滅することですが、その玉砕した山﨑隊長の*2「悠久の大義に生きる」。自分たち中学生が本当に「悠久の大義」なんてことがどういうことか実際分からないけれど、子どもたちは言葉に憧れて、精神が形成されたような気がします。

と同時に、戦いの相手は鬼だ畜生だと言うでしょう。それをやっつけて天皇がめざす東洋平和のために、正義の戦争にこの身を捧げるということは、この上ない名誉でもある、そういう風に言われたわけです。そして一心に身を捧げること、死を覚悟することとはどういうことか、そんなことをまったく考えることもなく、大きなその時の流れの中に身を置いていたように思います。

戦争は恐いもんだよとか、戦争で命を大事にしなさいというような人は自分の周りには誰一人としていませんでした。戦争に反対した人たちは、全部牢屋に入れられて、拷問を加えられていたのですから。拷問とは、罪の有無や真否の明らかでないものを肉体的苦痛

*1 『日本書紀』巻第三神武天皇の条に書かれた「掩八紘而爲宇」の文言を戦前の大正期に日蓮主義者の田中智學が国体研究に際して使用し、縮約した語。八紘為宇ともいう。大意は「道義的に天下を一つの家のようにする」という意味。

*2 陸軍北海守備隊第二地区隊隊長の山崎保代大佐。山崎大佐の訣別電報は1943年5月29日に打電された。

を与えて、自白を強いることです。時には死ぬ人が出るくらいの拷問を加え、今までの思想を変える「転向」を要求する。命を大切にしなさいと教室で言った先生が監獄へぶち込まれるという時代でした。

これは後から知ったことですが、ましてや体制を批判するような文書はことごとく没収されたというのです。人々はもう口をふさいで何も言わない時代だった。だから私が予科練に行くことを、みんなこぞって喜びたたえてくれていました。父親はとても喜んでいましたが、母は何も言いませんでした。当時の家庭というのは、お父さんが絶対でお母さんは出る幕が全くないんです。妻はもう夫に言われるままに、姑に言われるままに、ただ「はい、はい」と言うだけの地位だったんですね。どんな思いを持って母はいたのか私には知る由もありませんでしたが、母は何も言わずに家で飼った蚕の繭《まゆ》くずを煮てのばして糸にして、それを自分で織って国防色に染めて、隣町の洋服屋さんに行って、私の出征の軍服を作ってくれました。

●訓練という名の精神構造改革

そして11月、三重海軍航空隊に入校しましたが、兵舎なんてないんです。ですから奈良にある天理教の宿泊所を軍が借り上げて、そこを兵舎にしたわけなんです。

私は第46分隊4班ですが、分隊がどれくらいあったか分かりません。とにかく大きな練兵場に3000～4000名の兵がいたことは確かです。班の構成は、一班が20名、それが8班あって、それで160名、それが分隊という構成をしていたわけです。分隊長というのが、下から上がったたたき上げの大尉です。これはものすごい人でした。

軍隊に入って海辺の兵舎に入った時に、海軍の水兵服を着た14～15名の水兵さんが私たちに、「馬鹿だなこんな所へ来て、明日から泣くぞ」と言ったんです。何を言っているんだろうと思っていました。

いよいよ隊が編成されて、軍隊に入りましたが、訓練というのはまず精神構造改革ですね。精神の改造です。真っ先に「きさまら今日から海軍の軍人だぞ。娑婆《しゃば》の垢を落としてやるから覚悟しろ」という第一声から始まります。私たちは身を縮みあがらせます。そこの兵舎は一部屋が20人、火の気も何もありません。11月12月でも2月でも朝6時の起床です。11月の6時だとまだ空がようやく白みつつあって、外があまり見えませんが、起こされて練兵場に集まるわけです。

そこで声が小さいといってはたたかれ、整列が遅いといってはどなられ、ボタンがはずれているといってはビンタを食わされ、およそ考えてもいなかった予科練生活が始まりました。もう恐怖の中におののき、声にならない毎日です。ただおろおろと言われるままに大声で「はい」という返事をするしかない、上官の言うままに従っているしかないんです。「いいえ」なんていうことを言うと「この野郎、上官にたてつきやがって」と暴力は倍になります。

制裁の方法は、まずはこぶしで頬を殴ること。「足を開け、あごをかめ」、そうしてこぶしで頬を力いっぱい殴りつけます。1～2回は耐えても、3回4回ではもう倒れてしまいます。口が切れて血がもれます。失神した者には水をぶっかけます。これが殴る制裁です。

ぶつ制裁、これは「海軍精神注入棒」という棒があるんです。海軍はボートをこぐ練習をしますから、ボートのオールに使う樫の固い木でできた野球のバットより太い棒を1m

半か2mに切ってあります。これまた「足を開け、手を挙げろ」と言ってそれで思いきり少年兵の尻をたたく。竹棒でたたくこともあります。3発4発たたくうちに、竹が割れます。割れて服ごとお尻を食いちぎります。私はこれを7回続けて受けました。

次はいやしめる。例えば通信の成績が悪い、ちょっとしたミスがあったというような場合、上官が墨汁とか朱墨をもってきて顔中に色をつけて奇妙な顔をさせて、隊内を回らせます。私はこの3つとも充分体験しました。あごを殴ると上官は自分の手を痛めるのでしません。練習生同士でやらせます。友達同士で手心を加えると、上官はこういう風に殴るんだといって、思いきり殴って手本を見せます。

起床5分前にはベッドで起床ラッパを待つように決まっていますが、自分には時計などありません。だから5分前ということが分からない。たまたまトイレに行って用を足しているうちに急に起床5分前という合図がかかりました。

それを見ていた当直班長が、朝食前の食堂で全員集まっているところで、「松本出て来い。こいつは今

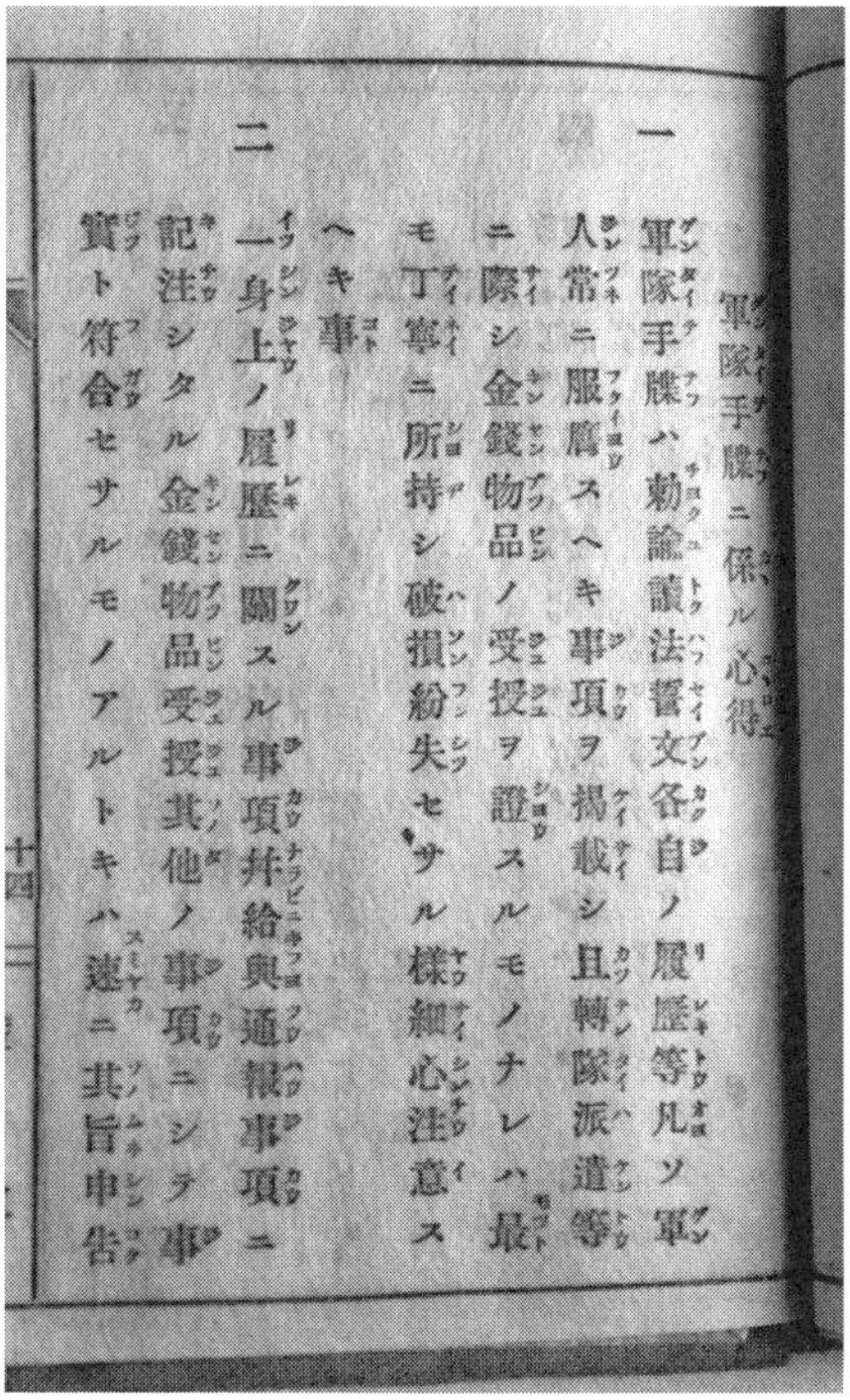

軍隊手牒ニ係ル心得

一 軍隊手牒ハ勅諭《チヨクユ》讀法《トクハフ》誓文《セイブン》各自《カクジ》ノ履歴《リレキ》等《トウ》凡《オヨ》ソ軍《グン》人常《ツネ》ニ服膺《フクヨウ》スヘキ事項ヲ掲載《ケイサイ》シ且《カツ》轉隊《テンタイ》派遣《ハケン》等《トウ》ニ際《サイ》シ金錢《キンセン》物品《ブツピン》ノ受授ヲ證《シヨウ》スルモノナレハ最《モツト》モ丁寧《テイネイ》ニ所持《シヨヂ》シ破損《ハソン》紛失《フンシツ》セサル樣《ヤウ》細心《サイシン》注意スヘキ事《コト》

二 一身上《イツシンジヤウ》ノ履歴《リレキ》ニ關《クワン》スル事項《ジカウ》幷《ナラビニ》給與《キフヨ》通報《ツウハウ》事項《ジカウ》ニ記注《キチウ》シタル金錢《キンセン》物品《ブツピン》受授其他《ソノタ》ノ事項《ジカウ》ニシテ事實《ジジツ》ト符合《フガフ》セサルモノアルトキハ速《スミヤカ》ニ其旨《ソノムネ》申告《シンコク》

十四

軍隊手帳（センター収蔵品）

朝規則を破った、みんな見てろ」と全員注視の中で、太い竹棒で力いっぱいたたかれました。3本目ぐらいになると竹は割れ、火のついたような熱さだけです。7本打たれました。班長は汗びっしょりです。もう食事はのどを通りません。腰も自由になりません。それでもその日の訓練はついて行かなきゃなりません。その夜熱を出しました。その夜のことは忍従《にんじゅう》の日として私の心に強く刻みついております。

もう一つ、いやしめられたのは、洗濯して干してあった脚絆がなくて班長に報告した時でした。班長はにたにたしながら「このまぬけ」と言って墨汁を顔にぬりたくって「シコンスキーパイロットです、捕虜になりました、と言って兵舎を回って来い」と言います。このパイロットはアメリカのパイロットで、銃で落とされ墜落の途中落下傘で降りて捕虜になったのです。その真似をさせて、兵舎全体を回らせるのです。

「蹴られるとも　叩かれるとも　絶対の命に　己を捨てて　耐えにし」

帰ってきてつくった私の歌です。これが私の予科練生活です。

一日の練習が終わって時間があります。郷里に便りを書くのもよし、復習するのもよしの一時間です。私は毎晩故郷への手紙を書きました。山の中の少年が遠い所へ行って厳しさに耐えている時に、お母さんと言わなくてどこで言うことがありますか。特攻隊の「お母さん」というあの言葉は、みんなの気持ちなんです。戦地に行っちゃうからもう元には戻れない、でも心の中じゃお母さんに会いたい、故郷に帰りたい、それが少年兵の練習の時の気持ちだと思います。故郷の囲炉裏を思い出したり、こたつを思い出したり、氏神様の大きな木を思い出したり、抱かれていた思いが涙といっしょに思い出されます。

信州の山の中の小さな村で育った私ですが、純朴な私も次第に少年の心を失っていくようでした。私が言う少年の心というのは、育っていく人間性のことです。人間らしさ、自分で考え自分で発見し、自分で想像しながら自分を向上させようとする情意というようなものがだんだんなくなって、言われるがままただ「はいはい」と言っていればいいという人間になっていくような気がします。

「消ゆるなき　心忍従の　年月よ　叩かれるまま　起立敬礼」

これが私の帰ってきてからの歌です。上官の怒声におろおろして、反論する力もなく蔑視し、その場をしのぐ貧しい自分になっていったような気がします。

その貧しい例として、食事当番のことをお話します。食事当番は自分の器にだけ底を固めて上はふわっとさせて、みんなと同じような形にしながら、自分のところにたくさん盛るとか、気に入らない班長のご飯には、頭のふけを落としてかけるとか、それは常識だったようですね。上官も心得ていたようで、茶碗の上の方は削りとって食べていました。またそれをやめようという人も誰もいませんし、私も言いませんでした。

先ほど洗濯物がなくなった話をしましたが、なくなった時

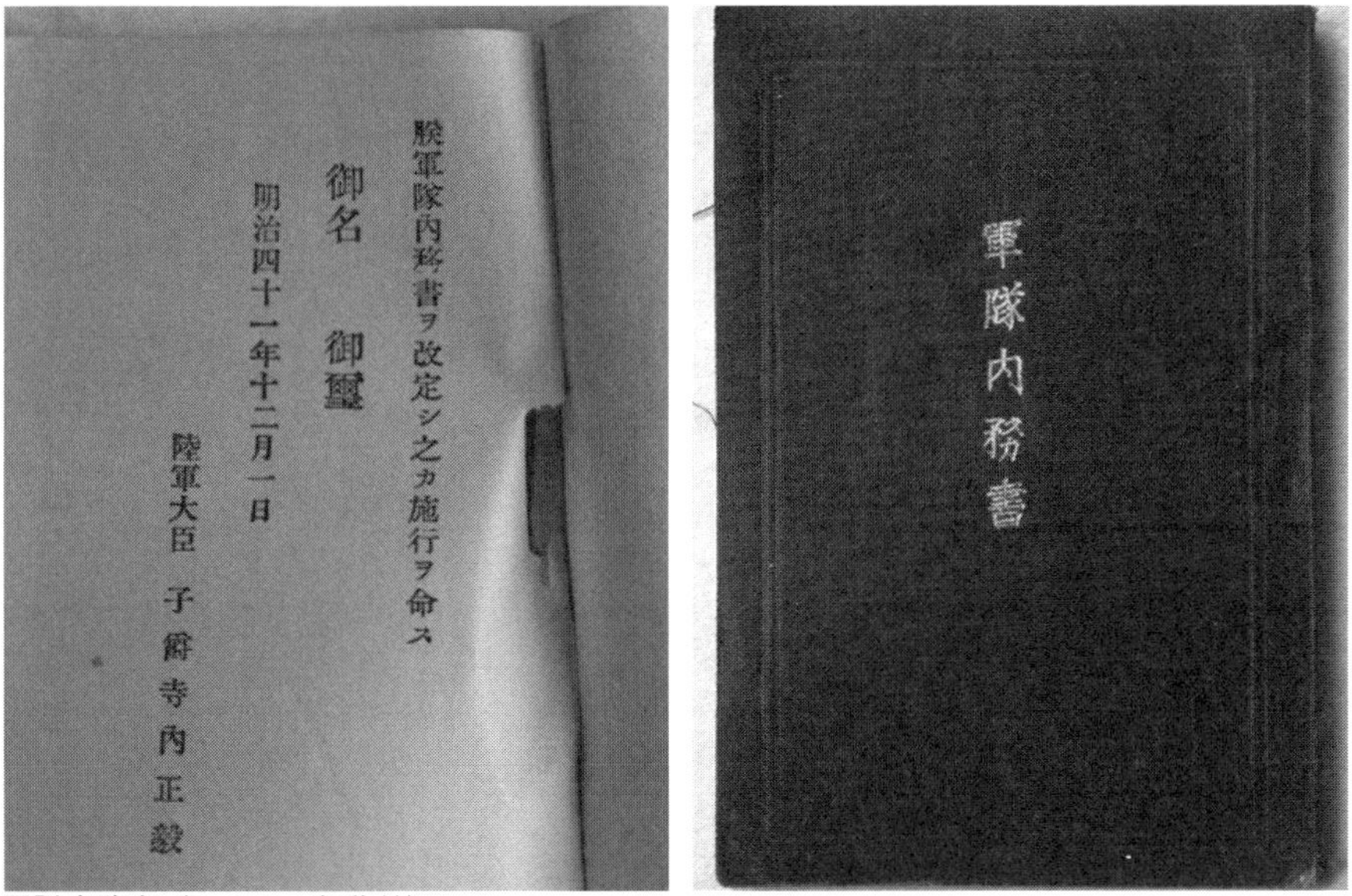

軍隊内務書（センター収蔵品）

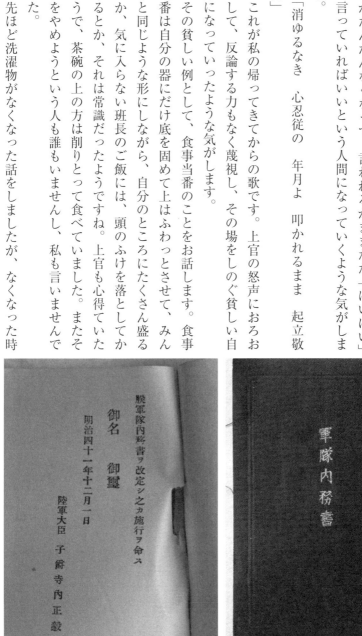

はこっそり他人の物をもってきて名前を変えておけばそれで済んじゃう。なくなった時に班長に言うのは愚かで、他からとってきて名前を変えておけばよい。こういう人間になっちゃう。だから軍隊の中では洗濯物がなくなった話は一切聞きません。要領が悪いという風になります。

班の中でも暴力的な人がいました。箸にも棒にもかからなくて、軍隊に行った方がいいというような若者もおりました。そういう者が事を起こすことがありました。信州の私たちに一番近いのが東北の人たちでしたね。九州でも宮崎の人は優しい人がいましたが、そういう人たちとだけ手を組んで鎮静したといいますか、暴力の前で当たらずさわらずでいたと思います。

分隊長の上に司令がいます。この司令も私たちが恐れていたんですが、ある日掃除当番が司令の引き出しの中のお菓子を食べてしまいました。そうするとすぐ営倉といっていわゆる牢屋に入れられます。その牢屋というのは、人間があぐらをかいても立てないくらいの狭い犬小屋のような部屋です。そこに入れられます。私たちはその彼に食事をもって行くわけです。ところが私たちはその彼を口汚くののしって、食事も半分くらいしか与えずにおりました。

ですから、戦友だったと口では言い、うわべは班の団結という形をとっていましたけれど、本当は戦友じゃなかったんじゃないかと反省しています。同じ釜の飯を食ったり、「貴様と俺とは同期の桜」などと、世間のみなさんは素晴らしいと見ていたんでしょうが、私たちの頃はそのくらい貧しい軍人だったと思います。

「一、軍人は要領を本分とすべし」

昔からの言葉ですが、私たちはだんだんそういう風になっていったんだと思います。

●「志ある者は一歩前へ」

昭和20年7月、私は17歳でしたが、今でも強く心に残る記憶があります。深夜12時全員起床、直ちにマットを丸めて整列しました。いよいよわが隊に大命が下ったのです。

「志ある者は一歩前へ」

上官の声にA君が出ました。B君も出た。C君も前へ出た。でも、どうしても私は一歩出れない。時間がたてばたつほど自分を後ろから引っ張るものが強くなってくる。

「よし、前へ出た者はこちらへ整列」

同じ苦しい練習をしてきた友だちが、5人6人と隊から去って行きました。その人たちがどこへ行ったか、私たちには分かりません。もう飛行機もなくて震洋とか回天などベニヤ板をはっただけのささやかな船というか、そういうものに乗せられて死んで行きました。もしそこで私が一歩前へ出ていれば、たぶん私ももうこの世にはいなかったでしょう。多分知覧《ちらん》（鹿児島）か土浦の記念館に私の遺影と辞世の歌が載っているかもしれません。

私の辞世の歌は、「身はたとえ　敵艦もろとも　果つるとも　守りて止まじ　すめらみ国を」というものです。これは幕末のころ「身はたとえ　武蔵野野辺に　つきるとも　とどめておかまし　大和魂」という辞世を残して殺された人の歌を参考にしています。特攻隊員はみんなそういう過去の歌などを教わりながら、君が辞世を残す時にはどういう風な歌を作るのかという教えはいただいております。

一歩前に出た人たちはどこへ行ったかは全く分かりません。わずかばかりの特攻兵器に乗って死んでいったのでしょう。私が知りうる資料の中に、河西作郎という方が18歳で昭和19年1月に亡くなっていますから、多分私より一期上の12期の方だと思いますが、この方が亡くなって、最後に家に戻ってきた書状の中にこういうものが残っていました。

「お母さん　はるかに呼べば雲遠く　まぶたにあつい母の顔」

「お母さん　再び呼べば行きし日の　旗うち振りしその面輪」

「お母さん三度呼べば波の音　船にしぶく闘魂は　敵撃滅にはやれども　ああ戦場に母恋し」

本田亨さん、この方は私の後の14期の方だと思いますが、防空通信学校で亡くなっていますから、練習中に亡くなったんでしょう。

「めぐる月日は十八年　母上すでに老いたまい　頭に霜は加えども　尊き姿変わりなく」お母さん先立つ不孝をお許しください、という心はまさに私を含めた少年飛行兵の想いです。

帰ってきたとき、父親はよく帰って来たと言いました。母親は黙って腰を落として私の両脇に抱きつき泣いているだけでした。私はこの年になって、母ほど尊いものはないと思っております。こういう少年たちを一つの道具に、一つにマインドコントロールして、若者に犠牲を負わせた責任は一体誰がとるのでしょうか。

（２０１３年）

軍国少年の憧れ

木曽町　松岡　英吾

●「祖国を救うのは、君たちだ」

私は、昭和5年1月5日に木曽福島に生まれ、11人兄弟（男4人・女7人）の四男として育ち、現在83歳になります。家は染物屋をやっていましたが、父は長坂病院に勤めていました。

昭和12年、私が福島尋常高等小学校2年の時、中国との戦争が始まりました。戦争が拡大するにつれて、食料や衣類が自由に買えなくなり、「ぜいたくは敵だ」の標語が頭の中にしみ込んでいきました。5年生の時、先生が「米英は盛んに中国に支援を続けている。そのうちに米英と戦争をしなければならない時が来る。君たちが飛行機に乗り、敵艦に体当たりすれば、一人で軍艦もろとも何百人という敵兵を海に葬ることができる。君たちは強い兵隊になり、国のために尽くすのだ」と話しました。ただでさえよく思っていなかったアメリカ、イギリスに大きな敵愾心《てきがいしん》を抱くようになっていきました。

その頃、ドイツはヨーロッパ諸国に侵入し、電撃的な勝利をおさめていました。日本には無敵艦隊や大陸軍がある。戦争をやれば必ず勝つ。負けるはずがない。私は心の中で固くそう信じていました。そして、「早く戦争が始まればいい。アメリカやイギリスをやっつけるんだ」と、そんなことを本気で思っていました。世の中全体もそんな風潮でした。

昭和16年12月8日、空は雪で真っ白でした。午前7時ころでした。「えらいことだ、アメリカと戦争が始まったぞ」と新聞店の叔父が入って来ました。私は「やったぞ！」と胸がわくわくするような気持ちになりました。その日の学校は、戦争の話で持ちきりでした。
ラジオや新聞は連日日本の勝利を大々的に伝えました。日本はやっぱり強い。向かうところ敵なしだ。アメリカ、イギリスなんてたいしたもんじゃない。晴れがましいような、うきうきした気持ちが続きました。私たち少年はますます軍人にあこがれ、軍国少年になっていきました。

昭和19年の初夏、当時私たちの憧れの的であった予科練、七つボタンの服装をした福島町出身のKさんが学校に来ました。「祖国のため少年兵に志願せよ」と勧めにきたのです。高等科2年（現在の中2）の全員がKさんの話を聞きました。Kさんのきびきびした態度に好感を持ちました。先生も「祖国を救うのは、君たちだ」と志願を勧めました。ただでさえ七つボタンに憧れていた私たちは、「少年兵になってみたい」から「少年兵になるんだ」と変わっていきました。その頃、日本の戦争は日増しに不利になっていましたが、負けていることはあまり報じられませんでした。

●憧れから醒《さ》めて

その年の秋、私は飛行機に乗ることに希望を託して、海軍の電信兵を志願しました。福島小では十数名が受験しましたが、合格したのは私一名だけでした。皆外されたと聞いた時は、「俺だけ行くのか」とちょっと心細かったです。

その頃、フィリピンで、特攻隊が敵艦に体当たりをして大きな戦果をあげた、とのニュースが大きく報道されました。「命を投げ出し国を救う」その気持に深く感動し、夜空を見上げ「よし俺も続くぞ」そんなことを思っていました。父は「うちの息子が志願する」と自慢げでしたが、母は何も言いませんでした。

3月23日、役場前で3～4人が出征式に臨み、町長が挨拶。そして九里浜の海軍通信学校へ出発しました。2月中旬ころ、フィリピン沖で戦死した兄の遺骨（私が駅まで持ちに行った）を迎えて間もない出発で、両親はどんな気持ちであったのか。少年の私はそこまで考えてもみませんでした。

憧れの少年兵になりましたが、支給された軍服はダブダブで七つボタンのスマートさはありませんでした。海軍だから寝るのはハンモック。この起床が大変でした。「総員起こし5分前！」の号令がスピーカーから流れる。心の中で起きたらどのように行動するか反復する。「総員起こし！」の号令で飛び起きる。何とも忙しい。班の中で1名でも遅いとやり直しか、精神棒で尻をいやというほど叩かれるかのいずれでした。何をするにも、もたもたしていると「たるんどる！」とビンタか精神棒のお見舞いがきました。慣れるまで班長の顔色をうかがっての行動が続きました。

また、一般の世の中でいう良心の通用する所でもありませんでした。初めて風呂に入った時、帽子を盗まれたため班長に報告に行きました。「班長、帽子をとられてしまいました」と言った途端、「盗まれる奴が悪い、とってこい」と罵声《ばせい》が返ってきました。

20歳前の少年兵が、「貴様の態度はなんだ」と30歳過ぎの召集兵を殴ったりしていました。「何で俺はこんな所へ志願なんかしてきたんだ」と、「祖国日本のために」の意気込みが低下していくのは否めませんでした。電信

木曽中学の軍事教練（森下孫平氏提供）

兵とは言うものの、モールス信号を習ったのは1カ月ほどで、あとは明けても暮れても防空壕や本土決戦に備えての壕掘りでした。6～7月頃になると、アメリカの艦載機が飛来し、防空壕に我先に逃げ込みました。8月6日・9日、「新型爆弾が落ちた。白い布を持って避難しろ」と命令が下りました。

8月15日、天皇の放送を聴きました。雑音が多くてよく分からなかったが、上官が「戦争終結だ」と言いました。「相手は鬼畜米兵だ。俺たちは殺されるかも」。そんな不安が頭をかすめました。真夏の太陽が照りつける暑い日でした。

その後2週間、防空壕から食料（缶詰など）や衣類を運び出しました。支給されたわずかな缶詰や衣類を衣嚢《いのう》（ポケット）に入れ帰途につきました。8月28日夜八時頃、自宅に帰ってきたら、母が「手紙の返事がなく、お前はもう死んだと思っていた」と言われました。

しばらく配給制が続き、母や姉と洗馬《せば》までリュックに古着や漆器を入れて行き、米など食料と交換し持ち帰りました。わらび・リョウブ・大根・栗・菜っ葉などをご飯に入れて食べました。そんな食糧難が2年くらい続きました。その年の10月、高校に復学しましたが、同期生は勤労奉仕で「ほとんど勉強しなかった」と言っていました。

第二次大戦での日本の死者は３００万人とも言われています。再びあのような時代を繰り返してはならない、と強く思います。

（２０１３年）

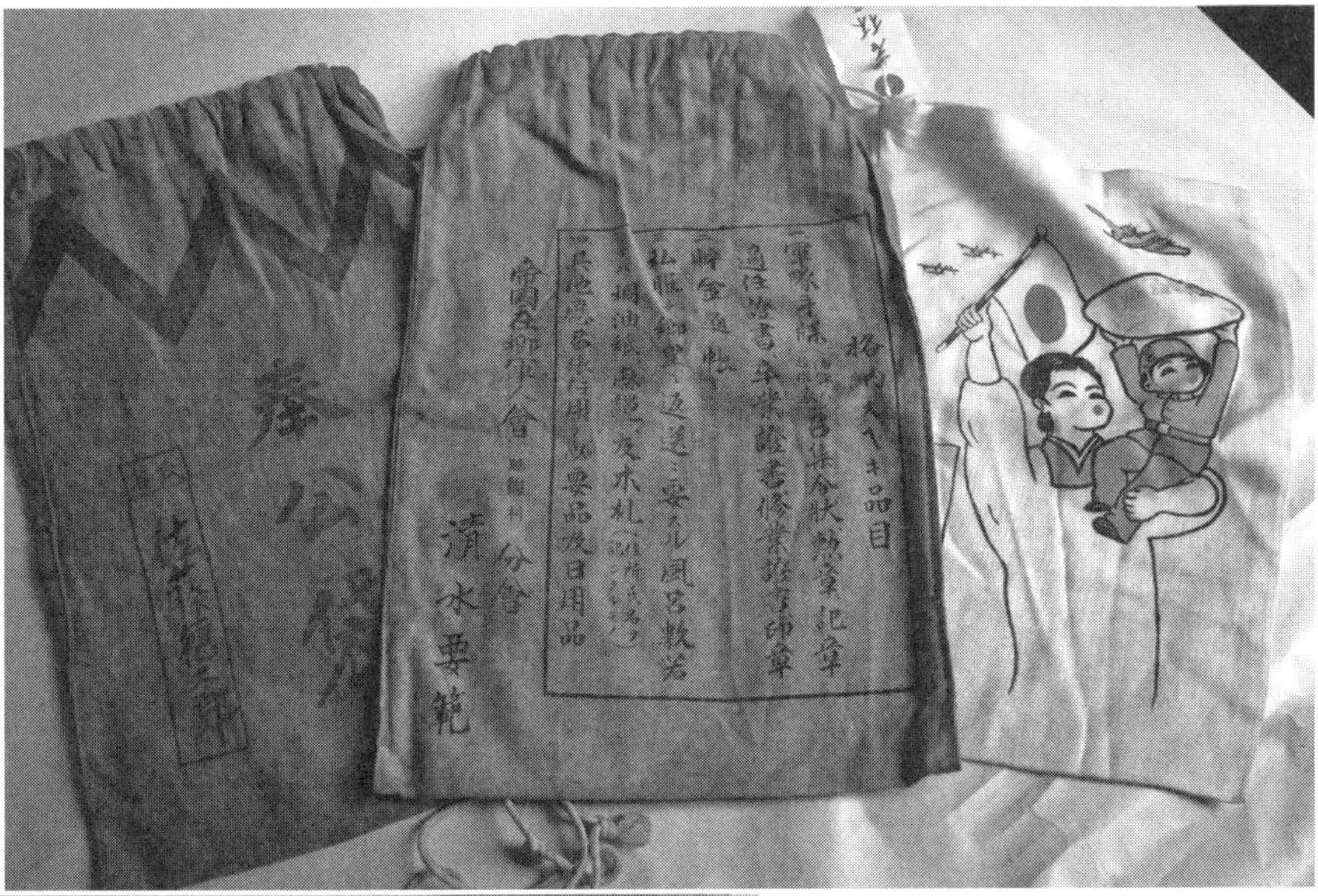

中に入れるものが明記されている「奉公袋」（上）
戦時中に発行されていた「写真週報」の裏表紙（左）
（センター収蔵品）

戦力差歴然の中での「防空監視哨《かんししょう》」

木曽町　石橋 博

●防空監視哨か軍需工場か

私は、大正14年9月6日に木曽福島町伊谷区（現木曽町）に生まれ、5人兄弟（男3人・女2人）の長男として育ち、現在87歳になります。福島尋常小学校・高等小学校を卒業後、昼間は家業の農業を手伝いながら、夜は小学校隣の青年学校＊1（5年）に通いました。

青年学校の上級生から防空監視哨《かんししょう》＊2の仕事に誘われ、昭和16年8月30日付で福島防空監視哨員としての勤務を命じられました。監視哨に行かなければ、徴用として軍需工場に行っていたと思います。9月頃行われた防空大演習には参加しましたが、この時はまだ正式に勤務に就いていませんでした。

昭和18年から20年2月末まで勤務しました。私の手元にある当時の勤務割表（昭和18年11月）によると、午前7時30分に全員役場前に集合して監視哨（関山公園の隣）に行き、交替が18時と書かれています。1日6人、2人1組となり3交替で勤務。一人が警察（松本の監視隊本部）への直通電話の番をし、もう一人は双眼鏡（6倍～8倍なので、ほとんど見えなかった）を持って立哨（見張り）。夜の休憩時は、味方（陸軍・海軍）と敵（アメリカ）の飛行機の機種を正確に覚えさせられました。昭和18年・19年頃は、警察から担当官がよく見に来ていました。

昭和20年2月中旬頃、B29が1機見えました。「敵情報、B29、13番福島、北、高度1万」と報告しました。味方の飛行機（一〇〇式司令部偵察機＊3、弐式《にしき》重爆撃機など）も、

＊1　1935年（昭和10年）に公布された青年学校令に基づき設置された、かつての日本における教育機関。アジア・太平洋戦争終戦後に学校教育法が制定されるまで存在した。

＊2　旧日本陸軍の、敵機を遠く発見し、これを防衛司令官に報告する任務。

＊3　旧日本陸軍の偵察機。2人乗り。世界的に優秀な偵察機と言われた。

見えたものは全部報告しました。復唱して、「ご苦労さま」と言って電話を切りました。松本から東部軍司令部（東京三越の地下）に報告がなされました。

上の人からよく言われたことは、「見張りをサボったり、飛行機の見落としがあると本部から叱られるので気をつけろ。他の監視哨（三留野・須原・王滝・奈良井）からも飛来の報告がいくので、すぐ本部にバレる」と。

だいたい5日に1回の勤務でしたが、常時36人（哨長1人、副哨長5人、哨員30人）がいました。当初は軍人も入っていましたが、戦況が激しくなると召

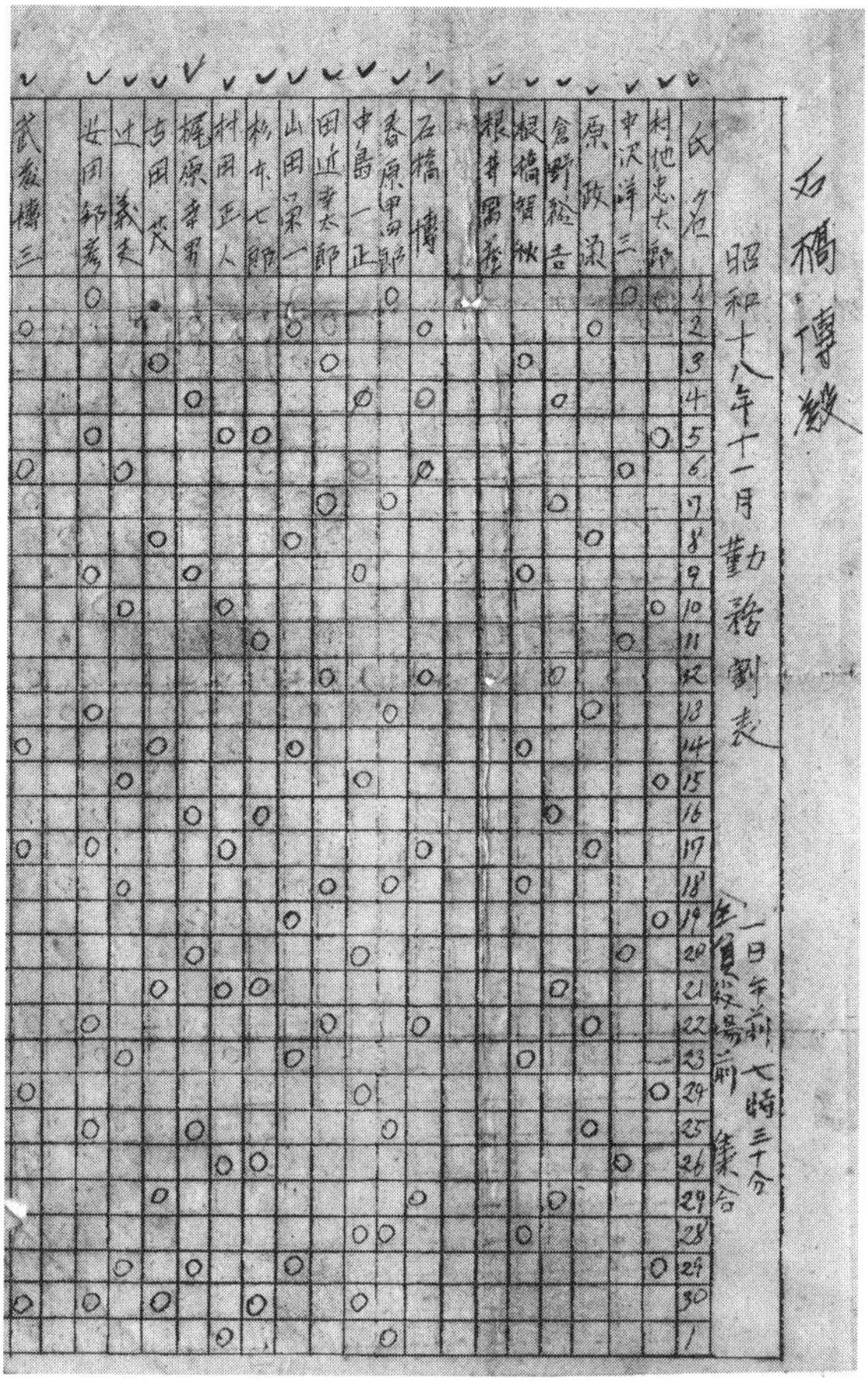

防空監視哨勤務割表

福島防空監視、関山、昭和18年3月（木曽福島町制施行百周年記念誌「飛躍のあしあと」より転載）

集で人が減っていき、昭和20年には日義村からも数名来ていました。手当が若干出て、各自の郵便貯金通帳に振り込んでくれ、私の場合は23円になっていました。今もその通帳を持っていますが、当時私が兵隊に行くとき20円持参しましたから、結構な金額だったと思います。

昭和19年11月から副哨長になりました。警察が見回りに来る時は、前もって掃除をしたり、普段より気合を入れて命令をするなど格好をつけたものです。監視哨の競技会(個人・団体)があり、長野県は福島が代表で参加することになり、木曽高女の校庭で竹竿に飛行機の模型をつけて、飛来する飛行機を発見して報告する訓練をしました。個人では、古田さんが関東甲信越大会まで進みました。

監視哨の横に地下壕があって、風が強い時はそこに入って飛行機の爆音を聞きましたが、効果はありませんでした。それでも勤務に就いていない時は、地下壕の穴掘りを夏の暑い中よくやったものです。

●この女の子たちを守るために

昭和19年5月12日、福島小学校の講堂で徴兵検査(背丈・胸囲・体重・視力)を受け、甲種合格になりました。仲間の中で甲種は少なかったので、嬉しかったです。昭和20年3月10日、「入隊すべし」という通知が役場から来ました。正直なところ、戦争に進んで行きたいとは思いませんでした。入隊までに気持ちの切り替えをするのに大変でした。炬燵《こたつ》に寝転んで歌を唄っては自分を慰めていました。小学校の校長にお別れの挨拶に行きました。公仕室にいたら、腕に当番用の赤い鉢巻を巻いた3年生徒の女の子が、バケツにお湯を入れに来ました。そこで、「この女の子たちを守るために俺たちは兵隊に行かなくてはならない」と、やっと気持ちが吹っ切れました。これだけは今でも忘れません。

親類の人たちが家に集まって門出祝いをしてくれ、日の丸の旗に寄せ書きをしたり、千人針を持たせてくれました。80代の曽祖父の大爺さんに「行ってくるで」と挨拶したら、「帰って来るまで生きておるでな」と言ってくれました。切なかったです。あの戦争では、生きて帰れるとは思いませんでしたから。役場の前で私を含めて4人の出征式が行われました。一緒に来た人の中には戦死したり船がアメリカの潜水艦で沈められたり、シベリアへ抑留された人もいました。

昭和20年3月15日、松本の歩兵五十部隊に入営。4月末までいました。5月に長野の東部第十一部隊（1000人～1200人）に移動しました。8月13日に「長野空襲」を体験しました。その時、私はちょうど七瀬にいました。朝の点呼を終え体操をしていたら、北から飛行機が5機編隊で飛来。「朝から張り切っているな」と思っていたら、いきなり機銃掃射を仕掛けてきました。そして大豆島《まめじま》（飛行隊）や長野駅周辺にも機銃掃射・爆弾・ロケット弾による攻撃を7回繰り返し、40名以上亡くなりました。私の戦友も2名命を落としました。軍用列車の監視のために長野駅に行った5名も空襲の犠牲になりました。9月にやっと実家に帰ってきました。

今にして思えば、監視哨については、「若いから務まったが、何のためだったか。その時は夢中だった。あれだけアメリカとの差があったのだから、効果はなかった」と思います。もう戦争はやりたくない、戦争はないほうがいいと思います。今の人たちは幸せ。別の面の苦労はありますが。

（2012年）

沖縄空襲での逃避行

長野市　親里 千津子

●那覇市がみるみるうちに火の海に

昭和19年の10月10日に沖縄は最初の空襲を受けました。その時に私はちょうど友達と高射砲陣地作業に行く途中でした。私のいた所は那覇市の北部の方で、その高射砲陣地は南部の方にあります。那覇市の港も南部にありますが、私たちは那覇市を横切っていつも高射砲陣地に行ったんです。

那覇市の真ん中まで来た時に、軍隊服を着てメガホンを持ったおじさんが「空襲だ、空襲だ」と言っていました。その日、私たちは「どうも様子が変だ」と言っていたところだったのです。空を見ると晴れわたった空の彼方で3機の飛行機が金属音をたてて旋回しているんです。それでぴかぴか朝日に翼をきらめかせて、そのそばでポカッと白い雲が破裂します。それは味方の高射砲の応戦だったわけです。

急いでうちへ帰りました。うちには足の悪い祖母が2人いましたが、母がその祖母たちを班の大きな防空壕におんぶして連れていったんです。そのうちに飛行機がどんどん来ます。9時頃になったら那覇の港を中心に、私たちが造った高射砲陣地、その南の方にある小禄《おろく》の飛行場をめがけて空襲が始まったんです。

庭の防空壕は畳1丈ぐらいの穴を掘ってちょっと盛土をしてあるものですが、私と母とで入りました。すると、空襲の様子が手にとるようによく分かるんです。アメリカの飛行機はあぶを散らしたように無数に飛んできて、港や高射砲陣地をめがけてV字型に爆弾を落とした行く。低空飛行しては爆弾を落として行く。爆弾が落ちると火柱が上がり、煙がもうもうとしていました。私たちはまるで戦争映画でもみているような思いではらはらしていました。味方の応戦は何もなかったのを覚えています。

午前中にはあっという間に港と高射砲陣地と飛行場がやられてしまいました。それからぴたっと空襲が止まりました。私たちは空襲が終わったっていうんでお昼の準備をして食べていたら、午後からは市中攻撃でした。またたくさんの飛行機が飛んできて、那覇市はみるみるうちに火の海になっていきました。米軍は初めに重油をまいてから焼夷弾を落としていくらしいんです。私がいた北部の方は、ちょうど川を隔てて泊《とまり》という地区があったんですが、川の向こう側はみるみるうちに火の海になっていきました。

そのうちに今度は攻撃が私たちの上にもやってきました。私たちは焼夷弾が落ちたら、「焼夷弾落下」と言って皆が集まってバケツを持って消すという訓練を毎日一生懸命していました。だから、母はその通りに壕をとびだして「焼夷弾落下」と叫んだんです。

でも、本当に戦争になると、他人のうちの屋敷に落ちた弾なんか消しにくる人は誰1人いません。私と母と2人で一生懸命、水を運んで消しました。私が水を汲みに防火用水がある井戸の近くに行った時、はっと目を上げると向こうから飛行機がやって来ました。私をめがけて来るんです。びっくりして隠れていたら、私の近くで機体を傾けたところでパイロットの顔がはっきり見えました。

しばらくは空襲がとても激しくて何も考える余裕がなくて、ただ伏せていました。そしたらしばらくして音がやみ、私の家は空襲を免れました。「まあよかった」と母と抱き合って喜んだのです。それが初めての沖縄の空襲でした。

母の実家は皆が焼け出され、私の家に来たので大家族になりました。その後、「全員北部の方に疎開しなさい」という命令が出たんです。うちには足の悪い2人の祖母がいたので、その移動に苦労しました。軍属をしていた姉を軍から帰してもらって、若い方の祖母を北部へ連れていきました。普通は機密漏洩を恐れてとても帰してくれないのですが、母が軍と交渉したのです。

私と母の父親である祖父と4人でまた北部へと逃げました。逃げる途中の道は、西海岸にずうっと幹線道路があるわけです。周囲は全部家屋が崩れていました。私たちは昼間の空襲の時は壊れた家屋に隠れながら、飛行機が行ってしまうとまた走り、また空襲があると次の壊れた家屋に隠れるというようにして前へ前へと北部への道を進んだんです。ところが、「もう北谷《ちゃたん》とか読谷村《よみたんそん》に敵が上陸した」「敵は南北に分かれて攻めて来るぞ」という噂話が聞こえてきたんです。そして、「もうすぐこっちへやって来る」という話だったので、これは大変だと私たちは那覇市（首里）の自分の家へ帰りました。

その時にふっと道を歩きながら日本海側の海を見ると、いつの間にか軍艦で埋めつくされて、真っ黒になっている。そして、夜になるとその軍艦から艦砲射撃[*1]の火の弾がボンボン飛んで来るわけです。私たちが帰る首里は丘になっていて首里城があり、そこには自然の洞窟や軍の司令部があったんです。それをアメリカは知っていたので、軍艦からの弾は私たちの頭上を通って全部首里に向かって打ち出されていたんです。トンピューンと弧を

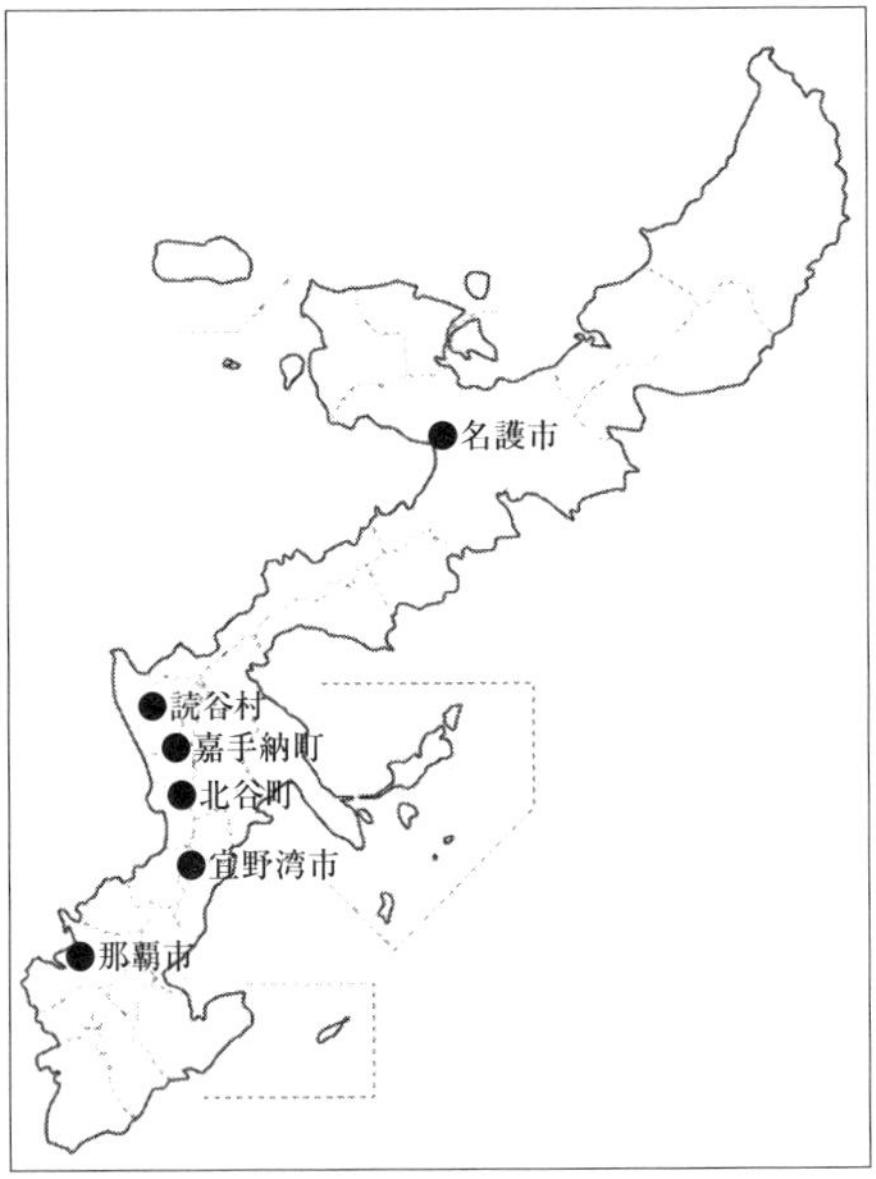

＊1 陸上の敵陣に軍艦の大砲やロケット砲を撃ち攻撃すること。

描いて首里の丘に花火がパーと上がると、しばらくしてからドドドッと地面を揺るがす大きな爆発音がとめどもなく、もう一晩中撃ち込まれるわけです。

私たちはその中を那覇の家へ帰ったんですが、庭の防空壕ではとても防ぎきれません。沖縄にはとてもりっぱなお墓[*2]があるので、そこに隠れようと行ってみたら、もう先客がいて、お墓の入口に甕《かめ》が並べて置いてあったんです。沖縄では洗骨《せんこつ》[*3]といって火葬しないで骨ごとお墓に入れるので甕はとても大きいので、その中に入りました。その後、空襲が激しくなってからは、軍が使っていた立派な壕に入ってしばらくいたんです。

もうその頃は防空頭巾が1日も離せません。防空頭巾をかぶったまま壕が揺れるたびに上から土がばらばらと落ちて来るものですから、1日中恐ろしい思いで過ごしました。そして夕方になるとピタッと攻撃が止まるんです。アメリカ軍は8時に攻撃開始して、夕方の5時になるとピタッと攻撃を止めて帰る。そしてまた交代で艦砲射撃が始まるんです。晩の艦砲射撃は毎日規則正しく繰り返していました。私たちもそれが分かってからは攻撃が終わると外に出て食料を確保していたわけです。

＊2　沖縄では同じ血縁や同じ地域に住む人たちを葬るため（共同の）大きな石造りの墓をつくる。墓の中に大人が何人か入ることができる。そのため防空壕などに利用された。

＊3　一度土葬あるいは風葬などを行った後に、死者の骨を海水や酒などで洗い、再度埋葬する葬制。

●南へ南へと逃避行

とにかく逃げなきゃいけない。わずかな食料を4人で分けて、最小限の衣類などを持って南の方へと逃げました。夕方に空襲が終わってから壕を出て逃げて歩いていくと、あっちこっちから逃げ惑う人たちが荷物を担いで南へ南へと行きました。

これまでは壕があったから良かったのですが、もう何も身を隠すものがありません。時々ヘッドライトを鋭く照らして轟音をたてながら軍のトラックが私たちのそばを通り過ぎて行くんです。兵隊や荷物を満載しているわけです。

夜には初めに照明弾が上がって昼間のように明るくなって、その後艦砲射撃が来るんです。前かと思えば後ろに落ちる。本当にどこに逃げていいか、身を隠す物は何もありませんから、ただ当たらないようにと祈りながら夢遊病者のように足を進めるだけでした。

何かにつまずいて、見ると人の死体です。人や馬が真っ黒焦げになっていました。そういう中を南へ南へと進みました。飛行機が私たちめがけて弾を撃ってくるので、朝になると歩けないわけです。5月だったので、さとうきびが背の高さより高く伸びていました。そこで、昼間になると、私たちはその中に入って隠れていました。私たちはさとうきびを食べて飢えをしのいだわけです。さとうきびは私たちの大切な食料源でした。

途中ちょうど南部地区のまん中あたりまで来た時に、祖父が「もう、とっても歩けない」と言うので、空き家に入りました。私たちは裏にあった小さな壕に入りました。

それからもどんどん敵は追いつめて来ます。5月23日だったと思うのですが、雨季に入って毎日雨が降っていました。静かな夕方でした。遠くの方でパタパタと偵察機が軽い音をたてていました。すると、突然一撃が私たちを襲ったんです。近くに弾が落ちた時は音がせずに、ただ熱気を感じるんです。私の腰には何かが当たりました。

私は「やられた」と瞬間思いました。でも、腰に手をやってもそんなに大したことはない、立とうとすると、立てる。煙がもうもうとして家の中は何も見えません。母を探しても全然見えない。煙がおさまった頃に中を見ると、家屋がすっかりつぶれて、おばさんが「ちいちゃん水ちょうだい、水ちょうだい」と、私を見ているんです。おばさんは手足を失っていました。大きな柱の下敷になったおばさんは「苦しいよ、助けて、助けて」と、言っています。本当に一瞬でそこは地獄と化していました。

私は祖父と母がどうしているかと思ってかき分けて中へ入りました。祖父が寝ていたので「おじいちゃん、おじいちゃん」と揺すってみましたが、祖父は返事をしません。爆風で亡くなったのです。爆弾は爆風も恐いし、爆弾の破片が鋸の刃のように砕けて飛んで来て首でも何でもはねていくわけです。

母がうつぶせになって死んでいました。私は急いで壕の中に入って救急袋をもってきてハサミを取り出しました。兵隊さんは戦友が亡くなったら戦地では髪の毛を切っておくと聞いていたので、私もそれをやったんです。2人の髪の毛を切って、救急袋に収めました。もう涙一滴出ません。涙が出るというのは甘えがあるときなんですね。人間は甘える対象がなかったら涙一滴出ません。

近くでは、あるおじさんの腿がざくろのようにはち切れているんです。「痛い痛い」と言うそのおじさんを壕に連れて行って手当てをしました。手当てと言っても何もないから、まずお酒で傷を洗って、ブタの油に塩を混ぜて軟膏みたいにして塗ったわけです。そして三角巾でしばりました。それでもそのおじさんが「痛い、痛い」と言うので見ると、ウジが湧いているのです。恐ろしいものです。取っても取ってもウジが湧いて出て来るんです。私たちは一晩中お箸でウジをとっていました。

翌朝になってみると、14人のうち4人だけが生き残っていました。3人は軽傷でそのおじさんは足に重傷を負っていました。うちで家を借りていたおばさんは生き残ったわけです。そのおばさんが私に「壕の番をしていなさい」と出て行って、埋葬してくれました。

そのおばさんが、「とくに女の人は捕虜になったら大変なことだ。危ない」と言うので、そのおじさんに心残りはあったんですが、「ごめんなさい」をして、私たち女ばかり3人は壕を抜け出したんです。もう1人は23才になる、よそのお姉さんでした。別家族の3人で南の方へ逃げたんです。

「捕虜になったら大変だ」と聞かされていたので、23歳になるお姉さんは顔に炭をいっぱい塗っていました。「アメリカ兵に見つかったら、目が見えないふりをして足を引きずって歩くように」と言われていました。

ところが、丘をよじ登って出た所でアメリカ兵につかまっちゃったんです。アメリカ兵は「こっちに来い」と言って、ある道を指して「向うへ行きなさい」と言いました。その道の途中でお姉さんは片目をつぶり、足を引きずりながら歩きました。

私は何度も捕まりましたが、捕まえられるたびに偵察しようと思ったのです。アメリカ軍がどれぐらいいて、高射砲がどれぐらいあるかを日本兵に知らせようと思ったんですね。そんな感じで何回か逃げては捕まって、とうとう捕虜になったんです。

その後も、いろいろなことがありました。食料難で食べる物がなくて、周囲の人が毒のあるソテツを食べて死んでいったりしました。けれど、とにかく私はどんなに追い詰められても、包囲されても、今に友軍が、日本兵が応援に来てくれるんだと思っていました。日本が負けることはないんだ、向こうから隊を連ねて友軍機が来るんだと祈るような気持ちでいつも北の空をながめていました。でも、とうとうやって来ませんでした。

（1991年）

看護婦から見たB29の無差別爆撃

木曽町　松尾　かず江

●病院の分散疎開

この記録を作成するにあたって40年前のあの悲惨な様子が自分の脳裏に生々しく蘇り、現在社会との関係にある種の錯覚にとらわれてしまいます。人類の滅亡を防ぐためにも、二度と起きてはならない戦争防止への一端を担えればと、次の世代へ当時の状況を申し送ろうと、些細なことでも拾い上げ、B29の編隊爆撃による惨状を記録します。

私は昭和18年4月より、当時の大軍需工場、中島飛行機付属武蔵野病院に看護婦として勤務していました。日支事変[*1]以来の引き続きもあってか、戦争はいよいよたけなわとなり、昭和18年4月18日、第1回目の本土空襲[*2]がありました。日本鋼管は爆破され、多数の死者負傷者が出たのですが、おろかにも現実を目前にするまで実感が湧きませんでした。ただ、ひしひしと迫ってくる生活物資の統制は想像を絶するものでした。

それなのに、当社は大工場のため産業戦士と讃えられ、昼夜を問わず飛行機造りに没頭していました。時には深夜3時頃、突如として時の総理大臣東条英機が大量の夏みかん持参で現れたということもありました。全員に配給され、もったいないような気持ちでいただいたものですが、その頃に私たちは敗戦を予知していたのではないでしょうか。ともあれ、勝つまではと、国民全体がその職場に全力を注ぎ、その後は空襲も受けず18年は無事に終わりました。

19年になると情況は戦争に勝つのではなく、本土空襲の受け身に変わりました。どのよ

＊1　1937年7月7日から始まる日中全面戦争のこと。

＊2　ドーリットル中佐が率いる米陸軍機16機（B25）が空母ホーネットより発進し、東京・名古屋・神戸などを初空襲した。

うにして身を守るかが問題で、重いツルハシを持って防空壕を掘り、空襲に供えての避難訓練へと事態は変わったのです。それでも「欲しがりません、勝つまでは」の合言葉のもとに、寒さに耐え、暑さに耐え、防空壕掘りは続きました。

避難訓練が頻繁になるにつれ、いよいよ敵機来襲かと、恐怖の半面、武者ぶるいを感じることもありました。木陰に１人用の防空壕（爆弾を抱えて敵の戦車の通る地下から攻撃する「蛸壺《たこつぼ》」）を掘る時など、どこからともなく、「日本は負けるんだわ」という小声が出るようになりました。食料不足に加えて重労働で、精根つきてきたのです。

やがて昭和19年11月12日、工場の上を旋回する２機のきれいな飛行機を見ました。誰言うとなく「あれがアメリカの偵察機だ。今後３週間目にこの工場の上に空襲があるそうな」との噂が飛ぶように流れました。これが噂ではなく、ある方面からの確実な情報ということとなり、第一番の疎開は病院と決まりました。重傷者を連れ、涙を流しながら二度と工場の方々にはお会い出来ないのではと、心の奥でサヨナラを叫びながら疎開したのです。

はたして19年11月23日工場は最初の大空襲を受けました。空襲情報によって疎開先から病院に帰るや、生地獄さながらの惨状を目にしたのでした。焼夷弾《しょういだん》と２５０キロ爆弾による工場内での死者は七十数名といい、負傷者数十名、重傷者は井の頭病院、軽傷者は当病院が管理しました。軽傷と言っても全身包帯の患者を見ては「生きてください」と祈るような気持ちでした。11月の寒空でしたが、患者の創部《そうぶ》（傷口）にはウジがうようよしていました。全身包帯の患者本人には見えないだけに、私は患者の食事介助をしながら心の中で泣いていました。

もはやこの頃は昼夜を問わず警戒警報、空襲警報が１日数回連続的に発令され、各所で焼夷弾の類焼を防ぐため、軍人が建物破壊に全力を注ぐといった有り様でした。

　病院の一角に不発弾２５０キロが投下され、その処理のため病院は陸軍の管理下となりました。病院は電源破壊のため電気一切不能、夜間はローソクが頼りでした。中でも糞尿処理については水洗不可で、武蔵野であったからこそ処理できたと言えるでしょう。この空襲後、病院は分散疎開という方針をとり、本部を清瀬《きよせ》療養所に置きました。入院患者のためには西部柳沢《せいぶやぎさわ》にバラックの仮病院が設立されました。私は西部柳沢組となりました。電気配線も行われ一安心となりました。

　12月3日、2度目の大襲撃を受けました。警戒警報と同時にB29の編隊が1トン爆弾を雷雨のごとく投下しました。建物破壊もさることながら、爆風による多数の死者あり、内臓露出の瀕死者もいました。死者整理、身元確認に4、5日を要する惨状でした。死者の中には看護婦1名、病院の掃除婦3名も含まれていました。

　仮病院での仕事も束の間、井の頭病院への患者移送を3日午後4時から4日午前まで11時間にわたって行いました。看護婦とはいえ2人1組で70キロぐらいの担架移送するわけで、雪と泥との泥濘《でいねい》のため最後には疲れきってよろめくほどとなりました。凍てつく中での仕事終了後、口にするものは何もありません。1枚の毛布すらなく、崩壊したバラック病室の一角に横になりました。ガラスを透して流れる三日月の細い光が憐れんでいるようでもあり、笑っているようでもあり、若い白衣の乙女心を感傷的にしました。

　12月4日10時、一組の避難民となった私たちは少しばかりの医薬品を大八車に載せ、定住の地を求めて武蔵野市保谷《ほうや》町へ向かいました。保谷町立小学校には付近一帯の管理として陸軍後藤大尉以下１００名くらいの軍人が詰めていました。その指導のもとに一応野宿はまぬがれることになりました。1人1枚の布団の配布があり、食料については後藤大尉に依頼し借用しました。ニラ入り雑炊により一夜を送りました。夜明けを待って再度定住の地を求めて大八車を引きました。

幸い保谷町如意林寺住職に救われました。住職とは仏様（亡くなった人）ばかりでなく人間をも救ってくれるのだと、数人の医師はじめ私たちは死人が生き返ったような気持ちでした。ここにたどりつくまで数回にわたる空襲に逃げまどい、道路に血まみれになってころがる死体を横目に避難の一路をたどる様は蟻の行列そのものでした。

杉林の中のお寺は我々に安住の地と精神的ゆとりを与え、さらに進路も与えてくれました。毎日午前中お寺およびその周辺の掃除、午後保谷町立小学校に出向いて住民診療を開始しました。年末は空襲も多少おだやかに感じたのですが、20年になると無差別爆撃は激しくなり、東京を二分して夜は東へ焼夷弾、昼は西へ爆弾、寒中の夜間攻撃に避難は困難をきわめました。中でも照明弾の投下には驚きと明るさに目もくらむ始末。日本の灯火管制など何のそのといった有り様でした。

また夜間に防空壕へ避難中に感じたことですが、時限爆弾は不気味でどこに投下されているか分らないままに、地底から足底振動を感じ、不安と恐怖をそそられました。このような空襲も自然に人間の気持ちを図太くし警戒警報にも動揺しなくなりましたが、3月、東京都心の大空襲では一夜にして東京はほとんど焼け野原と変わりました。都心を焼き払った敵機は立川飛行場を襲撃の様子でした。立川へ近距離となる保谷町一帯も各所に爆弾投下を受けました。内臓露出のまま当診療所に運ばれる人など、手のほどこしようもありませんでした。

四月、無差別爆撃はなお悪化し、近くの民家を直撃しました。防空壕の私たちの前は真っ暗になり、頭上に土をかぶった私は生き埋めになったと思ったのですが、爆風の土埃と分かり命拾いを噛みしめるのでした。民家への直撃は、外出中の一人を残して13人の家族全員死亡。民家を官舎としていた後藤大尉も直撃で身体散乱（当人かどうか分らなかったけれど）、大尉と親しかった当診療所の医師が時計付きの腕を見て大尉の死亡確認の決め手としたといいます。一同悲しみをあらたにしました。

●**空襲を避けて八王子へ**

空襲はいよいよはげしく、今日命があっても明日は分からないという連続でした。患者収容施設を失った武蔵野病院は、20年3月頃より空襲を避けるため、八王子市浅川の山奥に再度バラックの仮病院を建設中でした。当病院、5月に完成となり永住の地を得た思いの若者は歓声をあげました。しかし、また大八車かと思うと愕然《がくぜん》とする一面もあったのですが、ともあれ意欲満々でありました。

5月30日、温かく保護してくれた住職に別れを告げ、大八車を引きました。雑炊をすすっての体力には大八車はむずかしく、跳ね返されて容易に引けるものではなく、引く、押す、全身の力をふりしぼる姿は見るも痛ましいものではなかったかと思います。浅川までこのままかと溜息のもれる頃、大通りにトラックが待っていたのは谷底から拾い上げられたような喜びでありました。

空襲警報の合間を見ての荷物輸送は人々に狂人的とも言える行動をとらせました。迅速な行動はもちろんのこと、車に荷物を置き荷物の上に人間が乗る様をアメリカが偵察中であったなら、西部劇の一幕のようにうつったのではないでしょうか。なりふりかまわぬ一場面でありますが、無事、山の病院に到着できたことは、一同にとって久しぶりに手をとりあっての喜びでした。

早速病室の整備、診療の準備に加えて防空壕掘りが開始されました。防空壕は横穴式で5メートルを看護婦が掘り進みました。その他、蛸壺《たこつぼ》掘りもありました。日当りのよい山の斜面は硬く、ツルハシも容易に通るものではありませんでした。山奥だけに警報の聞こえない半月が過ぎました。

六月初旬、入梅にしてはめずらしく晴れ上がった正午頃、警報もないままに山裾の民家が機銃射撃をあびせられていました。家の屋根すれすれに戦闘機がバリバリと、鼓膜破裂でもおきるのではないかと思うほどの凄さです。

襲撃が絶えたと思う頃、歩行中の母子がこの襲撃を受けました。19歳の少年は、母親の頭上におちる弾丸を自分の左腕で受け止めて母親を守りました。少年は無惨な姿で運ばれてきました。病院は破傷風ワクチンを施し、ボロボロになった左腕を切断しました。少年の「母が助かったから」という一言に胸のつまる思いでした。

もはや東京周辺は焼き尽くされたかに見えた頃、敵は執拗にも再度第2都市八王子を襲撃しました。当病院へ運搬された患者は比較的軽傷者でしたが、中に1人伝令中の軍人が友人宅に立ち寄った瞬間の出来事だと言いますが、左足がボロボロとなって運ばれてきました。早速破傷風ワクチンを施し、大腿部から切断されました。私は母親宛の葉書の依頼を受け代筆したものですが、山梨県北巨摩郡から八王子までは当時のこととて交通が思うに任せません。手術から5日目の朝、患者の呼吸停止直後に母親がたどりつくという悲しいこともありました。白髪の母親が「何で八王子などで」「犬死にではないか」と泣きくずれる姿を見て、私は慰めながらももらい泣きをしました。

こうして敵は関東一帯を壊滅させようと計画していたものでしょうか。それともスパイにより情報は漏れていたのでしょうか。埼玉県の陸軍士官学校卒業生全員が名古屋に集合するため中央線の列車に乗車しましたが、当時の与野トンネルに入る寸前、列車に機銃射撃を受けました。犠牲者続出し、トラックで当病院に運ばれました。空襲中でもあり大勢の犠牲者だけに、仮包帯を施すしかありませんでした。文字通り軍歌に出てくる「仮包帯も弾の中」そのものでした。全員仮包帯を施し立川市立病院へ輸送しました。再度車上となった幹部候補生の若者たちは「南方へ行って勝ってくるからね、看護婦さん」と叫びながら山のバラック病院を下って行きました。あの声は今も生々しく、私の脳裏から永久に消えないでしょう。おそらく今健在であるならば義手または義足となっているのではありますまいか。たとえ義手義足であっても御健在であることを祈っています。

少々現在の感情がまじって前後しましたが、列車の最後の車両に一般住民が乗車中でした。ほとんど全滅とあって当病院に7名の死体が運ばれました。一列に床に寝かせコモをかけるという悲惨なものでした。山奥のバラック病院ゆえに夜間は獣の害を防ぐため、ローソクをもち、一人ひとりコモをはずして確認し巡視したものであります。死体に名札はついているものの、身元不明でした。市はどのような処置をとったのでしょうか。次の日トラックで下って行く死体に手を合わせ、車の小さくなるまで見送りました。

8月に入ると当病院も山の隠れ家として安住の地ではなくなりました。敵の狙うところとなり、記憶には8月3日と思うのですが、夜間の3時頃から5時半まで、空襲によって食料庫と炊事場が跡形もなく焼き払われ、事務員１人が重傷を負うという悲惨な事態となりました。事務員の胸部に流れ弾が入り、警報解除を待って除去手術が行われました。すべてに不足な中での手術でしたが、経過良好とあって全員をほっとさせました。食料庫跡には焼米が散乱し、空腹感を一層強くしたものです。

その後、空襲もなく数日過ぎたころ、広島に大きい爆弾（原爆）が投下され、「75年間は草も生えないそうな」との話題から15日の終戦へと経過したのであります。戦争の勝敗、その後の経過は別として、逃げまどう生活、ツルハシを握る生活から解放され、弾丸の聞こえない生活はどんなに嬉しいことだったでしょうか。食料が不足することは覚悟しておりました。当病院もこれを最後として解散することとなり、ささやかな解散式を行い、それぞれ行動を異にしました。

現在の自分の年齢から離れ、当時の思い出の中で涙を流しながら書きました。時には悲しみからの解放を求め、町へ出て自分をとりもどす等のくり返しで綴ったものです。社会情勢は変わっても人間のふれあい、肉親の情愛、物質の大切さ、文明の繁栄する中での自然の大切さ、いかなる時にも使命を明確にする必要などをかみしめながら、現在の恵まれた社会の存続を祈ります。

（２０１０年）

長野空襲で戦闘に加わった農民

長野市　小池与一

●第一波の空襲で郷土防衛隊を支援

私は明治41年生まれの根っからの百姓です。今年ちょうど80歳になります。私の家は飛行場のすぐ西側にあって、今でいう長野大橋のたもとでスケートセンターのある村です。当時、川合新田あたりは何もなくて野原だったので、家を建てるには非常に都合が良かったらしい。それで昭和12年に飛行場ができたわけです。

長野空襲は5回あったわけですが、波状攻撃でした。第一波、第二波、第三波という言い方をしていますが、第一波が午前7時頃、第二波は9時頃、第三波が12時頃。四波、五波は午後でした。

私は農業をやってますが、当時、今のような硫安とか尿素という化学肥料はぜんぜんない。農家へ配給になる化学肥料なんか全然ないわけです。だから我々は、麦を作るには町の方へ行って、人糞（大小便）をいただいて持って帰って大麦に与えるんです。夏場になると、なす・きゅうり・さつまいも・かぼちゃなどにも全部肥料を使うんです。

だから、ほとんど休みなしで、朝飯前に長野の町へいただきに行くんですが、その日の朝もちょうど4時頃起きて、長野の千歳町から清水小路あたりの10軒程度からいただいて来たんです。行きはやや登りなので、自転車でリヤカーを引いてくるのが約1時間。帰りは荷物がついているからまた1時間で計2時間。それで汲み取り時間が30分なので、2時間半ぐらいかかります。持って帰って、ちくり溜《どめ》とかのど溜とかいう溜《ため》*1で1週間から10日

＊1　肥溜めのこと。屎尿を貯蔵し、下肥（しもごえ）という堆肥にするための穴。

ほど寝かせた後、田んぼに持って行って野菜にくれるんです。

その日もちくり溜で最後の始末をしていると、南の方で「ゴーゴーゴー」という音がする。「今朝は早くから上田の飛行場で演習やってるわ。兵隊さんも楽じゃねえな」と思っていたんです。

それでうちに戻ってきて、子どもが朝飯を待ってるので急いで手足を洗って朝飯の席についた。すると、ちょうど町の方から、千歳町の山田みつおさんの奥さんが子ども2人を連れて買い出しにきていました。8月13日で今夜からお盆だから、せめてお棚へ飾ったり、子どもに腹いっぱい食べさせようと思って、かぼちゃ、さつまいも、馬鈴薯、その他雑穀類を買い出しに来ていたんです。だから、「ろくな朝飯もねえけど、いっしょに食べなさい」と言って、子どもさん2人と奥さんもそこに座ってもらった。

その時、上田の演習だと思っていたのは、上田空襲だったわけです。長野が目標だから上田空襲は簡単にして長野に来たらしい。「ゴーゴーゴー」っていうものすごい音がして、低空でも「ガタガタガタガター」っと機関銃の音がした。そのうちに「ドカーン、ドカーン」と爆弾を落とす音もしました。

第一波が編隊で来たので、「空襲だー」と防空頭巾を被って庭の防空壕へ入るんですが、子どもの防空頭巾が探してもない。「なけりゃ座布団を頭の上に載せろ」って言うと、子どもは裸足で飛び出して防空壕に入るわけです。

ところが買い出しの奥さんも子どももみんな防空壕に入れたおかげで、私の入る場所がない。しょうがないから、私は土蔵の中に入ったんですが、その時、本屋《ほんおく》の2階に23人の郷土防衛隊がいたんです。小銃班が15人、高射機関砲（機関銃）が8人いたんです。

その時はちょうど朝飯の時間帯だったので、小銃部隊4人、高射砲2人の計6人が芹田小学校に飯上《めしあ》げ（ご飯の運搬）に行っていたんです。だから兵隊の数がそれだけ足りない。それで私が土蔵の中に潜んでいるその横で、小銃班は班長の命令で裏の畑へ飛び出していく。穴を掘って空中めがけて撃てという命令なんです。そこには大豆島《まめじま》用水があって堰の幅は5メートルくらいあるんです。だから兵隊さんは川の中へ飛びこんで行って向こう側へ渡り、1人ずつ空き畑に穴を掘って自分がそこに入って、小銃で敵機に向かって撃つんです。

ところが高射機関砲が問題だった。高射機関砲は空中から見えないように、桃の木の枝で隠れるように北の方へ50度~60度の角度で据え付けて、敵機が現れたときに射撃するんです。それでその傾斜の角度を付けようと、兵隊さんがスコップで掘ろうとするけれど、どうにもこうにも硬くて掘れない。

そこで私はおとなしく土蔵の中に隠れているんじゃなくて、ツルハシを持って行って自分で角を起こしてあげたんです。砲座を円形に作って、そこに機関砲をどしんと座らせる。私は農業だからツルハシを持ってるわけです。私は率先してツルハシを使って実際の戦いに参加したわけです。

班長が北の方に向かって、「撃てー」と言うと、射手が引き金を引いて、ガラガラガラーと撃つんですが、機関砲の座りが悪いからそのたびに砲座が当たる。だから傾がった時には私が低い方に石を詰めてやったり、高い方の石ころを引き抜いてやったりして、絶えず座りのいいように直してあげました。

土蔵の一番隅に弾薬箱が積んであったので、玉は「ねこ」（稲わらで編んだ大型のむしろ）

で全部しばりました。農家だからねこは何十本もあるわけです。玉運びの人足が足りないんで、私が玉運びもやりました。

川合村の人はほとんど防空壕へ入っていて、飛行機がどういうことをしたかみんな知らないわけです。ところが私は、外にいて実際の戦闘に参加していたから、最初の第一波は全部分かってるわけです。松岡のお宮の森の東側で火災が起きて3軒燃えたのも第一波の時でした。日詰は当時、全部田んぼでしたが、掩体壕《えんたいごう》＊2がありました。そこに戦闘機を3機か4機かくまっていたんです。練習機は隠す必要がないから全部飛行場に置いていましたが、これがまっ先に空爆された。その次は掩体壕を狙っているわけです。掩体壕の上は竹の笹で全部包囲して飛行機が見えないようにしたつもりでも、笹がみんな枯れて乾いているから空中から分かる。だから低空飛行で撃ったり、急降下で撃ってくるんです。

掩体壕は正確な調査をしていないのではっきりとは言えませんが、飛行場に近い川合新田に15～16個、それから母袋・日詰・風間・松岡にかけて周辺に70～80くらいありました。そこに飛行機をかくまっていた。それが残

掩体壕
側面図

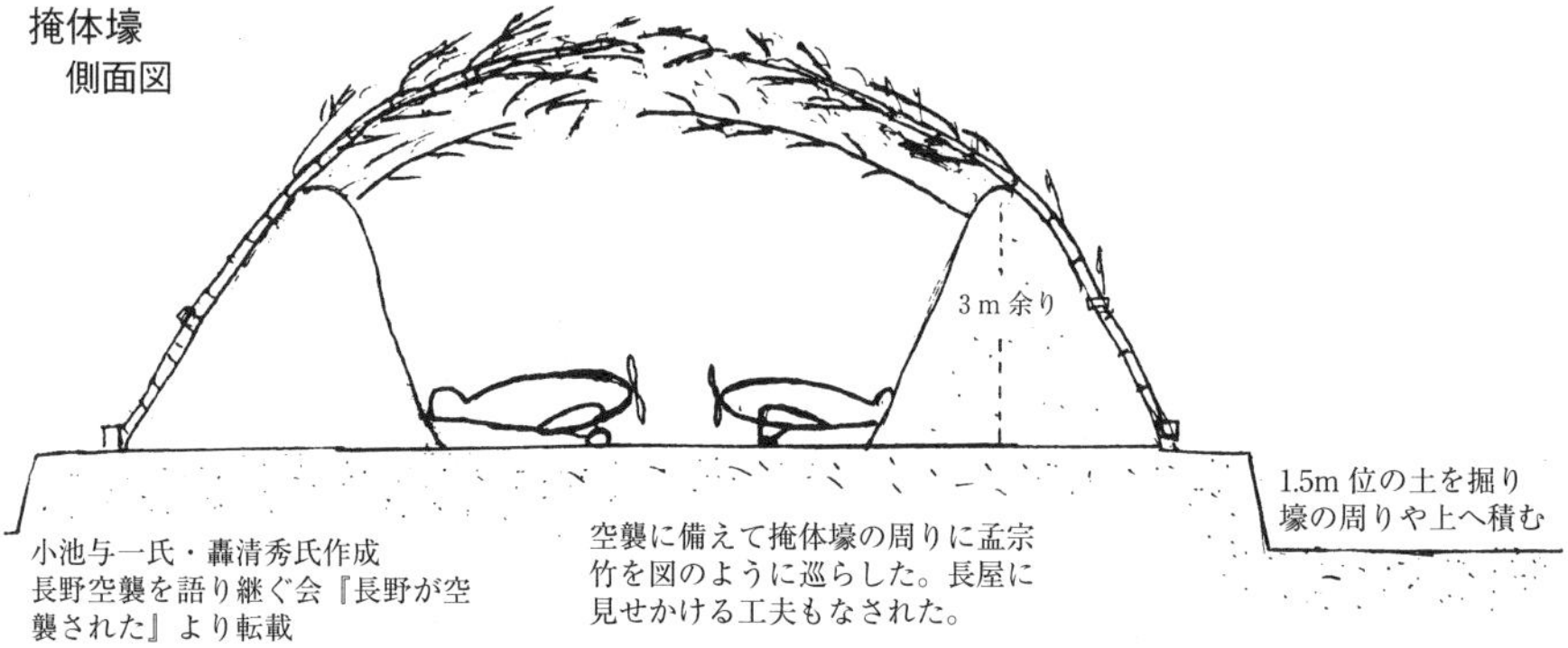

小池与一氏・轟清秀氏作成
長野空襲を語り継ぐ会『長野が空襲された』より転載

空襲に備えて掩体壕の周りに孟宗竹を図のように巡らした。長屋に見せかける工夫もなされた。

平面図

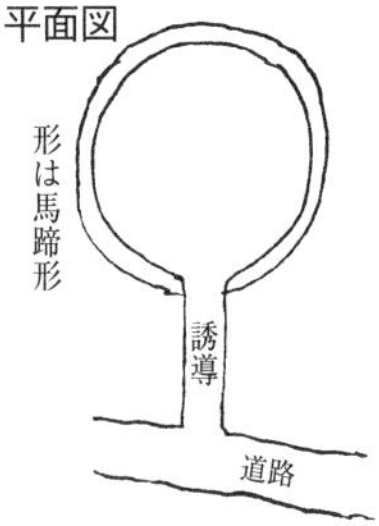

＊2　装備や物資・人員などを敵の攻撃から守るための施設。飛行機の格納庫を正式には「掩体」と呼ぶ。長野飛行場には小型機用の小型掩体が作られた。円形で高さ約5ｍ、周囲約60ｍの土豪を築き、上から見えないように竹で囲い、中に3～4機を隠した。

らず、第一波と二波でやられてしまったんです。私は兵隊ではないですが、戦に参加していたから、そういう爆撃状態を目の前でみんな見たというのが第一波の体験談です。

●停戦命令下の第二波・第三波

次に第二波です。飛行機は波状攻撃の後、だいたい20分くらいで帰っていきます。その後静かになると、二波、三波が来るなんて誰も思わない。もうこれで終わったんだろうと気楽になるんです。町から買い出しに来た人たちにも、「そんなに慌てて帰らなくていいから、ゆっくりお茶飲んでいきなさいよ」なんて言って、8時半頃までお茶飲んでゆっくり話をしていました。それで、「そろそろ田んぼへでも出かけるか」と思った9時頃、第二波が来たわけです。

その前に大事なことがありました。8時頃、防衛隊の人たちが朝飯を食べた後、たぶん2階でお茶を飲んでいたんだろうと思います。その時、珍しい小型の四輪自動車が伝令に来たんです。

「絶対に敵機に対応しちゃいけない。敵機に逆らっちゃいけない」という厳重な停戦命令があったんです。

それで第二波が来た時、今度は私も壕の中に飛び込んだ。兵隊さんたちも自分たちは防空壕を掘っていないから、路地の植木の下へ行って固まったり、土蔵の中へ逃げ込んだり、森に隠れたらしい。それで、機関砲を撃つ兵隊さんは泣きながらこう言っていました。

「残念だ、残念だ！　なんで戦っちゃいけねんだ」

第二波は、第一波以上のすごさで、飛行場の周辺に一つ大きい爆弾が落ちた。距離が近いから、「これは近いぞー」と実感しました。空中では絶えず飛行機が急降下や低空飛行をしていたから、結局敵機が去るまで20分くらい外へ出られなかった。

静かになってから外へ出ると、真っ赤なんです。村の人が飛んで来て、「おーい、下村火事だぞー」。川合の村の東の方を下村って言うんですが、そこの8棟が燃えている。全部棟が下に落ちて燃え盛っているから、とてもじゃないけど消火作業はできない。

すると、近くの人が、「そこの家の防空壕の穴に爆弾が落ちた。だから、何人か死んだんじゃねえか」と話しています。

「一人でもまだ息してる人がいたら、掘り出して助けてやらんじゃいけねえわ」と私はうちにシャベルをとりに行って掘り出しました。村の人たちも20～30人がシャベルをとりに行って掘り出しました。爆弾の穴の大きさはだいたい直径5メートル、深さは2メートル半～3メートルぐらいでした。

ちょうど区長さんが来たから、「区長さん、火事の方はどうする」って言ったら、「火事は手の出しようもない」ということでした。

そこへ栗田交番と長野警察署の巡査3人が自転車で飛んで来ました。実地検証をするようでした。区長が本署から来た巡査と話した後で私を手招きします。野次馬も100人～200人集まっていました。

私は在郷軍人[*3]の芹田分会の理事や川合新田の班長やっていたんです。そんな関係もあるのか、警察官から「今から検死をするからいてくれ」と言われました。そして、私も同席して一家9人の死亡を確認したんです。

そうこうしていると、お昼にまた「ゴーゴーゴー」と第三波が来たわけです。今度は急

＊3　現役以外の兵役（予備役）にある者。地域の治安維持や青年団の軍事訓練も担当した。

降下も低空飛行もしない。もう第一波と第二波で仕事が終わっていたわけです。

（1988年）

図工でグライダーを作った生徒たち。中央の教諭はこの後、出征した（昭和 19 年夏、上田市、島田佳幸氏提供）

被爆者として援護法と反核・反戦を訴える

松本市　前座　良明

●苦しみを墓場まで背負う被爆者

私は１９２０年（大正９年）に広島で生まれて広島で育ち、被爆をしました。たまたまこの松本に姉が住んでましたので、こっちへ来ないかということで松本へ来たのが終戦の年の10月です。私は現在、信州大学の西門の前で、「ピカドン」という小さな食堂を経営しております。その傍ら、「長野県原水爆被災者の会」の会長として被爆者の運動、原水爆禁止の運動をしております。

広島の実家は爆心地から１・５キロ、今の平和公園のある中島というひょうたん型の島にあったので、全部きれいに焼けました。私は昭和15年に軍隊に入って、中国へ渡って怪我をして内地に帰って来て、それでまた就職をしました。当時、私が勤めていたのが陸軍の船舶部隊（船舶輸送司令部）で、陸軍で唯一船を持っている部隊でした。

爆心地から１・５キロの家から自転車でえっちらおっちら、４キロぐらい離れた陸軍省へ通っていたんです。今で言えば国家公務員です。そこで原爆に遭ったんです。８月６日は部隊に着いて、それから空襲警報が鳴った。警報が解除になって点呼になりましたが、私は倉庫へ行って重たい戸をガラガラと開けた瞬間にピカっと光ったんです。

当時の常識では、頭の上に飛行機がいなければ爆弾は落ちないんです。しかし、爆撃機が立ち去って何分か後にピカっと光った。私の体は吹っ飛びました。だから爆弾だとは誰も思わないいんですね。ちらっと空を見たら、真上に例の雲なんです。爆心地に近い所では音がしなかったといいますが、私たちは離れているから音を聞きました。その雲がとっても綺麗な色だったことを覚えています。

広島市中は火の海でした。煙があちこちから出ている。私たちは火が燃え盛っている最中に町の中へは出なかったんです。それで、救助に行くってことになりました。被爆者は火傷でずるむけになっていて、触ればピリピリ痛いわけです。そして皮がむけるんですが、爪があるから取れない。

油を塗るしか施しようがないんですが、そこにウジが湧くんです。「水！　水！」と水を求められても飲み水はない。だから防火用水で湿してあげましたが、それでも端から死んでいく。本当に哀れなものでした。

3日目になって家へ帰ったんですが、道がないんです。線路や川だけは残っているから方角は分かります。当然家へ帰っても誰もいない。燃えているからまだ暑いんです。

私は陸軍省にいたので、その3日間は食べる物は何とかありました。そこを離れて焼け跡に立った時には、周辺の人たちが握り飯などの炊き出しをしてくれました。運が良ければ握り飯のある所にぶつかるんですが、運の悪い人は何日も飲まず食わずでうろついたんです。

死体がごろごろ転がっていましたが、生焼けで周りが真っ黒でも中はまだ水気があるので、中が煮えたぎって、目玉や鼻からピューッ、シューッと噴き出しているんです。『はだしのゲン』を描いた中沢啓二さんの家は私の家と川を一つ隔てた向かい側だったのですが、彼はテレビで「ものすごく臭かった」と言っています。

中沢さんの漫画にもなっていますが、彼の家族も下敷きになって焼かれちゃったわけです。その時に息子さんが「痛いー、痛いー　お母さん痛いー」と言うので助けようとしても飛び込めなない。そのうちに声が「熱いー、熱いー」に変わった。お母さんはそこに一緒にいようと思ったけれど、「逃げろ」と言われて拝みながら逃げたそうです。

それで、5年、10年、20年が経っても、やっぱり夢に出て来るんです。毎晩夢に見る。「あの時、自分も死ねば良かったんだろうか」「なぜ生き残ったんだろうか」と思う。

沖縄の人もそうだし、東京や長野の空襲もそうだと思います。戦争で身内や身近な人を見捨てて逃げた――。そして殺した――。それから、燃える中を走って逃げてる時に他人が「助けてくれー」って言ったのを横目で見ながら逃げた――。

その時に、ああしてあげれば、こうしてあげればばっていうことは一生ついて回ると思うんです。その苦しみを死ぬまで背負って墓場へ行くんですよ、私たちは。その場だけで済んでないんです。

長野県にも一つ例があるんです。私たちの仲間に、大きい旅館を経営する北信のある市会議員がいました。その町では一応名士で、食うには困っていなかった。その人が10年ほど前に突然自殺してしまった。どうやら長男が白血病で死んだらしい。仮に、私たちが被爆したことによって、子どもが白血病で死んだとしても、その人の責任であるはずはないんです。戦争を始めた日本政府の、原爆を落としたアメリカの責任なんです。

だけど、その人は自殺した。8月5日に鉄道に飛び込んで死んじゃったんです。自分が被爆した8月6日を迎える気持ちになれなかったんですよ。これが悲惨なんです。遺書はなかった。本当に苦しんだと思います。「なぜ相談してくれなかったのかな。なぐさめてやれたのにな」って思います。そんな苦しみを私たちはずっと背負いながら生き続けているわけです。

昭和20年9月の半ばに武装解除ということで、広島へ進駐軍が入って来ました。松本へおんぼろ汽車でガタガタとやっとたどり着いたのが10月の1日だったでしょうか。その時の私の全財産は、作業帽とよれよれの作業服と穴の開いたズックの靴と、名古屋の駅で可哀想と恵んでもらった古毛布が3枚。それが全財産だった。それで松本駅へ降り立ったんです。私の育った所は暖かいですが、松本は寒い。雪は少ないけれど、本当に底冷えする所で、泣きました。姉夫婦がいろいろ面倒見てくれたけれど、それにも限度がありました。

●ビキニ環礁での水爆実験で目覚める

昭和29年3月1日、マーシャル諸島共和国のビキニ環礁の水爆実験で第五福竜丸が被爆をして、無線長だった久保山愛吉さんが半年後に亡くなりました。その時に新聞に大きく出たので、私は初めてこれは原爆のせいだな、放射能のせいだなということで目覚めました。

長野県へ来たために、原爆や放射能のことに不勉強でした。広島、長崎とか東京にいればいろんな所から情報が入って来ます。広島、長崎の連中は相当活動していたようでした。同じ長野県でも、下伊那の人たちは相当動いていたことを後で聞きましたが、松本ではそうした活動も目立たなかった。自分でも何も知らず、ただ「体がだるい」と言うだけでした。

それが、その時にやっと分かって、目覚めたんです。それで「松本母の会」の方たちと繋がって仲間ができたのが最初です、そして、昭和30年に原水爆禁止日本協議会（原水協）が出来ました。

原爆は人間として死ぬことも、人間らしく生きることも許さない。原水協は、核兵器はもともと人を殺すだけの兵器なんだということを、基本的な要求の中で言い切っています。本当にそうだと思います。私自身やっぱり体がずーっとだるいんです。喉咽《のど》も痛く、体がだるい、今でもだるいんです。

こうして目覚めてから、私はいろんな活動をしていくわけですが、そういう活動の中で、私たちが今「原子爆弾被爆者に対する援護に関する法律（被爆者援護法）」[*1]ということを訴えているんです。被爆者援護法を求めた趣旨は、単に被爆者を救ってくれということではなく、政府に再び被爆者を作らないという約束をしろということを訴えているんです。原爆の一番の犠牲者は死んだ人なんです。その死んだ人に弔意を表せと言ってるんです。それが再び被爆者を作らないことに繋がるんだと。

１９７５年（昭和50年）、記者会見で新聞記者が天皇に、広島・長崎の原爆投下についてどう思われますかという質問をしました。天皇は「広島・長崎の人たちには気の毒だけれども、戦争中だからやむを得なかった」と言ってます。でも、戦争中でやむを得なかったなら何をやってもいいのか。毒ガスを使ってもいいのか。裏を返せば核兵器を肯定していることになる。私たちはずーっと否定し続けました。地球上から核兵器を一切なくせと言い続けて来ました。これからも言い続けます。死ぬまでやります。子どもたちを被爆者にしたくない。私の子どもや孫を被爆者にしたくない。それだけです。

当時のトルーマン大統領に問いただしたところ、「罪の呵責《かしゃく》は感じない」という回答が返って来たわけです。数年前にはアメリカのチェイニーという国防長官が「原爆投下は正しかった」という発言もしています。それを当時の外務大臣の渡辺美智雄も肯定しています。

＊1　被爆者援護施策は昭和32年の原爆医療法制定以来、数十回にわたる法令の改正が行われ、本法を平成７年に施行。原子爆弾の被爆者に対する保障などを定めた。医療の給付の他、医療特別手当、特別手当など各種手当てが盛り込まれた。

ちなみに、アメリカの原爆傷害調査委員会（ＡＢＣＣ）は広島の比治山という所にあったわけですが、原子爆弾による傷害の調査記録を全部アメリカへ持って行っちゃった。アメリカの青年を救うために資料を持っていってしまったんです。

で、日本政府は一体どうなんだ。他の国が核に反対だ、核兵器は止めよう、核基地は止めようって言って国連で提案するんです。その提案に日本政府がどういう態度で応じているか。アメリカと一緒になって反対しているんです。または棄権しているんです。核反対の提案に対して、日本はそれを蹴散らす方に回っているんです。

一般戦災者がどうとか予算がどうとか言うんでなくて、アメリカの顔色を伺いながら、アメリカにつつかれながら、アメリカに圧力をかけられながら政治を行っているから援護法が出来ないんだなっていうことを痛切に感じました。これは、大島官房副長官[＊2]がはっきり言いました。

ヨーロッパではイタリアもそうですし、当時の西ドイツそれからイギリスもフランスも一般戦災者に全部補償をしています。被害の大きさによる補償もしています。湾岸戦争へ持って行く金があるんだったら、そんなものその何分の一かで出来るんです。

我々は財産を補償しろと言っているんではなく、さっきも言ったように死んだ人に悪かったと弔意を表してくれれば、それでいい。簡単なことじゃないですか。それすらやらない。こういうことなんですね。

●「平和」という言葉の危うさ

「核兵器を持たない、作らない、持ち込まない」という非核三原則[＊3]があります。しかし、

＊２　大島理森（１９４６年～）。第２次海部内閣で内閣官房副長官を務めた（１９９０年）。

＊３　「核兵器をもたず、つくらず、もちこませず」という三つの原則からなる、日本の国是。

この前もプルトニウムをうろちょろ隠れて持って歩いたり、本当に危ないことをやってるのが事実です。核の持ち込みは日米の事前協議の対象になるから、歴代の総理は相談がない以上、日本への持ち込みは絶対にないと言い切っています。でも、これはウソなんです。新聞で、航空母艦や潜水艦に乗ってたアメリカの元軍人の艦長が、「持ち込んでいる」とはっきり言っている。また、亡くなった藤山元外務大臣[*4]も「核の寄港は事前協議の対象外だ」とはっきり言っています。ついでに言うと、横須賀にしろ佐世保にしろ、アメリカの軍艦は「寄港」ではなく「帰港」をしているんです。アメリカの軍艦が日本の港を母港にしている。これはとんでもないことですが、それがまかり通っている。

私はもう、72歳になります。しかし、私は当時のことよりも、今現在の状況の方が本当に危ないと思います。イデオロギー一切なしで、子どもや孫を私たちと同じ目に遭わせてはいけない、核戦争の犠牲にしてはいけないという気持ちだけなんです。

1989年の資料では、地球上に6万発[*5]の核兵器があって、それはヒロシマ型で約100万発分の威力があるといいます。今現在も1万5000発以上が日本を母港としている第7艦隊に積まれているという事実がある。こういうことも知っておいていただきたいと思うわけです。

「平和」って一体何なのだろうと思います。

「東洋平和のためならば何で命が惜しかろう」。東洋の平和のために大東亜共栄圏を作るんだと「平和」という言葉を使いながら侵略をしていった事実、これを忘れてはいけません。極端な右翼の人でも左翼の人でも、自民党でも共産党でも社会党でも、みんな「平和」という言葉を使いますよね。で、結局使い方によっては、侵略できるんです。15年戦争の

＊4　藤山愛一郎（1897〜1985年）。岸内閣で外務大臣を務めた（1957〜1960年）。

＊5　1990年代に戦略核弾頭の削減が進み、2014年時点で世界の核兵器は、予備も含む「軍用保有核」が約1万100発、解体待ちを入れると約1万6400発と推定されている。

中では「平和」という言葉を使いながら侵略したんです。これに騙されてはいけないということを私は敢えて申し上げたい。

それといつも私は言うんですが、「平和っていうものは、ただ拝んだり祈ったりして築かれるものじゃない。平和というものは、戦い取るものなんだ」ということ。毎日毎日の戦いの中で平和は築かれるんです。それは必ずしも、いわゆる平和運動とか平和活動とかということではなくて、まず家庭の中で築くということ。いざこざがなくて、ずーっと平和で暮らしていたら、やっぱりその町も国も平和じゃないですか。本当の平和じゃないですか。

（１９９３年）

被爆しながら修羅場の救護活動

箕輪町　赤沼　実

●海軍特年兵の入市被爆者

被爆者と一口に言っていますが、被爆者手帳では直接の被爆者を1号、入市《にゅうし》被爆者を2号、看護被爆者を3号、胎内被爆者を4号と区別しています。長野県には1995年の3月31日現在で、直接被爆者160人、入市被爆者49人、看護被爆者9人、胎内被爆者6人の計224人がいます。昨年県内の被爆者が12人亡くなりました。1カ月に1人の割合になります。現在も老齢化が進み、病に悩んでいる人も大勢います。

私は入市被爆者です。8月6日から2週間以内に爆心地2キロ以内に入市した者です。私は14歳の時に海軍特年兵（低年令で志願した兵士）として、広島県の大竹海兵団に入団し1年間教育を受け、翌年加茂海軍衛生学校（賀茂郡乃美尾村、三原と三次の間）に入校しました。

あの8月6日の朝8時15分、私たち練習生は運動場に課業を受けるために整列していました。突然ピカッと稲妻のような閃光が走りました。私たちははっとしてその方向を見ました。その瞬間地軸を揺るがす大爆発音が起こり、激しい振動で建物が大揺れに揺れました。目に映ったものは南西方面、真夏の空いっぱいに覆ったきのこ雲でした。その時、広島市内の爆薬庫が爆発したとか、新型の時限爆弾を投下されたとか、いろいろの噂を耳にしたけれども、どこから入って来る情報も信頼出来ないものばかりでした。私のいた衛生学校は広島市からかなり離れていて15キロ以上あったかと思います。いずれにせよ広島市に重大な異変が発生していることだけは、周囲の状況から感じられました。

翌7日になって我々31分隊に対して、広島市原爆被災者救護の出動命令が出されました。いよいよ出動だ。しかし原子爆弾とは一体何なのか、救護とはどんな性格のものか、任務の内容はどんな事柄か、経験もなく技術的にも無知な15歳の少年兵には、出動に対する緊張感は湧いて来なかったのです。命じられるままに必要な衛生資材を軍用トラック2台に積み込み、救護隊長杉村軍医大尉以下隊員約70名は衛生学校を出発しました。私たちは今後現地での活動や、予期しない状況に対する一抹の不安を覚えましたが、半面、学校での緊張した教育からの解放感もあり、まるで修学旅行に出掛ける時のような感情を交差させながらの出発でした。

呉市を過ぎて少し進んだ辺りから様相は一変しました。今まで車上で抱いていたような感情を吹き飛ばすような惨状が目の前に展開してきました。路上にころころと死体が転がっている。荷馬車を引いた馬が倒れて辺り一面に腸が露出している。家族と思われる人たちが3人5人とあちこちの防火用水桶の中に折り重なって死んでいる。防空壕の入り口には積み重ねたかと思われるほどの死体の山。それらの死体は真っ黒に焼け爛《ただ》れていました。そしてその死体は異様な悪臭を放ち、至るところに散乱していて手の施しようもない有り様でした。どの隊員も異様に顔を引きつらせ、目を血走らせて無言で障害物を排除しながら少しずつ前進しました。

市の中心に向かって進むにつれ、その惨状はますます強烈の度を増して来ました。いまだに燃え盛るビルの窓からは黒煙が轟々《ごうごう》と噴出して、大音響と共に次々と崩壊していきます。私たちは気が動転して、どうすればよいのか全く手の出ない状況でした。

●収容者の80パーセントが死亡

午前8時頃ようやく広島市東連兵場に到着しました。そこには既に陸軍の救護隊が活動しており、私たちの分隊はさらに進んで相生橋が崩壊して渡れないので、他の橋を見つけてようやく横川駅の近くで救護活動を行うことになりました。当分隊の職務分担が示されました。まず受入れ・消毒・治療・看護・死体処理・管理の班に編成され、各班は適宜交代するようにということで救護活動が開始されました。

しかし、私たちにはどうしたらいいのか全く手の付けようもなかったのです。受付に並んで治療を待つ人々は、衣服を着けている者は少なく、着けている者でも熱線で焼かれ爆風で千切れてぼろぼろで裸同然の姿でした。よろめくように歩く人、立ち止まったまま動かぬ人、路上にうずくまる人、救護隊員の肩にすがって来る者、これらの人々は皆一様に身体中が黒く焼け爛れ、皮膚がワカメのように垂れ下がっていました。私たちは戦場というものを知らないが、こんな悲惨な状況は第一線でもあったのであろうか。ただ1発の爆弾で1つの都市が葬られ、幾十万の尊い生命が奪われ、建物は崩壊して焦土と化し、動植物まで生きることの出来ない状態にした。これこそ第一線をも凌ぐ最大の戦場ではないかと思いました。

夜に入って救護所の灯を頼りに寄る辺のなくなった孤児たちが2人3人と集まって来ました。どの児も泣きながら父母兄弟の名を呼び、中には傷ついた身体で2日間も捜し歩いた末に、疲労で泣く力さえない児もいました。握り飯や乾パン・水等を与えて慰めながら治療してやるのですが、いつまでも肉親の名を呼びながら泣き続けていました。しかしそれ以上慰める言葉もなく、また余裕もないため、ただ見守っているだけでした。やがて子どもたちは次第に泣き疲れ、1人2人とその場に泣き寝入りしていきました。そっと筵《むしろ》を掛けてやりながらその寝顔を見た時、何とも言いようもなく哀れで、どうにかしてやりたいのだが、どうすることも出来ませんでした。その後、肉親に会うことが出来た児が何人いたであろうか、死んだ児も多いと思います。今でもあの夜の、子どもの泣き声が耳につき寝顔が目に浮かびます。それに引きかえ、平和な今日の世代に何不自由なくそして過保護に成長している子どもたちを見る時、平和のありがたさをしみじみと感じます。

夜が更け、水を欲しがる声も次第に少なくなり、治療に回って声を掛けても返事のない者が多くなってきました。脈拍も呼吸も停止しており、次々と死亡の診断が下されていきました。重苦しい憂鬱な夜が明けはじめ、収容者全員を回診した結果、約80パーセントぐらいの死亡が確認されました。これらの死体は前日と同様に、河原に運ばれて処理されていきました。夕方になって帰校命令が出されました。横川駅から西条駅までは汽車に乗って、それから衛生学校まで十数キロは徒歩で、小雨の降る夜道を行軍しました。眠りながら歩く者も多く、前の者につまずいて倒れたりしながら、それでも無事に帰校できました。

以上は私たちが出発から帰校までの現地で体験した状況です。復員後原爆症で数名の同期生が死亡していますが、その知らせを受けるたびに次は自分の番ではないかと、戦々恐々として過ごして来た50年でした。被爆者は皆一様にこんな思いをいつも頭の中から離すことがなかったでしょう。

さらに、被爆2世に対する影響が問題です。後世までこの重荷を背負い続けなければならない不安と恐怖の精神的苦痛を誰に向かって訴えたらよいのでしょう。今や世界の国々は核の保有数によってその国威を位置づけようとして、お互いに牽制しながら密かに核軍備増強にしのぎを削っています。このような世界情勢下でいざ開戦となった場合、勝つための手段として用いられるのは核以外に考えられません。核の使用はいかに悲惨な結果を招くか、各国で年々増加の一途を辿っているこの現状は、地球上に生存する動植物を一匹一草まで焼き尽くし、暗黒の世界にするために争っているように思えてなりません。これを防ぎ、世界の人類が平和を維持していくために、世界中の人間が一丸となって立ち上がり、核廃絶のため真剣に反核運動の輪を拡げ、その恐ろしさを子々孫々まで伝えていくことが我々に課せられた最大の責務ではないでしょうか。終わりに、広島・長崎で原爆によって犠牲となって亡くなられた方々のご冥福を祈ります。

（１９９５年）

広い校庭一面に寝かされた被爆者がほぼ全滅

飯島町　小林　正巳

●被爆者の列

　昭和20年当時、もう日本はすっかり敵に囲まれておりました。19年の暮れまで私は輸送船に乗って南方へ兵隊、物資、弾薬その他の物を送っていたわけですが、20年になってからはもう船が全然なくなって、いよいよ本土決戦ということで広島にいたわけです。それで比治山《ひじやま》*1という山に戦闘司令部が出来て、そこで毎日毎日穴掘りをして、敵が上陸して来たらそこで戦うんだという支度《したく》をしていたわけです。

　8月6日は、朝から非常に良い天気でした。朝5時頃警戒警報が発令になりました。敵の飛行機が来そうだ、状況が悪いというと警戒警報が発令になります。そうすると夜だと明かりに覆いをかけるとか、いよいよの時にはどこか隠れる所を目指すわけです。いよいよ敵機が来たということになると、空襲警報が発令になります。そうすると兵隊は戦闘の用意をし、一般の人たちは防空壕へ入って隠れるのです。8月6日の朝発令になったのは警戒警報で、しばらくしたら解除になったわけです。

　当時、比治山の麓の南段原という所にある広島女子商業学校を軍が接収しており、私はそこにおりました。そして比治山の山に登って行って勤務をしていたわけです。

　その日は朝食を済ませて高橋という兵隊と2人で比治山へ登って行きました。まだ隊長が来ておらず、中隊事務室という部屋があり、そこに当番の兵隊がおりましたのでその当番の兵隊と一緒に話をしていました。当時、日本国中毎晩というほど空襲があって、夕べ

＊1　広島市南区に位置する標高約70ｍの小高い丘。大戦中、船舶砲兵団司令部（陸軍船舶兵）や電信第2連隊が駐屯。爆心地から約1.8キロ離れたところに位置した。爆心地側である西側は壊滅したものの、東側は逆に比治山が爆風を遮ったことから影響が少なく火災も広がらなかった。市内中心部の被爆者はここに多数逃げ込んでいる。被爆当日は多聞院が臨時の広島県庁として機能した。

はどこがやられたと片っ端から日本中が焼かれていました。ところが不思議なことに、広島には全然爆撃がなかったのです。それどころか7月の末に広島の上空で敵機を1機撃ち落とし、広島では「アメリカなんていうのは何でもない」というようなことを言って大騒ぎをして喜んでいた次第でした。それに広島には敵のスパイが入っているから恐らく爆撃がないんだろうというような噂が広がり、もう皆すっかり油断をしていました。

私たちもその当番の兵隊と、「広島には敵は絶対爆撃出来んのだと言うぞ」と話をしていたところでした。すると突然微かな爆音が聞こえて来ました。小屋の窓から顔を出してみると、広島の上空南の方へB29が去って行くのが微かに見え、「やあ、敵さん帰って行くわ」なんて言いながら見ておりましたが、既にその時はあの原子爆弾が広島の上空に投下されていたわけです。

突然ピカッと天を一遍に真赤にした閃光が走りました。これは爆弾だ危ないと思い、私は急いでその小屋から飛び出して10メートルほど駆けて行きました。そしてある建物の軒まで来た時にドドーンという大爆音がしました。その場に伏せるとガラガラとその建物が一面に私の上へ被さって来ました。私はその建物の下になりながら、「いよいよ俺もここでダメなのかなあ」と一時思いました。

しかし、ちょっと体を動かしてみたところ、幸いに体が動きます。「や、これはしめたものだ」と思って満身の力を出してそこから這い出しました。立ち上がってみると、今まであった建物は全部潰れて先程いたあの当番のいる小屋などはもうどこかへ吹き飛んでしまってありません。それからその公園には非常に大きな松の木が山一面にあったのですが、その木が全部ボキボキに折れており、「これはえらいことになったものだ、この比治山に爆弾が落ちたに違いない、早速帰って自分の兵舎はどうだか見よう」と思って急いで山を下りました。もう道端の家は全部というほど潰れて、木も何も全部吹き飛んでしまっておりました。帰ってみると、案の定自分のいた兵舎（学校）はもうペチャンコに潰れていました。幸いなことに南段原というところは火災が起こりませんでした。私の兵舎も火が付いておりません。そのうちにだんだん散らばっていた兵隊が集まって来て、この下に誰かいるだろうか、事務室には今井という兵隊が1人事務を執っていた、それからもう1人私と同僚の熊久保という兵隊が今日は仕事を休んで寝ていたということで、2人を掘り出そうと瓦をめくり板を剥ぎ、梁を切り、中から2人を助け出しました。幸い、2人とも怪我は体を少し打ったぐらいで出て来ました。他の人たちは全員外にいたということが分かったので、学校の校門の方へ回って行きました。すると、そこへ被爆した人たちの列がゾロゾロと続いていたわけです。

どの人を見てももうすっかり頭の毛は焼けてしまっている、顔は真っ黒に焦げている、着物を着ている人はいません。胸から背中にかけてもう既に皮がむけ始めている人もあり、太股から下は皮がだんだんむけて下に垂れ下り、ちょうど足の先へボロ切れを付けて歩いているような人がゾロゾロ列をなして「兵隊さん」「兵隊さん」と泣きながら来るわけです。その時は原子爆弾ということは全然分かりませんし、一体これはどういう人たちだろう、この人たちは何をしていたのかなあと思いました。

その人たちの中からもう歩けなくなって途中で倒れる人が幾人か出て来ました。私たちは板を見つけて来て、動けなくなった人を乗せて学校へ運びました。

学校には私たちとは別に船舶衛生隊という船舶兵の衛生隊があったわけですが、その衛生隊の人たちも朝礼で建物の中の1カ所に集まって隊長訓話を聞いていた時に爆弾を落とされ、一遍に全員が下敷きになったわけです。しかし衛生隊としては怪我人がある場合は自分のことは言っていられません。頭を包帯で巻く人、腕を吊っている人、足をひきずっている人……、そんな格好をした人がゾロゾロ来る。被爆者の焼けた所へ刷毛で胡麻油を塗り、ゴロゴロと校庭一面に寝かしておきました。それより他に仕方がなかったのです。広い校庭も負傷者でぎっしりになりました。

空は広島が一遍に燃え上がったその煙で塞がっていましたが、時折風が吹いて煙が流れます。そうすると真夏の太陽がジリジリとその焼け爛れた人たちの体を焼き、「ヒーヒーウーウー」「水をくれ」「水をくれ」ともう何とも手のつけられないような状態になり、これが本当の生き地獄というものなのかなあと思いました。その人たちは一日中陽に焼かれながら、呻《うめ》き泣きながら夕方までにはほとんど全員が亡くなってしまいました。

昼すぎになって、同じ学校の中に女子の学生の勤労隊員がいるということで、その人たちが生き埋めになっていることが分かりました。私たちも行ってその人たちを掘り出すよう命令が下り、そこへ行き、瓦をめくり板を剥いで下から助け出しました。幸いなことに、その隊員たちはわずかな怪我をしたぐらいで全員出て来られました。

5時頃になって同僚の花岡から、今朝被爆した時に山の頂上に鋸を置いてきてしまったので一緒に取りに行ってくれないかと言われ、2人で登って行きました。広島が一面に見える所へ出ると、もう全市が燃えています。街の中央はすっかり焼けて火はどんどん外部の方へ燃え移っている、広島が一面に燃えている大火災を前に、もうその時は何とも思わないでボケッとしながら見ていました。

●握り飯を食べる気力がない少女

夕方になって私たちの隊の梅崎という兵隊が1人他所の方へ用事に出掛けていたのですが、顔と腕がすっかり焼けて帰って来ました。比治山の洞窟に臨時の野戦病院が出来たのでそこへ連れて行くことになり、戸板を使ってその兵隊を担いで比治山へ登って行きました。その行く道にはゴロゴロと死傷者がいっぱいで、麓の方の人たちはもう既に事切《こときれ》れてしまって死体となって転がっていました。上へ登って行くにしたがって、まだ息があって動いている人が大部いました。夕飯に部隊で握り飯が出たので、息のある人には1つずつ持たせました。

山の中腹からかなり上まで登って行った辺りに、10歳ぐらいの女の子が「兵隊さん、兵隊さん」と呼んでいる声が聞こえました。側へ近寄ってみると、その子どもの手には1つの握り飯が持たせてありました。ところがその女の子はそれを食べる気力がありません。「兵隊さん、私これ食べられないから、誰か食べられる人にやってください」とその子が言いました。私はそれを聞いてグッとこみ上げて来ました。いたたまれなくてその場を去ってしまいました。後になって考えてみると、あの子もあそこでおしまいになったのだろうなあ、可哀相なものだと、今でもそのことを考え出すと目頭が熱くなってきます。

私たちは洞窟の野戦病院に梅崎を頼んで、置いて帰って来ました。帰って来ても寝る所はありません。そこで校庭の隅の方へ筵《むしろ》を敷いて蚊帳を吊ってその中へ潜り込んでその晩は寝ました。けれど朝からのことが頭の中を行き来して、一睡も出来ないうちに夜が明けてしまいました。

誰彼の区別もなく全ての生き物を殺してしまう核兵器は絶対に中止すべきであると思います。広島のようなあの悲惨な戦争が繰り返されたならば、地球上の生物は全て失くなってしまうのではないかと思われます。絶対に二度とあってはならないことで、最初の被爆国である我が国が最後の被爆国になるように願ってやまないものです。

米ソの東西冷戦が終わりを告げて核兵器の製造も下火になったかと思っておりましたところ、最近またフランスが核実験をするとか中国がまたどうだとかいうことを言っています。それは本当に嘆かわしいことだと思います。

私たちは被爆者という烙印を押されています。年々被爆者が亡くなっていくということを聞いて、いつそれが自分に回って来るかと思うと、なるべくそのことは思い出さないようにしようと努めて参りました。この度、戦後50年で二度と戦争を起こさないという運動が大きく繰り広げられている時に、この私の拙《つたな》い被爆体験が幾らかでもお役に立てば被爆で亡くなった方たちの供養の一端にもなると思い、お話を申し上げたわけです。ご冥福をお祈り致しまして、私の話を終わりにしたいと思います。

（1995年）

満島《みつしま》俘虜《ふりょ》収容所とＢＣ級戦犯裁判の理不尽

飯田市　北沢 小太郎

●収容所の写真とＢＣ級戦犯法廷での証言

本日、満島俘虜収容所《みつしまふりょ》（長野県下伊那郡天龍村平岡にあった東京俘虜収容所第12分所満島捕虜収容所）のことを戦争体験の一つとして、また証人として話してほしいとのことですが、私が公開の席でこの問題についてお話するのは初めてです。

信越放送が去る5月25日、約50分ほどを使って戦争中の俘虜（捕虜）問題と、その時戦犯として死刑になった人たちの家族のことをテレビ放送しました。当時満島で俘虜となっていた軍人の大半が70～80歳となり、多くは死去して、その証人を捜し出すことに随分苦労したようです。

放送前、信越放送のプロデューサー、岩井さんが渡米して下準備を進め、その感触について手紙をくださいました。俘虜体験者である米国の元軍人リチャード・M・ゴードン氏は現在退職して自分の体験を1冊の本にまとめようとしていること、もう一度日本へ行きたいと思っていることなどが知らされました。

その後、その放送に出ていたリチャード・ゴードンさんは日本を訪れ、満島の跡を訪ねて俘虜の体験と極東軍事裁判について対談するために、私の家を訪ねてくれたのです。

この満島俘虜収容所は、太平洋戦争終戦後すぐに開かれた極東軍事裁判で取り上げられていますが、それに私がかかわっているのです。

終戦の翌21年、突然、極東第8軍の日本渉外係が「満島俘虜収容所に関係した写真、できればネガフィルムを欲しい」と申してきました（資料1、英文・和文両方にて通達）。

私は、青年時代から写真が趣味で、「ベス単」[*1]という小さいカメラを使って撮っていました。満島俘虜収容所は陸軍の所管であり、その周辺まで軍は写真撮影禁止区域に指定していたので、一般人には絶対撮れない所でした。私の撮影は、一部は中島大尉[*2]の許可を得たものもありましたが、内密に撮った写真も多くありました。

米第八軍のＢＣ級戦犯極東裁判[*3]が始まると、かつて満島に俘虜として来ていた将校（参考人）が、収容所勤務の青年が小さいカメラで写真を撮ったことがあると申し立てたらしく、裁判弁護団側からもその写真を「証拠」にしたいということになったのです。

最初は昭和21年11月13日付ですが、長野県飯田警察署長名で神奈川県庁内終戦連絡事務局への出頭の通達が参りました（資料2）。その後、翌年2月に日程を改めた連絡がありました（資料3）。

なぜこのような書類が必要かというと、この時期は日本国内を旅行するのに、汽車の切符が買えない時でした。証明書を当時の国鉄の駅で見せると、優先的に鉄道乗車券を売ってくれたのです。

その頃は敗戦後の混乱した時代で、日本全国で戦争協力指導者層の公職追放が行われ、戦争犯罪の追及がきびしく伝えられていましたから、収容所の関係者が幾人も横浜の軍事裁判にかけられるということもあり、地元平岡村の中でも熊谷組の責任者たちが皆、内心ドキドキしていた時でした。

私は1年間で収容所を退き、当時は長野県農業会の職員として長野にいた時でした。昭和22年2月、私は指定の日に横浜へ汽車で参りました。

＊1　VEST POCKET KODAK。ベスト＝服のポケットに入るほど小さいカメラ。

＊2　初代所長、中島裕雄大尉（長野市出身）。

＊3　Ｂ級戦犯とＣ級戦犯は、戦争犯罪類型Ｂ項「通例の戦争犯罪」、Ｃ項「人道に対する罪」に該当する戦争犯罪または戦争犯罪人とされる罪状に問われた個人で、併せてＢＣ級戦犯と総称される。

日本のＢＣ級戦犯は、ＧＨＱにより横浜やマニラなど世界49カ所の軍事法廷で裁かれ、のちに減刑された人も含め約１０００人が死刑判決を受けたとされる。

神奈川県庁に行き、終戦渉外係員の案内で市内のホテル個室に泊まりました。米軍へは渉外課員が連絡をとってくれました。

朝9時から10時の間に武装のままの米軍兵士が運転するジープがホテル玄関に迎えに来ました。初めは米第8軍司令部の戦争裁判に関する弁護団のバートン法務少佐から、若干の質問と打ち合わせがあり、あとは裁判の進行に応じ、いつでも出席できるよう待機するよう指示されました。

観光とか遊びの旅行と異なって、重苦しい何とも言えない気持ちの中で、ホテルでただ読書をしている状態でした。法廷へはやはり米軍ジープで行きました。

資料1

交通運輸関係者宛
氏名　北沢　小太郎
上記北沢小太郎氏ハ、横浜ニ於ケル戦争犯罪軍法委員会、容疑者、中島裕雄他ニ対スル公判ノ日本人証人ニシテ、約2週間ニ亘ル公判期間中、横浜ニ滞在ヲ要スルモノトス
本期間中同人ニ対シ、裁判進行上支障ヲ来サザル様、交通運輸上特別ノ便宜ヲ与ヘラレタシ
米第8軍司令部
法務部　戦争犯罪弁護団
apo　343
昭和21年11月15日
法務少佐　弁護団主任
バートン・ケイ・フィリーズ
（署名）

資料2

証　明　書
下伊那軍　竜丘村
北沢　小太郎
当　36才
右者　渉外関係ノ証人トシテ神奈川県庁内終戦連絡事務局へ出頭相当滞在スルモノナル事ヲ証明ス
昭和21年11月13日
長野県　飯田警察署長
長野県　警視　伊藤一雄（印）
地方事務官

資料3

戦犯証人（参考人）呼出証明書
住所　長野県下伊那郡竜丘村1494番地
職業　長野県農業会　主事補
北沢　小太郎
当　37才
右者戦犯証人（参考人）として左記の通り呼出があった事を証明する。
昭和22年2月4日
飯田警察署長　（印）
一、出頭月日　昭和22年2月6日ヨリ3週間
一、行先　横浜終戦連絡事務局

一般には公開されておらず、裁判所の入り口すべてに武装した兵がいて、傍聴席にはわずか十数名の外人がいるだけだったと思います。法廷壁面には米国の国旗、裁判官は3名、いずれも大佐級の肩章を付けた将校で、検事、弁護団も軍人でした。証人席は正面で、軍人通訳がいて起立宣誓、日本語で「神の名において真実を語り……」と、裁判官に向かって述べました。

私の左側に少し隔てて、被告が憲兵に両端を守られて起立していました。中島裕雄大尉他数名は全員満島俘虜収容所に勤務していた人々です。

裁判は私の撮影した満島俘虜収容所の写真をもとに進められました。小さなネガが新聞紙1頁大に拡大されていて、質問が始まりました。

被告席の中島大尉たちは、私の一言一句が自分たちの生死を分ける証言となるので、必死の眼《まなこ》で見つめています。裁判官の質問の英語を、通訳が日本語に訳して私に問い、私の答える日本語を訳して伝えていきますから、一問一答に時間がかかります。

裁判の証言の中で、私がいくらかでも被告らのためにと思って意見を述べると、「あなたは質問にだけ答えれば良いのだ」と制約されます。非常に重苦しい空気の中で私の証言は続きました。私は極東軍事裁判のＢＣ級戦犯法廷の証言という、歴史的な場面に立たされたのです。

その後しばらくたってから、新聞で満島の軍関係が日本で一番最初の戦犯裁判および求刑となったことと、その結末が多くの絞首刑と無期刑にされたことを知って、何とも暗い気持ちが続きました。

●収容所の建設

満島俘虜収容所がいつ設置されたかを申し上げます。昭和17年11月、松本五十連隊から約20名が急に平岡村満島に派遣されて、現在の満島平岡中学校の校庭となっている天竜川東岸に収容施設の建設を始めました。

陸軍は発電工事を請け負っている熊谷組に命じて全員の大工を動員、木材板囲いの「へい」と、内部に「事務室」「宿舎」「食堂」「便所」「物置」「倉庫」等、全部の工事をわずか20日間のうちに仕上げました。もちろんバラック建てですが、組の方でも軍の命令は絶対なので、急いだようです。

そこへ米軍の俘虜コリー大佐以下70名がフィリピンから到着、11月28日には英軍のシンガポールの兵隊80名が到着、第1次だけで150名がそのバラック建ての収容所に入り、中島所長以下現役の兵士が管理に当たりました。

輸送は飯田線の電車ではなく、貨物車で運んできたようです。後で問題になった俘虜の人たちに多数の死者が出たのは、いろいろ悪い条件が重なっていたようです。南方フィリピンで死の「バターン行進」[*4]という悪名の高い行進をやらせてきて、輸送された兵士の中には既に栄養失調・マラリア・皮膚病等が出ていたこと、夏の気候の南方から信州の山中に来たので全員が非常に衰弱していたこと、それに加えて昭和17年は例年にない強い寒波の冬を迎えたのです。

国民の一般は「鬼畜米英」と叫んで、俘虜を敵視する教育・宣伝・風潮だったので、俘虜収容所の人たちに対する見方もだいたい想像できると思います。

昭和18年になると、戦線も次第に拡大されていったので、松本五十連隊から来ていた20

＊4　第二次大戦中の日本軍によるフィリピン侵攻作戦において、バターン半島で日本軍に投降したアメリカ軍・フィリピン軍の捕虜民間人が、収容所に移動するときに多数死亡したことを言う。全長は120キロで、その半分は鉄道とトラックで運ばれ、残り42キロを3日間徒歩で移動した。

名の下士官以下兵士は他の戦線に行くようになり、所長を除いて原隊復帰となりました。俘虜の監視と所内の事務は一般傷痍軍人が主体としてあたり、その他民間人も採用して収容所の陣容を整えたのです。

発電所の建設工事は、当時の戦局から戦力増強、生産力エネルギーの根源となるため、1日も早くと、あらゆる労働力が動員されたわけです（資料4）。

収容所は一般立入禁止、入口に歩哨《ほしょう》（監視兵）が立ちます。監視兵は朝点呼を済ませてから10～20名を引率して工事現場に向かいます。英米人とも、将校下士官は所内で記録・炊事・医療等管理・連絡にあたり、日本語通訳は日系米人の町田という人がやりました。

収容所は、俘虜であっても陸軍の給与・糧秣《りょうまつ》（食事）が与えられ、陸軍の規律が適用されていたわけです。収容所の俘虜には主食を含めて約1600カロリー標準の献立を作成します。1週間分の献立表を作成して、経費が1人当たり決められた予算を超えないように材料の発注をします。

ほとんど愛知県新城市の青果会社が請負的に納入していましたが、時に野菜の不足分等を満島の業者に納入してもらいました。糧食の計画表・実施表・経費等すべて東京の本所宛てに報告し、春秋には2回、本部上官の査察などもありました。

私はたまたま村の産業組合製糸にいたことがあったので、300人程度の食料計算をして計画を立てたことがありました。当時の工場の管理監督は、警察の工場課が担当でした。しかし、

資料4

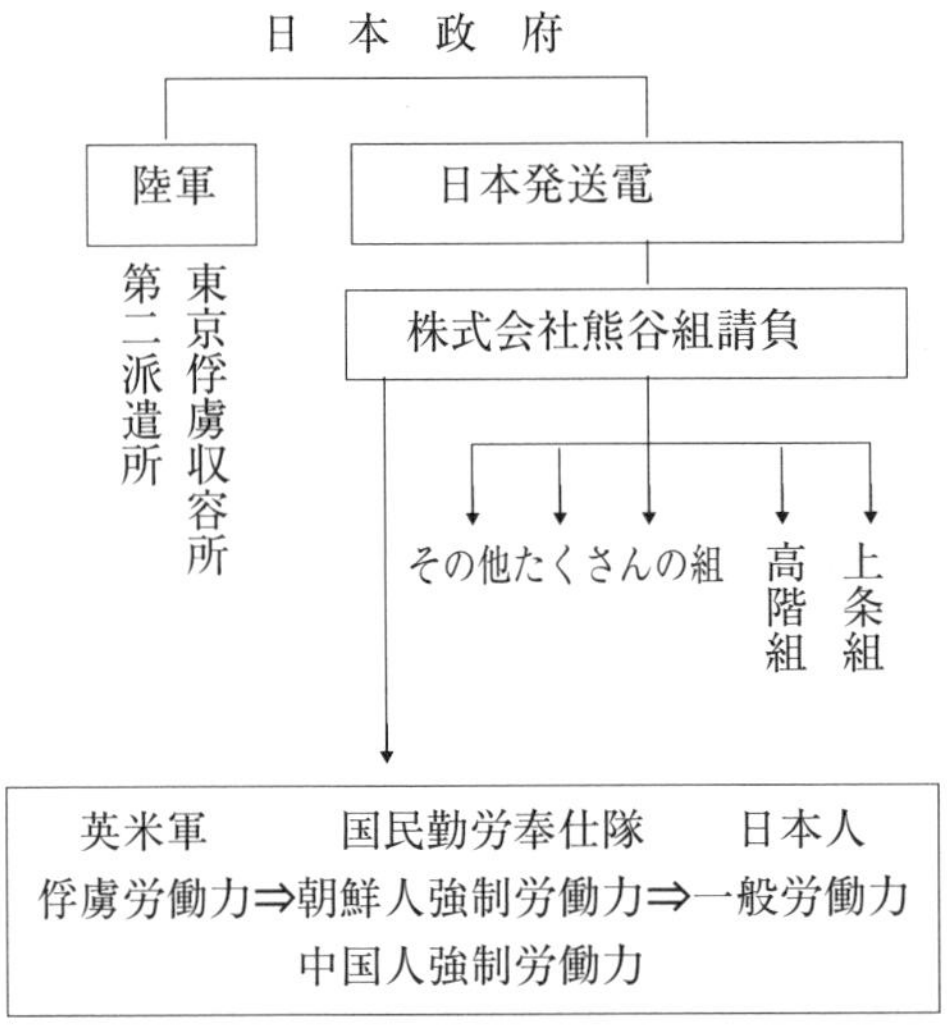

収容所の糧秣は陸軍の規定制約と予算があり、栄養カロリーが必要とされたので簡単ではなく、外国人と日本人の食生活習慣の相違もあって難しいものでした。

そんな収容所の中で、あるとき米軍の軍医が所長の中島大尉に、捕虜の食料について陳情したことがありました。英米の我々は平均体重が80キロくらいあるから、平均60キロくらいの日本人よりも少し多く考慮してもらいたいという要望でした。

所長は、「戦時下の今、我々も十分な食事の量をとっていないのだから、とてもその希望に沿うわけにいかない。むしろ努力してこれだけの食料を確保しているのだ」と答えたことがありました。

一番の問題は、日本人と英米人の食生活の習慣の相違であると私は感じました。日常的に小麦粉で作ったパンを主食に牛乳やミルク、バター、サラダ、果物をとって、軍でも缶詰の牛肉やコーヒー、ココアをとっていた人たちが、米に味噌・醤油を与えられて「味噌スープ」をすするのです。戦時下の配給制の中で、肉も魚も牛乳もミルクもない時期でした。

次に明らかなことは、日本人の多くの人々と彼ら英米人の宗教観の相違です。捕虜の人たちは、キリスト教文化とその教育で育ったので、日曜日はキリストの安息日として教会に行き、祈りを捧げ、賛美歌を歌って仕事を休む日なのです。

ところが、戦時中の日本軍は「月月火水木金金」と、1週間で10日分働くことを美徳として教え、指導していた時代でした。それで、工事をやっている現場の方は、残業も1日の「作業分量」として見て、少しの超過は当たり前、必要なら日曜も仕事をしてほしいという状態でした。収容所では、日曜を休みとしていましたが、毎日の生活習慣の中で宗教観の相違は大きいものがあると思いました。

もう一つの違いは、当時の日本の軍の教育は、徹底して上官の命令を絶対視していたことです。上の命令に従わなければ、どんな制裁も当然視されていたわけです。文句を言っている人間にビンタを加えることは当たり前という雰囲気でした。ところが、英米で育った捕虜は、やっぱり自由主義国で育ちましたから、人間の尊重、人権の問題について割合分かっていました。人権を侵害し、個人の意志を無視して相手の顔をたたくことについて文句を言ってくるということが、日本人の我々にはその意味が分からないのです。

そこにもってきて言葉が通じないから、相手の意志を汲み取ることのできないうちに行った行為は、極東裁判で人権侵害と強く言われたのではないでしょうか。

また、満島俘虜収容所の英米人は、日本の土木工事がほとんど人力で行われていることに、工業力の不足を見抜いていました。土木工事一つにしても、パワーショベルの動力ではなく人力でした。彼らは上空をB29が飛来するのを見て、「我々がここにいるから、ここにはバクダンを落とさない」という話をしていました。

●戦犯死刑囚の叫び

満島の俘虜収容所戦争裁判は極東軍事裁判（BC級内地）で最初に裁かれました。昭和22年2月21日、分所長中島大尉他4名の死刑、終身刑2名の判決が下されたのです。処刑が実施されたのは、昭和23年8月21日です。

極東軍事裁判の法廷に、被告側の弁護のため証人となって出た私は、その後、その関係の出版物を1冊でも多く読んで、その人たちの遺言や叫びを知りたいと思いました。どの本を読んでも、この前の戦争を日本人の立場でもっと反省してみる必要があると思っています。

下伊那郡南信濃村神原出身の平松貞次さんは絞首刑になりました。傷痍軍人で、片方の目を負傷して俘虜監視員を務めていましたが、昭和23年8月21日に死刑になりました。『あすの朝の9時』という本は、戦争裁判にかけられた多くのＢＣ級戦犯の人々が絞首台にのぼる死の運命を前に、家族にあてて書かれた遺言の本です。

「久子よ、何回となく読んでみてくれ。頼む、久子よ、私は大罪人になり、世間からそしられるであろうが、ただ国のためとしか考えられない。お前は何と思ってくれるかしら。いろいろ思想は変わり、一部においては道義心もすたれて行く世の中ゆえに新聞や言論に迷わされるなよ、あまり気にするな。心さえしっかりしていれば良いか悪いかはすぐ判断ができると思う。

最後に久子に大切な事を願う、聞いてくれ。夫、貞次の体を取り返す最良の手段は３人の子供を殺さぬことであるぞ、よく聞いてくれ、頼む」

また、元陸軍中尉、奈良原君夫さん29歳は、巣鴨の牢獄の中で七夕の短冊にこんな言葉を書き残しています（『壁あつき部屋、巣鴨ＢＣ級戦犯の人生記』より）。

天皇も　慰問に来いよ　終身刑
ヒロヒトを　逆さまにして　吊したい
再軍備と引きかえの釈放はいやだ

ＢＣ級戦争犯罪というのは海外で多くありましたが、内地では俘虜収容所の人がほとんどでした。軍隊の末端の任務についていた人々が、戦争の罪を問われて死んでいったのです。人間個人としては、私の知る限り悪い人はいないのです。

最後に、この極東軍事裁判で死刑になって亡くなった平岡満島俘虜収容所の所長、中島大尉の辞世の歌を詠んでみたいと思います。絞首刑執行前に詠まれた辞世の短歌です。

つゆしらぬ　罪にとわれて　絞首台　登り行く身に　めぐみかがやく

個人として、人間として、私は中島大尉は実に立派な人であったと思います。「つゆしらぬ罪にとわれて」と、陸軍の制度の中で当時の罪を背負って死んでゆく身の、苦しい想いを想像します。他の多くの死刑の人たちが仏教に帰依して死んでいったのに、中島大尉はキリスト教に信仰を求め、神の救いと恵みを信じる道を選んで死につきました。中央公論社発行の中公選書の中で、上坂冬子さんがこの時の遺書を紹介しています。

もう一人、同じ満島にいたことのある久保陸軍中尉は、戦犯として巣鴨の刑務所に囚われていましたが、面会に訪れた自分の母親のことを短歌に表しています。

見せまじと　努むる手錠に　目をとめて　涙し給うは　ははそわの母

久保中尉は戦後、減刑釈放されましたが、病気のため死去しました。先日、米国のリチャード・ゴードンさんは北沢宅を訪問して、翌日広島に向かいました。久保さん家族に会い、原爆記念碑の前で平和への祈りを捧げて米国に帰られたのです。

（1991年）

反戦運動「伊那中事件」と現代

伊那市　小坂 光春

●10名の生徒を退学処分に

第二次世界大戦勃発前夜に起きた戦争反対の運動の1つ、伊那中事件について証言せよということで、その関係者の1人である私が証言に立つことをお受けした次第です。

伊那中事件とは、今から50年前、すなわち1929年（昭和4年）の5月、現在の伊那北高校の前身旧制伊那中学校の5年生の生徒が起こした事件で、この生徒たちの社会科学の学習や、当時の政府によって始められたようとしていた満州侵略戦争に対する反対運動に対して、学校当局が10名に及ぶ生徒を退学処分にした、という事件です。

なおこの事件の内容については、3年ばかり前に私が自費出版した『黎明　後編　上伊那地方の社会運動』に収録してありますので、この書をなるべく多くの方々に読んでいただけたら幸いです。

事件関係者は数グループに分かれて運動したのですが、そのグループの中の私たちのグループが、昭和4年5月27日の海軍記念日当日、伊那市内へ戦争反対のビラ配布の計画を立てて、そのビラ200枚ほどをガリ版印刷で作成したのが配布の前日。しかし、内部スパイの告発によって学校当局の知るところとなり、ビラは学校当局に押収され、10名が退学となりました。

この当時の社会情勢は、時の保守党内閣である政友会（現在の自由民主党の前身）総裁田中義一陸軍大将が総理大臣の内閣で、この内閣は中国大陸の満州を日本の植民地とすべく、その侵略の戦争準備に狂奔《きょうほん》していました。この侵略戦争の反対運動を抑えるために、治安維持法という国民の自由を縛る悪法を勅令《ちょくれい》（天皇が発した法的効力のある命令）で制定して、労働者、農民や一般市民の戦争反対運動を弾圧しました。

なお、この時の議会へ、政権党が選挙で絶対多数を得て独裁政治を行える悪法「小選挙区制」を提出していますが、この当時でも無産政党や一部保守党「民政党」の反対にあって、この悪法だけは否決されています。今の海部内閣も議決をねらっていますが。

治安維持法の制定により、政府の国民大衆に対する弾圧はますます強化されて、当時の日本共産党に対する三・一五事件[*1]、四・一六事件[*2]と続く弾圧とともに、大学の学生自治会・労働組合・農民組合その他文化団体等、進歩的な民主団体は相次ぎこの政府により解散を命ぜられ、満州事変、支那事変と侵略戦争は果てしなく拡大されていったのです。

＊1　1928年3月15日に発生した、社会主義者、共産主義者への日本政府（田中義一内閣）による弾圧事件。

＊2　1929年4月16日に行われた日本共産党に対する検挙事件。

●「帝国主義戦争には反対だ」

「労働者・農民・一般市民に告ぐ。資本家・地主の政府が、彼等の利益のみを目的として、満州等を植民地として支那より奪い取るため、労働者・農民・一般市民を戦場という屠殺場に送り、鉄砲玉の的とする帝国主義戦争には反対だ。労働者・農民・一般市民はこうした戦争には反対して立ち上がろう」

私たちの作成した反戦ビラの内容は、おおよそこのようなものでした。中学生が書いたこの内容は、正しく満州事変・支那事変・大東亜戦争と第二次世界大戦へ拡大していった帝国主義戦争の歴史的真実を、先駆的にまた的確に表現したものといえましょう。

この満州侵略に始まり、戦争を拡大させた日本帝国主義の野望はますます増大して、戦線は満州ソ連国境から支那大陸、東南アジアへ拡大して、アメリカ、英、仏、オランダへの宣戦布告となりました。この無謀極まる戦争は15年間続き、日本人310万人、アジア人2000万人の犠牲者を出して、終戦となったのです。

この戦争の後遺症は戦後46年経った今日まで数知れず残っております。原爆病に苦しむ多くの人たち、長野県はじめ全国の農村から送られた満州開拓団等の悲惨な逃避行と、その残留孤児たちの肉親を探して来日する涙なしには見られぬその姿、ニューギニアにいまだ野晒しになっている数知れぬ日本軍人の累々たる遺骨、またその地より生き残る兵士の証言等々。人類の行為で最も愚かしいまた最も大きい犯罪行為は、実に戦争です。戦争犯罪人に、永劫《えいごう》にその罪が消えることはないでしょう。

先日のある新聞で、政権政党の歴代の首相は、この15年戦争は侵略戦争ではないと抗弁していますが、今や日本や世界の多数の良心・良識のある人たちは、こんな恥知らずな言葉は認めないでしょう。

今日の中東湾岸戦争後における米国の外国への兵器の輸出額は前年同期の70億ドルに比して140億ドルと倍額に増えています。米国は世界中の未開発国に目をつけて戦争を起こさせては兵器を売りつけて儲けようとする死の商人ですが、日本の政界・財界の目に余る不正・腐敗、社会や教育の混乱等が現代社会の実相です。

こうした世相の中にあっては、かつての伊那中事件時代の若者たちのような輝いた瞳があってもよいのではないでしょうか。そして若者たちによって、この戦争のあまりにも高価な代償である平和憲法は必ず守られていくでしょう。

（1991年）

二・四事件から義勇軍送出に至る教育の劣化

飯田市　今村 波子

●不況で長期欠席の児童が急増

私は昭和5年3月、松本女子師範学校を卒業して、その年の4月、19歳で上郷尋常高等小学校に赴任しました。1年生の担任で、1級が60名でした。校門をくぐると子どもたちはとびついてきて、袴《はかま》や着物のたもとにすがって大騒ぎでした。

その当時の農家は現金収入がなく、ほんとうに貧しい状態でした。今のように学校給食はありませんから、学校へお弁当を持ってくるんですが、お昼の時間になるとそーっと校庭へ出て行ってしまう子どもがいました。長期欠席の子どももだんだん増えてきて、そんな子どもの家庭を訪問するようにもしました。

ある時、1人の子の家を尋ねると、田んぼへ行っているというので、行ってみると、教え子が赤ちゃんをおんぶして、田の畔で遊んでいる。両親は田の草取りをしているのですが、日雇いで働いているので、私が声をかけても働き続けているのです。

いたいけな小学校の下級生が、1人前の労働力として家族を助けている。弟妹《ていまい》をおんぶする紐が肩にくいこんで……。子どもたちに「申し訳ない」という思いで胸がいっぱいになりました。ただの教師でいていいのだろうか？　私たちは、何を教えたらいいのか？と疑問が広がるばかりでした。そして、だんだん世の中の仕組みや、国がやろうとしている教育に疑問を持つようになっていきました。

昭和初期を襲った不景気は大変ひどいもので、東北地方では娘の身売りがあとを絶たず、学用品はない、弁当を持って行けない、長期欠席の子が増えるという状況でした。私たちは長欠児の家庭訪問に力を入れました。

教員たちの実情もひどいものでした。給料は遅配で、その上強制寄付が強いられました。1級で70人まで受け持つことになっていたので、40人枠を要求しました。私もこうした中で、同僚の方たちからいろいろ教わったり、書物などからだんだん自覚するようになってきたのです。今でいう社会主義の本（『貧乏物語』など）を読むようになりました。

●治安維持法で投獄

政府は、この不況を他国への侵略によって解決しようと、大変な勢いで戦争へ突き進んでいきました。私たちは、子どもたち、また自分たち自身の、そして日本国民みんなの生活を守り、平和を守るために戦争に反対しました。そして、治安維持法と、その手先となって働いた特高警察によって捕らえられ、投獄されました。

裁判では実刑2年、執行猶予3年の判決を言い渡されました。私たちは決して悪いことをしていないのに……と思いました。

出て来た当時は、大根をおろす力さえもないほど、体力が落ちてしまって、それに周りのみんなが監視しているようでした。訪ねてくれる友人があるわけではないし、手紙を出しても返事もくれなかった。それは、友人も調べられるから無理もないんですが……。

出所後の苦悩はほんとうに大変でした。ものすごい非難と攻撃を載せた新聞を見て驚きました。たった1人の女性だったということもあって、私はまるで破廉恥なことをしたように言われました。世の中の人々に顔向け出来ないというような、それは苦悩の日々でした。

21歳の時でした。どう生きていったらいいか、と随分思い悩みましたが、苦しみも悲しみも自分が強くならなければならないと思いました。少し体が回復してきた頃、林の中に入って、思いっきり大声をあげて、「にくしみのるつぼに……」と「赤旗のうた」を歌いました。自分の声だけが林の中にこだまして、深い孤独感に浸ったことを思い出します。

一体何がこんな目に私をあわせたのか？　それは、治安維持法という悪法です。支配者がその支配秩序を維持する目的で、国民の民主的な権利を一切奪うために大正14年に作られた法律に違反ということで、特高警察の手によって痛めつけられたのです。小林多喜二なども、虐殺されたのです。当時の特高警察は、女性に対しても身の毛のよだつような拷問をしたのです。

戦後、「治安維持法国家賠償同盟」を作って国の賠償を求めました。治安維持法がどんなに人道にはずれたものだったかということははっきりしているのに、日本政府は私たちの要求をなかなかとり合おうとしません。

●二・四事件と青少年義勇軍

『教室から消えた恩師たち』という映画は１９８５年、今から6年前に、東京都教職員組合と、日本電波ニュース社とで作ってくださったものです。

全国的に行われた治安維持法による弾圧の中で、昭和8年（１９３３年）2月4日から半年あまり、特に教員（教労と呼ぶ）に行われた弾圧を二・四事件と呼んでいます。長野県では、多勢の教員が検挙され、全国的には「教員赤化《せっか》事件[*1]」と呼ばれましたが、決して教員だけのことではありませんでした。

＊1　治安維持法違反として検挙された事件について、長野県の事件に限定せず、全国における一連の事件を指す総称。

二・四事件によって、長野県下で検挙された教員２３０人のうち起訴29名。うち女性教員は私１人でした。そして実刑13名、その中で残念ながら、自殺した者が２名おりました。１人は26歳の若い教師（起訴はされず、休職処分）で、新潟から佐渡へ渡る船から日本海の荒波に身を投じました。もう１人は実刑を終えて、釈放されてからでした。

この二・四事件というのは、民主的、進歩的な思想の人に対して、政府の意図、国家の力で大々的に圧殺しようとしたものだったのです。共産党・共産青年同盟の人たちも多く弾圧を受けましたが、そのほとんどが釈放されているのに、不思議なことに教員だけは実刑を課せられ、３〜４年の獄中生活を送ったのです。それは、一つのみせしめとして行われたのだと思います。

長野県は、信濃教育で全国的にも質の高い教育をしていると誇っていたのに、なぜこんなに大勢が「赤い教師」と言われるようになったのでしょうか。

教員赤化事件の汚名を挽回しようと、信濃教育会が積極的に協力して、長野県ではどこよりも多数の少年を満蒙開拓青少年義勇軍へ送り込みました。当時進められていた大陸への侵略戦争に加担し、国の戦争教育に全面協力を誓って毎年長野県が日本一多くの義勇軍を送ったんです。私の教え子の中にも、犠牲者が出たのを知って、40年もたって今なお、涙をこぼしている私です。

また、世の中があぶない方向に向いてきたように感じられます。若い世代の人たちに、二・四事件のことなどを分かっていただきたいと思います。

（１９９１年）

戦争中の青春時代

木曽町　沢田 美世子

私は現在82歳になりますが、戦争で尊い生命の犠牲があって、今武力を持たない平和な日本で暮らせる幸せに感謝せずにはいられません。44歳のときに『さわやかな風のように』という冊子に載せた私の「戦争中の青春時代」を読んでいただき、戦争中の様子や苦労について少しでも知っていただければ幸いです。

昭和16年12月8日、どんよりと冬雲が重たく垂れ込め、桐の裸木をぬける風は冷たい。朝礼で宣戦布告を知り、子どもなりに緊張する。真珠湾奇襲で大勝利と言う。

異様な活気で第1日を迎えてよりたちまち香港を落とし、マニラ・シンガポールを占領した。私たち日本人は、大東亜共栄圏の建設を唱えつつ戦いの渦中の人となっていった。

武運長久

「海行《ゆ》かば水漬《みづ》く屍《かばね》　山行かば草生《む》す屍」を歌いながら出征兵士を送り、千人針[*1]の来るたびに寅年《とらどし》でない自分が悲しく、一針に心をこめて針玉を作った。毎月8日は梅干弁当と、町の水無《すいむ》神社へ日本国の勝利と兵隊さんの武運長久[*2]を祈願、小さな拍手がお宮の森に吸い込まれていく。女学校へ入ってからは、教育勅語を毛筆で一字の誤りもなく書き写し奉納した。この頃は木綿縞《もめんじま》やカスリの雪袴《ゆきばかま》も何の抵抗もなく身に着けた。

校内作業

戦《いくさ》に勝つことのみが生活のすべてと教えられた私たちは、女学校へ入学してからは教科

＊1　兵士の銃弾よけのお守りとして、千人の女性が一枚の布に赤い糸で一人一針ずつ縫い付けて結び目を作るが、寅年の女性は自分の年齢数だけ縫い付けることができた。

＊2　武人としての命運が長く続くこと。出征した兵がいつまでも無事なこと。

書の勉強はあまりせず、英語は敵国語として無視された。校庭はもちろんテニスコートまでも畑と化し、大豆・さつま芋を作った。農具室に続いて馬小屋もできた。ぬるぬるした田んぼへ入るのはつらい仕事だった。その間往復10キロあまの道のりを鍬《くわ》をかついで歩き、開墾作業に汗を流した（現在木曽駒ゴルフ場）。

秋になると学校林へ炭の原木切りに、のこぎり・なたを持って出かけた。かじかむ手に「ハーハー」息をかけて温めながら切り倒し、長いまま引きずって来た。寒中になると、学校周辺のアカシヤまでロマンも何もなく無惨に切り倒し、霜柱の中で裏山を掘り、顔を黒くして、自給自足を教えられながら炭を焼いた。

校外作業

農繁期になると、田植・草取り・桑つみ・稲刈りと慣れない手で精一杯手伝ったり、営林署の苗圃《びょうほ》（木の苗を育てる畑）へ草取りに。じりじり照りつける草いきれ（茂みの中の熱気）の中で乾燥してひび割れた土に、雑草が広く根を張っている強さに驚いた。

学年が進むと、三岳村大島ダムの発電所工事現場へ。初めて親元を離れての共同生活現場には捕虜の中国人も来ていた。私たちは飯山・屋代の中学生の食事の世話をした。お米一俵分も炊けるかと思うほど大きなお釜で、炊き上がった御飯のおいしかったこと。

釜いっぱいに付くこんがりしたお焦げはおいしく、当番の特権のごとく体裁も何もなく分け合って食べたこと。この頃から食生活に意地汚さが現れてきた。

学徒動員

戦争の悪化とともに学校へ籍を置いたまま勤労学徒として、大桑村須原の芝浦タービン木曽工場へ、1カ月は終日ハンマーを使う練習です。血豆をいくつも作りながら苦しくなると、一番の敵だと教えられていたルーズベルト、チャーチルの名を、口の中で呼びつつ叩き、痛さを我慢した。これでよいものかどうか、考えることすら知らなかった。隣組では防空演習・竹やり訓練が強制され、「銃後の守りは女で」の合言葉も、アッツ島の玉砕・原子爆弾の投下・ソ連参戦と、暗い重たい日が重なる。

終戦

「今日はお昼に重大ニュースがあるって」と隣のおばさんが買い物に来て言う。「ジージー」あぶら蝉《せみ》が電柱でしきりに鳴いているむし暑いお盆の15日。家のラジオは拡声機付きの中古品。「ピィーピィー」「ザザザ……」どうしたことか雑音がひどく聴きとれない。ダイヤルを回して調節している父を後ろに、じれったくなって川へ泳ぎに行く。山深い木曽は、何といっても疎開者が入って来るだけあって、戦争の直接的被害は受けていないためか、のんびりしたところがあった。友達と唇が紫になるまで泳ぎ、大きな石の上で甲羅干しをしていると、男の子が橋の上から、

「日本は負けたぞ」

「そんな馬鹿なことがありっこないにぃ」

「ラジオで天皇陛下が放送したって」

一瞬全身シーンと冷たくなった。夢中で家へ帰ったらしいが、記憶していない。特攻隊で出陣するばかりだった予科練生の兄、船舶聯《れん》(連)隊長でフィリピンへ渡っていた叔父(すでに死亡していた)を案じ、これからの日本はどうなるのか？　私たちは？　ただただ泣いた。顔が涙でぐしゃぐしゃになるまで。

「日本は負けたのではないよ。一時休戦するだけだよ」

私は負けたという人に対して、必死で反発した。勝つことのみを信じ、すべてを勝つために結びつけて生きていた純真な叫びであった。かくして戦は終わった。

一番吸収力のある青春時代が戦のために無為に失われて、心の糧となるものが何一つとして実らず過ぎてしまったように思う。歴史の流れとは言え、それにうち勝つ術《すべ》のなかった自分が哀れだが、働くということが現在もなお少しも苦痛でない精神力が身についていることは、終生のプラスだと思う。

（２０１１年）

戦時中のうちわ、茶碗、アイロン（センター収蔵品）

あの日16歳

佐久市　佐々木都

●押入れに頭を突っこんで…

今日、甲子園では地元佐久高校が、初戦を飾り勝ち進みました。あの若さ、エネルギー、そしてそれを応援する女子生徒たち、いろいろの表情をテレビは映していましたが、あの同じ年頃、私たちは、「学徒動員」という名のもとに親元を離れ、名古屋の陸軍造兵廠《りくぐんぞうへいしょう》*1鷹来《たかき》製作所というところに一人の工員として、ただただ頑張って、男の人たちが戦場に行った後を守らなければという思いで働いていたのです。私たちが働かないと戦争に負けてしまう。そんな必死の思いでした。特に身内に兵隊さんのいない家は、これで肩身の狭さから逃れられたのでした。

さいわい、動員先で亡くなったりした人はありませんでしたが、いや応なく同じ条件にある少女たちがある種の監視のもとに働かされたのは、さながら野麦峠の昭和版を思わせます。

先発は昭和19年8月2日、窓には鎧戸《よろいど》が降ろされたままの軍事専用列車、堅い木の椅子に背をもたせてみんな黙っていました。出発前の準備は名前をつけること、洋服は胸と両方の手足に、布団は四隅と真ん中へと、それなりに覚悟をさせられたことでした。その夜の食事は赤い色をしていたので、お赤飯と思ったら高粱《コウリャン》のごはん、この時になって必死にこらえていた涙と一緒に食べた私たちです。翌日、ただ広々とした山の見えない砂ぼこりの立つ道を軍用トラックに乗せられて、「鷹来」へ、ここでクラスの編成があり、級長は小

＊1　国内4カ所の工廠と2カ所の兵器製造所で、小銃・弾薬・火砲等から馬具や軍刀に至るまで製造にあたった機関。

隊長という呼び名になったり、すべてが軍の支配下となっていきました。

集団生活の部屋は20畳、甲班と乙班で14人が入り、押入れは上・下段に分かれていて一人が半分ずつ使う仕組み。しらみが北を向いて這うのを見たり。郷里から送られてきた食べ物も、はじめのうちは分け合っていましたが、だんだん交換が出来なくなり、お互い押入れに首を突っこんで、音のしないようにと乾米やいり豆をかじったものです。

食べるものには本当に苦労をしました。食事は順番に席につくわけですが、丼のふたに御飯、それもさつまいもに御飯をまぶしたようなもの。実の方に2、3枚葉の浮いた茶色の味噌汁、それとなく御飯の量をみていた少女たちで、病気のときはみじめでした。御飯を働かないで食べるのはまるで国賊扱いで、悪口をいいあったものです。

夜勤は大変でしたが、夜勤明けの日には外出が許され、唯一の食料さつまいもを仕入れにゆきました。せっかく買ってきても、ふかして貰うと半分は取られてしまいました。だんだん生いもをかじったり、薄く切って干したりすることを覚えてゆきました。

仕事は旋盤工（弾丸を造る元となる器づくり）、事務員、風船爆弾のハンダづけなどに分かれましたが、これもまたお互いのねたみ・そねみの材料となってしまったのです。

名古屋の冬は寒暖の差がはげしく、冬の夜勤はこたえました。氷のようになった掌《てのひら》をあたためるのは自分の胸でした。

卒業式は工場の建物の中でしたが、この頃帰れる人と帰れない人とが決まってきました。鉄道要員、農業要員など、どういう基準があったのか知りませんが、帰郷組、残留組、それぞれの思いの中に気持ちは結ばれたり、離れたりして不安定な幾日かがありました。帰れると決まったときの嬉しさ、でも同じ部屋に暮らしてきて残る人たちのことを考えると、とても喜んでなどいられません。でも嬉しいのです。押入れにありったけ頭を突っこんであふれる喜びをかくす人、声を殺して泣く人、お互い傷ついていた私たちです。

お話をしたいことはいくらでもありますが、どうしても申し上げたいことは、この体験を無駄にしないことです。軍人でもない政治家でもないごく普通の人が見てきたこと、してきたこと、されたことは、やっぱり伝えていくべきだと思います。勤労学徒として働いたことを悔いるのではなく、二度とない青春の日々を切ない体験を、自分の言葉で書きのこす、言いつたえていくことも大切なことだと思います。

君たちは戦争利得者とあざけりて言ひし教師をいまに忘れず
「男をみたら敵と思え」と口ぐせに言ひて訓《おし》えし塩原先生
戦ひに勝つを信じて働きし若き日現在は恨むことなし
青春の命燃やして戦ひのためといちずに働きたりき
交代に立つ不寝番《ふしんばん》その貧しき夜食をおごりのごとく食べにき
ほそぼそと燃ゆるストーブの火を囲み唄うたい出す故里のうた
学校の名をけがすこととしてはならぬと朝の訓辞きびしかりけり
割当の生産量超えよ働けよ目に見えぬムチふりき教師は
生産目標超えしあしたは機嫌よし教師も班長も工場長も
探照灯《たんしょうとう》に照し出されて燃え落ちる日の丸あかき飛行機を見し
火を噴きて落ち行く機体その翼の日の丸見しとき息をのみたり
生甘藷《なまいも》を囓《かじ》れば白く噴く汁を啜《すす》りなめたる想ひ出かなし

寮の出窓に甘藷薄く切り干し並べ貯蔵《たくわ》えることも思ひつきたり
病友の残飯をすこしずつ分けて食べし記憶はあまりに哀し
病む母がたどたど書きて来し手紙防空カバンに入れてもちたり
虱《しらみ》たかりて施すすべのなきシャツを小包にして母に送りき
伊藤と言う養成工にひとかけの砂糖もらひてなめしことあり
「ポケット」と言うは敵国語なる故《ゆえ》に使ってはならぬと愚かな指導
銃撃目標になると夏服着ることを許されざりきわれら生徒も
皮肉言われても食べねばならぬ空き腹に乏しき汁がしみてゆきたり
汁椀にほたほた泪《なみだ》落しつつ洟水《はなみず》と汁と嚥《の》み下したり
戦争を知らぬ君らにはなしても理解《わか》らぬよゆがめられし吾《わ》が青春は
手を組みて必勝の歌ふるさとの歌うたひつつ死の不安紛らしたりき

（1994年8月）

大日本帝国の小学校教科書からみた戦争と教育

松本市　小柴　昌子

●戦争と学校教育

まず、元軍国少女の自己紹介をさせていただきます。１９２８年生まれの私の戦争との出合いは、４～５歳の頃の満州事変後の「廃兵《はいへい》」[*1]が物売りしているのに出会った時です。幼児にとって、失礼ながら手足のない人との出会いは衝撃でした。戦争＝恐怖として記憶に残りました。父の転勤で津市に移った小学３年生の七夕の準備中に日中戦争が勃発し、まさにこの日が「平和」との決別で、ニュース映画で見た戦争で幼児期の恐怖がよみがえりました。そして、女学校入学の年に日米開戦。私は戦争真っ只中で育ち「教育勅語」[*2]を徹底的に教わりました。

女学校卒業が１９４７年で、民主教育の走りを学んだあと、同年秋、憲法にもとづく大学の門戸開放によって法政大学通信教育部に入学して、元学徒兵や戦時中思想弾圧されていた先生方から平和憲法を学びました。その後小学校の教科書を調べるうちに、戦争と学校教育の深みにはまり、その結果、戦争は軍事大国を目指した国家の、用意周到な学校教育の結果だということが分かりました。

現在、安倍内閣が憲法無視の悪政を進めています。普通の生活がしたい、戦争がイヤだと絶対に言えなかったのに、戦後「犬死にだった」「草の根で戦争を支えた」などと言われた人たちが、どのようにして戦争を支える国民になったのか――。平和を守るため、その人たちに代わって不充分でも、ぜひお伝えしなければと思います。

＊1　廃兵の言葉は、日中戦争前に傷痍軍人と改称。

＊2　正式には「教育ニ関スル勅語」。１８９０年（明治23年）に発表され、第２次世界大戦前の日本の教育の根幹となった。国民ではなく、天皇の家来・臣民としての道徳規範＝自分の命を捨てて天皇に忠節をつくす思想・道徳観。

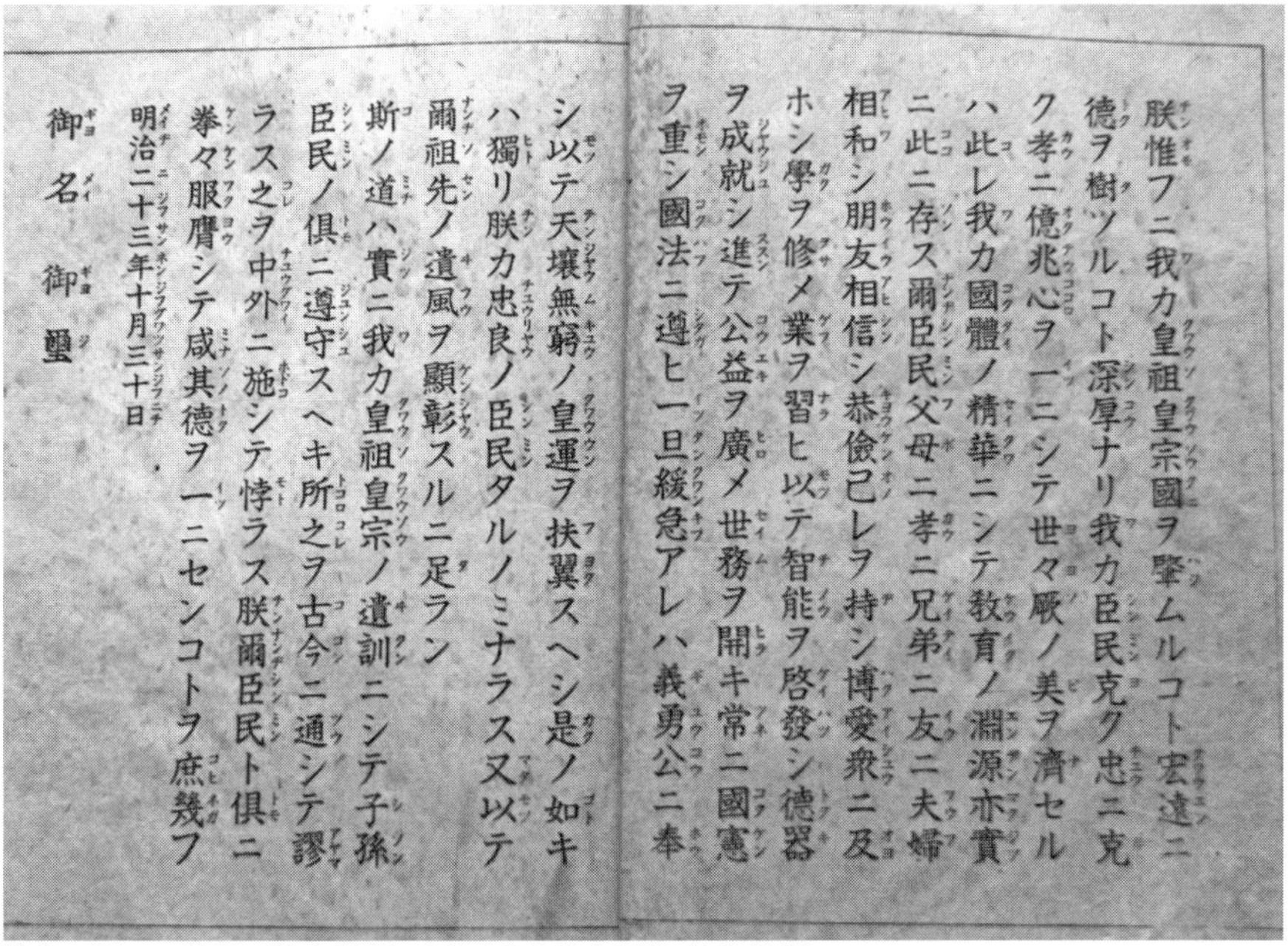
朕惟フニ我カ皇祖皇宗國ヲ肇ムルコト宏遠ニ徳ヲ樹ツルコト深厚ナリ我カ臣民克ク忠ニ克ク孝ニ億兆心ヲ一ニシテ世々厥ノ美ヲ濟セルハ此レ我カ國體ノ精華ニシテ教育ノ淵源亦實ニ此ニ存ス爾臣民父母ニ孝ニ兄弟ニ友ニ夫婦相和シ朋友相信シ恭儉己レヲ持シ博愛衆ニ及ホシ學ヲ修メ業ヲ習ヒ以テ智能ヲ啓發シ德器ヲ成就シ進テ公益ヲ廣メ世務ヲ開キ常ニ國憲ヲ重シ國法ニ遵ヒ一旦緩急アレハ義勇公ニ奉シ以テ天壤無窮ノ皇運ヲ扶翼スヘシ是ノ如キハ獨リ朕カ忠良ノ臣民タルノミナラス又以テ爾祖先ノ遺風ヲ顯彰スルニ足ラン

斯ノ道ハ實ニ我カ皇祖皇宗ノ遺訓ニシテ子孫臣民ノ倶ニ遵守スヘキ所之ヲ古今ニ通シテ謬ラス之ヲ中外ニ施シテ悖ラス朕爾臣民ト倶ニ拳々服膺シテ咸其徳ヲ一ニセンコトヲ庶幾フ

明治二十三年十月三十日

御名御璽

教育ニ関スル勅語（教育敕語）（重要文化財 旧開智学校所蔵）

●明治期以降の教育の流れ

明治5年（1872年）、文明開化を目指して国民全部が学ぶ近代的学校教育が出発しました。その内容は読み書きソロバンなど、女子には封建的女の一生を諭す「三従《さんじゅう》＊3の教え」などです。まもなく徴兵令を制定して兵士づくりが始まり、15年（1882年）に「軍人勅諭」が出て、天皇に絶対服従の臣民道徳＝忠君愛国の思想を軍隊を使って青年男子に徹底します。やがてこの忠君愛国＝天皇のために命を惜しまない思想教育を、小学校教育で軍人勅諭を使って進めます。この忠君愛国精神が、国民と日本国の運命を決定して敗戦に至ったことはキッチリと記憶したいことです。

＊3 「幼にしては父兄に従い，嫁しては夫に従い，夫死しては（老いては）子に従う」という女性の従うべきとされた三つの道。

他方、文明開化を唱え民主主義者の草分けと言われる一万円札の福沢諭吉は、早々と政府のレールに乗って国民の中にアジア軽視の風潮を広め、20年（1887年）の小学読本巻六では「日の丸の旗が外国に翻る」ことを教えます。22年（1889年）に大日本帝国憲法が公布され「天皇ハ神聖ニシテ侵スベカラズ」で天皇の絶対的地位が決まり、軍事と教育は天皇の直属となり、翌年には教育勅語が出て天皇に絶対的忠節を尽くす臣民道徳を規定します。この勅語の精神はそれこそ絶対的な権威で国民を縛り付けました。

今、「教育勅語は道徳のお手本」のように言う政治家がいますが、とんでもない。この教育勅語が国民に対してどんな役割を果たしてきたか、先に申し上げた「忠君愛国の精神」と一緒にご記憶ください。そして小学校の教育目的は「教育勅語の趣旨に基づき」になり、翌年の高等小学（今の中学1・2年）の教科書に「屍《しかばね》積むる山も踏み越えてすすめ、血潮の川も躍りてすすめ、旭日旗《きょくじつき》＊4のひるがえる所はこれわが国ぞ　みな我が国ぞ」と、他国侵略と死への進軍教育を教えます。

当然のこととして勅語を教える教員に一切の政治論議・政治関与を禁止し、さらに軍隊と同じく学生生徒の教師への絶対服従を罰則で強制します。私の女学校時代に学校や先生への疑問・批判は許されなかった、その元はこの時からだと知りました。

明治27年に日清戦争です。日本軍は教科書どおり「屍の山を踏み越えて」勝利しますが、戦後、農村の貧困はひどく、特に女児は家庭の重要な労働力でした。この実態を元長野大学教授神津善三郎さんが『教育哀史』で詳しく分析されています。それでも国民は今と同じく我慢を強いられ、反ロシア感情を植え付けられるのです。

明治36年に小学校教科書は国定になり、教師用には「天皇を語るには荘重な態度で」と

＊4　日章と旭光を意匠化した日本の旗。1870年に陸軍の軍旗として初めて使用され、1889年に海軍の軍艦旗としても採用された。現在は、陸上自衛隊で自衛隊旗、海上自衛隊で自衛艦旗として使用されている。

厳重な注意が出ます。私の経験では授業中先生は「天皇陛下」と言い出す前に、直立不動の姿勢で「天皇陛下」と言って、言い終わったら姿勢を戻して話し始めるという儀礼がありましたが、その儀礼もこの時からです。

日露戦争勃発では、またも教科書どおり「世界無比」の「国のため尽くせよ尽くせ」の精神主義で戦わされ、日清戦争の40倍の死傷者を出してやっと勝利します。この時でも反戦運動・労働争議・社会主義運動など忠君愛国批判の声が起きますが、厳しく弾圧されて冬の時代に向かいます。

高等科国史教科書では従来の天皇家分裂の史実を廃棄して「万世一系の天皇家」に作り替えました。要するに歴史を偽造したのです。私はこの偽造の「国史」を学んだために、戦後皇国史観から解放された日本史を学ぶのに苦労しました。現在日本の戦争責任を隠すためにあれこれ事実の作り替えを行っていますが、本当に歴史の偽造が繰り返されて怖いです。韓国併合後の明治44年、植民地朝鮮にも教育勅語教育を始めました。

大正デモクラシーの時期には教育勅語が求める「臣民道徳」への批判が起こり、労働運動・米騒動や新教育運動が広がると、弾圧は自由主義的知識人にも広がり、一時の大正デモクラシーは終わりますが、女子を除く普通選挙法が治安維持法と抱き合わせで大正14年に成立します。教育界では新教育運動の広がりを恐れて教育勅語の趣旨がさらに強まります。

大正10年に皇太子（昭和天皇）が摂政《せっしょう》に就任。14年には男子中等学校以上の学校で軍事教練が開始されます。大正天皇死去で教科書が改訂され、高等科修身で「天皇は民を赤子《せきし》として慈しむ」と教えます。私も小学校で天皇は国の父・皇后は国の母と学びましたが、国民は天皇の赤子として慈しまれず、15年戦争では虫けらのように殺されました。

●連発された勅語

昭和天皇即位後、20歳以上の男子全員に徴兵義務が生じました。学校の軍事教練から徴兵、除隊後は在郷軍人会に組織され、戦争となれば召集されて戦場ですから、男子は逃げ場のない兵営国家に組み込まれました。ヨーロッパでは、第一次世界大戦の反省から1928年パリ不戦条約が結ばれ、日本も批准しますが、この年、治安維持法を改悪して思想の違いに死刑をもって臨むという無法時代に入ります。さっそく新天皇の「教育に関するご沙汰」を受けて、教育勅語に即した小学校教師の思想善導を強め、愛国的な国民精神強調から、家庭婦人も教育勅語体制に組み込みました。私は、自民党政府が早くから家庭教育を批判し始めたのを、当時を重ねて考え込みました。

昭和6年満州事変勃発です。昭和天皇は勅語を出すのがお好きで即位後たて続けに勅語を出して、10月には全教職者への勅語が出ました。それを受けて教師は「忠良な教師」に再教育され、国体観念・日本精神の徹底教育を強めます。それでも8月には反戦デーが開かれるなど抵抗運動が起きますが、治安維持法で残虐に弾圧されます。

そして昭和8年の国定教科書は軍人精神を強調する「サクラ読本」となり、1年生の読本で桜花・兵隊・日の丸（天皇への忠誠を意味）がセットで桜の花のように美しく咲いてパッと散る、つまり天皇のために死ぬことは美しいと教えました。文章も「ススメ　ススメ　ヘイタイ　ススメ」になり、「修身」の冒頭に初めて軍服姿の天皇が登場しました。私が入学した年の教科書がこの「サクラ読本」です。この桜の花のように死ぬことは、高学年になった時に「敷島の大和心を人問わば朝日に匂う山桜花」の歌で、日本人の死生観＝大和魂を教わりましたが、「そんなに早く死ぬのはいやだ」と母に詰め寄ったことを覚えています。

昭和9年には教育史上初めての「小学校教員への勅語」で「国家隆昌の元は小学校教育にある」と天皇に求められた教員は、再び「お色直し」の教育を受けます。翌年に天皇制は神道と密着して、学校に神棚・奉安殿が設置され、学校は国体に基づく修練の場となります。国体とは「日本は神の子孫である天皇が永遠に統治する国」という意味になります。特に、私たちは日中戦争勃発後の4年生のとき、修身書で「国歌君が代は、天皇陛下がお治めになる御代は千年も万年も、いやいつまでも続いてお栄えになるように」と教わった数少ない学年です。その君が代が、国民主権国の国歌として復活し、その意味を「平和国家の繁栄を」とか説明しましたが、それは嘘です。政府は嘘が上手ですから注意しないと騙されます。

やがて戦争の拡大は兵力の不足となり青少年が標的になりました。14年に青少年学徒への勅語が出て「永遠に国家隆昌を維持する」任務を求めます。5年生の私もこの覚悟を教わって「大変だな」と思いましたが「大和魂」を持つ日本人は弱音を吐かず、国家＝天皇の指示には絶対服従でした。

戦時中の教科書（センター収蔵品）

日米開戦の年の昭和16年4月小学校は国民学校となり、私は最後の小学校を卒業して津市の県立女学校に入学しましたが、この国民学校教科書は露骨に天皇への殉死《じゅんし》の覚悟を教えます。1年生の『ヨイコドモ』の教師用には「忠義心を起こさせるように話す事と、戦場の話に深入りをして児童を暗澹《あんたん》たる感じに包ませることは堅く慎む」こと、さらに「天皇の御為《おんため》には火の中、水の中も恐れずに、喜んで一身を捧げて尽くすべきことが一番大切な努めである事」を強調します。私は千葉の付属小学校1年の時に教わって聞き覚えた旋律はモーツァルトでしたが、6年後の一年生は死ぬ義務を教わっていたのです。19年の大日本帝国最後の高等科修身教科書の「古武士の覚悟」では、「寿命の長短は問題ではない。求められるのは天皇の御為に戦って死ぬことである」と教えます。そして世界無比の日本軍は後方支援もなく死ぬことが目的となって壊滅しました。

私たちは天皇の民への慈愛を教わりましたが、それは嘘でした。戦争国家＝大日本帝国は、教育勅語と治安維持法の脅威で、国民を国家に絶対服従する臣民にマインドコントロールして、最後は人間を兵器として使われても決して「イヤだ」と言わない「人間ロボット」に作りあげ、何百万人もが殺されました。その陰で死の商人＝軍需産業でボロ儲けをした人たちはほくそ笑んでいたのです。今なお世界各地で紛争が絶えない理由が分かるようです。

そして現在の日本は、法治国家の原則を破棄した妖怪が主権者ぶる安倍内閣ですが、平和憲法のある今日、二度と人間らしく生きる自由＝権利を奪われぬために、平和な世界を目指して、死者の想いを背負って力を合わせましょう。それでも「地球は動く」のです。

（２０１４年）

いまの時代が、あの時代になってきた

松本市　手塚 英男

●紙芝居『ぼくらは開智国民学校一年生』

私はいま、自作の紙芝居『ぼくらは開智国民学校一年生』を担いで、紙芝居じいさんをやっています。昨10月松本で開かれた「第26回平和のための信州・戦争展」に資料を展示したり、上演したのが、この紙芝居です。松本・長野県内のあちこちで、もう40回ほど上演してきました。

観客は、学童クラブの子どもからお茶飲み会の年寄りまで。子どもは子どもなりに、戦争体験のある年寄りは年寄りなりに、紙芝居に見入り、笑ったり泣いたりしてくれます。お茶飲み会などで上演すると、次々に自分の体験が語られ、まるで「戦争体験を語る会」のようになります。年寄りは戦争体験を語りたがっている、戦争はこりごりだと思っている、アベさん憲法9条は変えないでと願っている、と痛感します。

私は、昭和（あえて元号で）14年1月生まれ、敗戦まぢかの昭和20年4月に開智国民学校に入学しました。半年とはいえ、大戦末期の軍国主義教育を受けた最後の学年です。

紙芝居は、私や同級生の体験、5年生の少女の当時の日記、教師の記した『開智国民学校日誌』などをもとに描いた28枚の物語です。入学式、教育勅語、空襲警報発令、防空壕避難、灯火管制、校庭の防空壕掘り、鍛錬行軍《こうぐん》、奉安殿《ほうあんでん》、勤労奉仕、東京からの学童集団疎開、金属供出、建物疎開、校舎の白壁偽装、愛国百人一首、赤紙、友達の父親出征、弔迎（英霊出迎え）、陸軍飛行場づくり、傷痍《しょうい》軍人、宮城《きゅうじょう》遥拝、防火訓練、縁故疎開《えんこそかい》、玉音放送（8

月15日)、兵士帰還、2学期再開などなど、当時の子どもの言葉で戦時下の日々をたんたんと描いた作品です。これがあの時代の日常だったのです。

これまで語られ(語り継がれ)てきた戦場・艦上・特攻・沖縄・原爆・空襲・引き揚げなど、生きるか死ぬかの苛酷な戦争体験ではありません。日常生活の戦争体験といったらよいでしょうか。信州・松本という地方都市(まち)を、そしてそこに生きる子どもたち、学校、家族、地域を黒々と塗り潰した戦争の日々。日本中を覆い尽くしたこうした日常の戦争体制を土台にしてこそ、加害の無謀な戦争は成り立ったのです。まちやむらの日常のなかに、総力戦の根底がありました。

紙芝居をやっていて、激烈な戦争体験は語れなくても、日常の戦争体験は語っても語り尽くせない年寄りが、おおぜいいると感じます。

紙芝居を見ながら語られるこうした体験談の数々を拾い集めて、私は昨年9月、『信州・松本――子どもたちの戦争』という冊子をまとめました。松本の、日常の戦争が年寄りの証言を通じて、リアルに再現されています。松本市中央図書館などに寄贈してあります。どうぞ、お目通しください。

それにしても、秘密保護法、集団的自衛権、自衛隊の海外派兵、自民党改憲草案、教育の統制強化(新教育委員会制度)、道徳教育の復活など、いまの世の中、戦時中の日常と似てきてなんだか恐ろしいことですね。だからこそ、年寄りに○○村△△町の日常の戦争体験を語ってもらいたい。それが9条を守る一番大きな力になると思います。

●国民学校校長や教師たちの戦争責任

国民学校とは、太平洋戦争をいっそう強行に押し進めようとつくられた戦時教育の学校です。初等科が6年、高等科が2年。昭和16年4月から敗戦翌年度の昭和22年3月までの6年間、子どもたちを「学徒動員」ならぬ「学童動員」に駆り立てました。

正面玄関わきにある神社風耐火建築の奉安殿*1には、天皇・皇后の写真＝御真影《ごしんえい》*2と教育勅語の謄本が納められ、その前を通る子どもたちは、深々とお辞儀をして、「天皇の御為《おんため》に鬼畜米英をやっつけます」などと拝まなければなりませんでした。紀元節*3、天長節*4、明治節*5などの儀式の時には、白手袋をはめた校長が恭《うやうや》しく教育勅語を奉読し、生徒はありがたい天皇のお言葉を暗誦しなければなりませんでした。また儀式の時には、東京の皇居に向かって「宮城遥拝《ようはい》」の最敬礼がおこなわれ、校長が大本営発表などを伝えて、生徒を鼓舞しました。授業は、修身（天皇の御為に）・地理（大東亜共栄圏）・歴史（皇国史観）が中心で、忠君愛国少年少女の育成と鍛錬が中心でした。

3年生以上の児童は「少年団」に組織されて勤労

天長節の分列式（森下孫平氏提供）

＊1　145P参照

＊2　高貴な人の肖像画や写真を敬っていう語。特に明治維新以降アジア・太平洋戦争敗北までの、天皇（明治天皇・大正天皇・昭和天皇）と皇后（昭憲皇太后・貞明皇后・香淳皇后）の写真を指す。

＊3　『日本書紀』が伝える神武天皇の即位日として定めた祭日。

＊4　天皇の誕生日を祝った祝日。昭和23年まで使われた呼称で、その後天皇誕生日と改称。

＊5　明治天皇の誕生日。

奉仕に励み、5年生以上は勤労動員に出かけて、足りない男手を補いました。

高等科2年になると、満蒙開拓青少年義勇軍や少年志願兵[*6]への志願が強要されました。開智国民学校の資料によれば、昭和20年5月25日に、当時の一志茂樹《いっししげき》校長は、松本市教育課長あてに「高等科2年在籍男子32名のうち、半数の16名が少年志願兵に志願した（陸軍5名　海軍11名）」と報告し、長野聯隊《れんたい》区司令部から「少年兵召募に関し顕著なる功労を樹《た》てた」と表彰されています。

教師の記した『開智国民学校日誌』を読めば、まるで神懸かりな当時の教育の様子が、見事に浮かび上がってきます。

◆御真影の疎開◆（筆者注、子どもの疎開より大事ということ。原文はカタカナ）

○7月21日（土）　御真影及勅語、一時市内鎌田国民学校へ非公式を以《も》って奉遷申し上ぐ。全校児童校門傍に整列御見送りを為《な》す。

○7月28日（土）　一志校長、松本駅発の列車にて御真影・勅語を奉安し、小野駅に向ふ。御着後、小野神社の唐櫃《からびつ》に奉安し、青年学校生徒四名にて吊担ひ奉《たてまつ》りて、筑摩地村国民学校奉安殿に御奉遷申上ぐ。校長は、毎週金曜日には筑摩地校に赴き、御真影・勅語を奉伺《ほうし》（ご機嫌伺い）すること。

◆敗戦　玉音放送◆

○8月15日（水）晴　昭和16年12月以来3年8月に亘《わた》る大東亜戦争に対し遂に終決の聖断下る。本日正午を期し特に、天皇陛下に於《お》かせられては全国に向ってラヂオを以《もっ》て親しく「大戦終決の玉音放送」を遊ばさる。聖慮《せいりょ》高遠唯々《ただただ》畏《かしこ》し極みなり。全職員参

＊6　88P参照

集職員室にラヂオ器械を据え「御放送」を拝聴す。全職員唯、事の余りの意外なると、悲痛至極《しごく》なる終決に慟哭《どうこく》す。噫《ああ》、万事は終れり。我等只々《ただただ》言ふべき言葉を知らず。

この日誌、実に名文です。声に出して読んでみてください。衷心《ちゅうしん》よりこう思い込んでいなければ、絶対に書けない文章です。一志校長をはじめ全職員が職員室に参集し、玉音放送を拝聴し、慟哭したのです。

教師たちのこの「慟哭」は、いったい誰に向けられたものでしょうか。天皇へか、子どもたちへか、はたまた同僚や自分自身へか。国民学校の神懸かりな教育が忠君愛国少年を育て、それを担った校長や教師が子どもたちを戦場や満州へ送ってしまったことへの慟哭だったのでしょうか。

国民学校校長や教師たちには、戦争責任というものはあるのでしょうか。そしてそれは、問われてきたのでしょうか。『開智国民学校日誌』を読めば読むほど、私は、奉安殿のことや国民学校校長の戦争責任について、考えざるを得ませんでした。

そこで紙芝居の続きとして、次のような一文をしたためましたので、お読みいただければ幸いです。

◆個人通信『東々寓《とんとんぐう》だより』の最近号◆

○19号　2014・9・20　奉安殿（御真影・教育勅語）という呪縛

○20号　2015・2・20　奉安殿という呪縛（2）　国民学校校長の戦争責任――だれも問うてはこなかった――

○21号　2015・7・1　池田町の丘に立ちて（1）――400人の戦病死者と100

人の満蒙未帰還者

○22号　2015・8・1（予定）　池田町の丘に立ちて（2）——上原良司に「10のなぜ?」を問う

＊戦時下の『開智国民学校日誌』を読むと、国民学校のことのみならず、松本市民の「日常の戦争」のことがよく分かります。どなたかご一緒に「『開智国民学校日誌』を読み解く会」をやりませんか。

＊『ぼくらは開智国民学校一年生』の紙芝居を持ってどこへでも出かけ、ボランティア上演します。ぜひご連絡ください。

（2014年）

解題「勇気と使命感に満ちた39の証言」

編集委員　大日方 悦夫

I　満州が生んだ悲劇

本書は、第I部「外地での戦争体験」として18編の証言を収録している。内容は、戦場体験が7編、満州開拓・青少年義勇軍関連が9編、引き揚げ・シベリア抑留体験が2編である。

胡桃沢正邦さんと越定男さんは、細菌戦や人体実験で注目された陸軍の「関東軍防疫給水部」、秘匿名「関東軍第七三一部隊」に関する証言である。両氏は元隊員として、戦後、長期にわたって秘密とされていた同部隊の実体を告発した。

胡桃沢さんは、軍属として、細菌研究・病理解剖に従事した。証言では、「マルタ」と呼んだ中国人やロシア人などを実験材料として実施した生体実験の実態を詳しく語っている。一方、越さんは、第三本部付運輸班員として、逃亡したマルタをひき殺したこと、身許を秘匿した戦後のこと、部隊長石井四郎中将の運転手として間近に見た同氏の印象などを語っている。

証言時は、森村誠一『悪魔の飽食』の反響もあって七三一部隊への関心は高く、両氏の証言は各方面から注目された。同時に、越さんが語るように、脅迫や無言電話が執拗に繰り返されていた。そうした妨害に屈しない、勇気ある証言であった。「真実を語ることは、私の使命」と語った越さんの毅然とした姿を思い出す。胡桃沢さんは、証言時に医療器具、薬品、医学書などを戦争資料として飯伊地区戦争展実行委員会に寄贈した。これらは七三一部隊の貴重な資料として、戦争展から飯田市に寄託され、現在、同市平和祈念資料室に保管されている。

小沢又蔵さんは、中国大陸で行った「討伐」、「刺突《しとつ》」

の実態を語っている。中国戦線では、新兵に「度胸をつけさせる」などと称して、捕虜や農民を銃剣で刺殺する「刺突訓練」が公然と行われた。小沢さんは、残虐行為が常態化し、すさまじい軍紀の退廃が生まれた前線の様子を証言した。戦後、戦犯として中華人民共和国の「戦犯管理所」に収監された小沢さんは、自らの兵隊生活を総括する中で徐々に人間性を取り戻していく。帰国後の小沢さんは、中国帰還者連絡会（中帰連）の会員として戦争体験、特に加害体験を証言する活動に取り組んだ。

　秋山芳通さんは、衛生兵から見た戦争の実相を語っている。兵站病院に収容され、傷や病に苦しむ傷病兵の姿は、戦争の非情な姿を告発している。また小沢証言と同様、中国戦線での「刺突」を証言している。

第１回平和のための信州・戦争展（1988 年、長野市、ながの東急百貨店）。下写真は戦時中に長野市の寺院が供出した鐘

　若月俊一さんは、学生運動で無期停学になった経験と軍隊での証言である。若月さんは、東京の麻布歩兵連隊の兵隊として中国戦線に投入された。除隊後は、１９４５年３月に長野県農業会佐久病院の外科医長として着任した。その後２００６年に94歳で死去するまで、同病院の総長・名誉総長として地域医療の第一線で活躍した。なお若月さんは、１９９４年と２００１年の戦争展で実行委員長を務めた。

　田中源蔵さんは、トラック島に「遺

棄」された兵隊の無残な姿を証言している。アメリカ中部太平洋軍のトラック島攻撃は、１９４４年2月17日、18日に行われた。この攻撃で、日本艦船42隻が爆撃沈、航空機２５０機が撃墜され、同島の日本軍基地は機能不全となる。田中さんは、この沈没体験と同島に遺棄された兵隊の「飢餓」について証言する。アジア・太平洋戦争での日本軍軍人軍属の死亡者２３０万人のうち、過半数が餓死であった事実（藤原彰『餓死した英霊たち』）を想起する証言である。

丸山重雄さんは、隼戦闘隊と特攻隊の経験を語る。特攻隊は、特別攻撃隊の略称で、１９４４年10月のレイテ沖海戦投入された「神風《しんぷう》特別攻撃隊」が米空母に航空機の体当たり攻撃をしたことから、体当たり攻撃の代名詞とされた。人間の命を極端に軽視した特攻訓練、特攻隊に「志願」させられた特攻兵の形相が日に日に変わっていく有り様など、特攻隊の実相を明らかにした証言である。

本書は、戦場体験に続いて、満州（中国東北地方）を舞台とした証言を9編収録している。

「満州国」への政策的な移民は、１９３２年の第一次武装移民（治安維持を目的とした）から始まり、１９３６年に広田内閣で国策となり、農業移民が本格化した。１９３８年から満州国防衛を任務とする満蒙開拓青少年義勇軍が送り出され、ソ連国境近くに配置された。１９４５年8月9日のソ連軍進攻により多くの犠牲を出し、中国残留婦人、残留孤児を生んだ。

長野県は、満州へ開拓団、青少年義勇軍として全国で最も多くの県民を送り出し、ゆえに最も多くの犠牲を被り、さらに戦後も長期にわたってその傷痕に苦しんだ県である。戦争展の証言も、満蒙開拓団と青少年義勇軍に関する証言が圧倒的に多い。小川晴男さんから斉藤さと志さんまでの4編は、満蒙開拓団に関する証言である。

小川晴男さんは、第8次下伊那郷開拓団の先遣隊として現地入りし、後に開拓団の部落長を務め、そして現地応召された父・小川清一さんの事績を中心に証言している。

矢澤姈さんは、１９３９年の渡満から、開拓団での生活、そして１９４５年8月9日以降の逃避行の実態の証言である。

小木曽弘司さんは、１９４０年に家族で渡満し、上久堅開拓団に入植。しかし、敗戦直前に現地応召、シベリア抑留となり、昭和23年に帰国となった体験を語る。

斉藤さと志さんは、敗戦後の逃避行について語る。妹と生き別れ（妹は売られた）、残留後中国人と結婚、１９７９年に帰国するまでの想像を絶する体験を証言している。４編の証言を通して、満州開拓の実相を読み取ってほしい。

原今朝松さんから三沢豊さんまでの５編は、満蒙開拓青少年義勇軍に関する証言である。

原今朝松さんは、開田村から第一次寧年義勇隊開拓団に入植した体験を語る。

小林栄次郎さんは、青少年義勇軍の第１回先遣隊として渡満、2年間の先遣隊生活、その後6年間の軍隊生活（警備隊、憲兵隊、特殊部隊など）の体験を語った。

宮下慶正さんは、指導員としての体験、串原喜代枝さんは寮母的な役割を務めた体験と逃避行について、そして三沢豊さんは、教え子を義勇軍に送り込んだ教師としての証言である。

これらの証言は、義勇軍の実相とともに、教育会との関係、開拓団・義勇軍の補完関係を照射している。特に、三沢証言は、義勇軍送出に果たした教師の責任に言及し、教育の重要さを語っている。

竹内みさおさんは、新京の国民学校の教師だった体験と敗戦後の逃避行の証言である。開拓団とは違った満州の体験と逃避行について証言した。

依田一さんは、シベリア抑留の証言である。シベリアに送られた日本軍人は約86万人だったが、うち7万人近くが死亡した。依田さんは、極寒の地シベリアでの木材伐採など重労働の実態について語っている。

小川さんから依田さんまでの証言の多くが、１９４５年8月9日のソ連軍進攻以降の、いわゆる「逃避行」を語っている。これらの証言の背景として注意したいのは、本土決戦との関連である。

本土決戦は、１９４４年7月のサイパン島陥落による「絶対国防圏」の崩壊に伴って、「国体護持」（天皇制統治機構の継続）のために本格化した構想である。日本本土で米軍を迎え討ち、打撃を与えることで国体護持を担保し、終戦とする作戦計画であった。松代大本営構築はじめ、全国で本土決戦の準備が進められた。

軍部は、決戦兵団として第一総軍、第二総軍、航空総軍を編成し、200万人の「根こそぎ動員」を実行した。そのため満州の関東軍精鋭部隊も次々と撤兵し、本土に配置された。満州では、関東軍の欠員を補充するため、開拓団の男たちが1945年春、一斉に召集された。そのため開拓団は、老人・女性・子どもたちばかりとなった。政策的に「棄民」とされた開拓団の二重、三重の悲劇がここにある。関東軍の防衛放棄・撤兵、俄か仕立ての兵隊とシベリア抑留、開拓団の壊滅と逃避行。満蒙開拓団・青少年義勇軍問題と本土決戦は、密接不可分である。

Ⅱ 特攻・空襲・被爆の惨劇

第Ⅱ部「内地での戦争体験」は、全部で21編の証言を収録している。内容は、予科練・特攻隊・海軍工廠などが7編、空襲体験が4編、被爆体験が3編、俘虜収容所とBC級戦犯裁判についての証言が1編、反戦・抵抗の証言が2編、そして戦争と教育にかかわっての体験が3編である。

清水和郎さんは、本土決戦段階で米軍の上陸用船艇や水陸両用戦車を「機雷棒」(五式撃雷)を用いて爆破する肉弾攻撃「人間機雷伏龍」についての証言である。「伏龍」は、この証言によって計画の全容、野比海岸での潜水訓練の実態(犠牲者など)が明らかとなった。

加藤荘次郎さんは、「零戦」の輸送に関わった体験証言である。証言では「ゼロ戦」と呼称しているが、正式には「海軍零式艦上戦闘機」であり、「零《レイ》戦」が略称としては正しい。制定年が、皇紀2600(1940)年のため最後の一桁をとって名づけられた。ちなみに陸軍は、海軍との差別化をはかり、制定年の下二桁をとって「一〇〇式偵察機」などとした。加藤さんは、人命軽視・戦闘力優先の零戦の末路を語っている。

渡沢誠さんは、海軍工廠での体験、特に訓練の様子を証言している。渡沢さんが入廠した昭和20年頃、海軍の海上兵力は、空母3隻、戦艦5隻、巡洋艦10隻、駆逐艦37隻、潜水艦52隻となっていた(「帝国陸海軍作戦計画要綱案」)。軍艦もなく、燃料が枯渇している状況で、海軍工廠のできる仕事は限られていた。「回天」はじめ清水証言「伏龍」など特攻兵器の生産が主となっていたのである。それも米軍の攻撃が激化する中で地方移転（長野県上田への移転もその一環）となる。渡沢さんが敗戦前に帰郷できたのは、いわば「足手まとい」な訓練生であったからともいえる。こうした背景を押さえ、「勝ち抜き棒」（「根性棒」とも言う）制裁など工廠生活を読み取りたい。

内山昭司さんは、第一部の丸山重雄さんと同じく特攻隊についての証言である。丸山証言が、外地（中国）からの出撃だったのに対して内山証言は、国内からの出撃予定とされた体験である。やはり特攻隊員の「志願」の件は、作戦の性質を看破している。

松本務さんは、海軍飛行予科練習生（予科練）としての証言である。予科練は、学歴社会の軍隊にあって、高等小学校卒業で下士官になれるコースだったため、進学が許されなかった農漁村の次男以下の少年にとって憧れの進路だった。高等小学校出身の「乙種」に対して、松本さんは、旧制中学から三重海軍航空隊に入校した「甲種」予科練習生だった。証言では、人間魚雷「回天」など特攻への「志願」が語られている。

これは、戦争末期、飛行機が少なくなったため、予科練生を「体当たり攻撃」に動員したことを証言したものである。こうした志願によって、アジア・太平洋戦争期間、1万人を超える予科練生が戦死したのである。

上原清子さんは、『きけわだつみの声』（岩波文庫）の巻頭に遺書が掲載されている兄、良司さんについて語ったものである。良司さんは、慶應義塾大学経済学部在学中の１９４３年「学徒出陣」となり、陸軍に入営した。特別操縦見習士官として訓練を受けた後、第五十六振武隊少尉として１９４５年5月11日早朝、鹿児島県知覧飛行場を発進し、沖縄の西北洋上で戦死、享年22歳だった。上原兄弟姉妹は5名、良司さんは三男、清子さんは良司さんのすぐ下の長女であった。上原証言は、「普通の人々の当たり前の幸せが奪い去られること、それが戦争の本質であること」を語りかけている。

松岡英吾さんは、横須賀にあった海軍通信学校の証言である。１９００年に設置された同学校は、通信技術を教える学校であった。松岡さんは、練習生として無線電信による交信を学ぶ任務だったと思われるが、証言では本土決戦に備えた「壕掘り」がもっぱらだったと語っている。

石橋博さんは、木曽の福島防空監視哨の体験を語る。防空監視哨は、「防空法」（1937年施行）により、民防空に対応して全都府県に設置された。軍防空が来襲敵機の撃墜を任務としたのに対して、民防空は地上の被害を局限するために灯火管制、消防、避難、救護とともに監視、通信、警報が任務であった。監視隊員は、青年学校生や未婚の女性があてられ、本部は警察におかれた。長野県の場合、本部は長野警察署におかれ、その下に防空監視隊（長野、上田、松本、伊那）、そして各地に監視哨が設けられた。福島監視哨は、松本防空監視隊の下に設置されたものである。監視哨に関する書類の多くが戦後焼却処分となったこともあって、県下の設置場所はじめ詳細については不明な点が多い。石橋証言は、解明への手がかりとなり貴重である。なお現在、県内に防空監視哨は残っていないが、飯伊地区戦争展実行委員会の働きかけにより、阿南町富草の「富草防空監視哨跡」が復元されている。

親里千津子さんは、沖縄戦の証言である。親里さんは、長野県在住の沖縄戦体験者として、戦争展や学校講演など精力的に取り組み、自らの体験を『ちーちゃんの沖縄戦』（ニライ社）と題して出版した。なお戦争展では、ひめゆり学徒隊の宮良ルリさんはじめ沖縄県在住の沖縄戦体験者が証言している。本土決戦準備のための「時間稼ぎ」の戦いを強いられ、県民の4人に1人が犠牲となった沖縄。松代大本営を中心に本土決戦の要地とされた長野県。両県を結ぶ視点は、戦争の歴史を理解する上で極めて重要である。

第８回戦争展（伊那市）で証言する宮良ルリさん（1995年）

松尾かず江さんは、武蔵野空襲、八王子空襲の体験を証言している。武蔵野空襲は、中島飛行機武蔵製作所を目標にした爆撃で、B29による本格的本土空襲の最初であった。同工場の付属武蔵野病院の看護婦として勤務していた松尾さんは、負傷者の救護や食事介助、さらに空襲後の分散疎開、防空壕掘削にあたった。また証言後半の八王子空襲は、中小都市への焼夷弾攻撃のひとつで、8月2日の空襲は、アメリカ航空団の史上最大規模の作戦（出撃機総数793機）だった。さらに中央線列車への機銃掃射攻撃による犠牲者や負傷者の救助についても証言している。アジア・太平洋戦争末期、B29による激しい空襲にさらされた被災地の状況、特に負傷者の救助や患者移送など、看護婦の体験証言として貴重である。なお証言では、武蔵野空襲の第1回を1944年11月23日としているが、実際は24日であり、死者・負傷者数も現在の研究結果では死者57名、負傷者75名であることを補足する。

小池与一さんは、長野空襲の証言である。長野空襲の組織的研究がスタートしたのは1987年である。小池さんは、空襲体験者として語り継ぎに精力的に取り組んだ。なお小池証言の後、米軍資料による研究が進み、空爆は鹿島灘沖の空母2艦から飛び立った艦載機62機による攻撃だったことが判明している。

前座良明さんは、広島の原爆体験の証言である。前座さんは、信州大学松本キャンパス前で、食堂「ピカドン」を営みながら、県被爆者団体協議会長として原水爆禁止運動の先頭に終生立ち続けた。赤沼実さんと小林正巳さんも広島原爆の体験証言である。赤沼さんは、原爆投下の翌日に爆心地に入り被爆した「入市被爆者」の体験、小林さんは、爆心地から1・8キロ離れた比治山で見た原爆と被爆者について語った。

北沢小太郎さんは、下伊那郡平岡村に設置された「満島俘虜収容所」の証言である。同収容所は、正式には「東京俘虜収容所第十二分所」といい1942年に設置された。同収容所で連合国軍捕虜56名が死亡したことから、戦後、横浜裁判で捕虜虐待罪を問われた。詳細は、証言に譲るが横浜裁判最初の死刑が適用されている。なお俘虜の待遇に関するジュネーブ条約は、1929年に調印された。日本は、「帝国軍人が俘虜になることはない」との理由から批准しなかったが、対米英開戦の際、米英には俘虜に対して同条約の規定を準用すると伝えていた。

長野県には、もう一つ収容所があった。「東京俘虜収容所第六分所」、通称「諏訪俘虜収容所」である。諏訪鉄山の調査とともに研究がすすめられている。

小坂光春さんは、反戦・抵抗運動の証言である。小坂さんは、旧制伊那中学（現在の伊那北高校）で「満州事変」（日中戦争）反対のビラを作成したことを理由に退学処分となった生徒の一人として証言した。退学後の小坂さんは、上京して反戦運動（左翼運動）で検挙、投獄された。第8回戦争展では、反戦・平和の活動家の有賀勝（辰野町出身）、伊藤千代子（諏訪市出身）両氏について証言している。

今村波子さんは、1933年2月4日、労働者、教員が治安維持法違反を理由に大弾圧された、いわゆる「二・四事件」の証言である。今村さん（当時は、矢野口波子）は、この事件によって懲役2年、執行猶予4年の判決を受け、教職を追われた。事件は、長期にわたって「教員赤化事件」と呼称され、教育界への弾圧とされてきたが、現在ではすべての社会運動の壊滅をはかろうとした事件であったことが、研究の到達点となっている。今村証言は、事件の背景、弾圧の状況、さらに青少年義勇軍送出に与えた影響など事件の本質に迫り貴重である。

沢田美世子さんは、戦時下の女学校の様子や勤労動員を木曽の地で見たこと体験したことを証言している。次の佐々木都さんの証言と合わせて読んでほしい。

佐々木都さんは、愛知県春日井市に勤労動員となった野沢高女（現在の野沢南高校）の女学生の体験証言である。1944年「決戦非常措置要綱」によって学生の勤労動員期間が通年となると、学校は教育の場から、戦争協力の場へ変わり、長野県下の女学生も学業半ばで次々と学校工場、軍需工場（県内外）へと強制動員された。佐々木さんは、陸軍造兵廠で小銃の薬莢製造、風船爆弾作りの日々を語っている。風船爆弾は、陸軍登戸研究所で開発された和紙で作った気球で、アメリカ本土攻撃用爆弾のことである。1945年4月までに約9300個が放球され、約1000個が北米大陸に到達したという。

小柴昌子さんは、教育が戦争遂行に果たした役割を、明治以降の教育・教科書の流れを俯瞰しながら活写し、手塚英男さんは、紙芝居『ぼくらは開智国民学校一年生』を通して、日常の戦争体験を語る大切さを伝える。

資料

ポツダム宣言

現代語訳

日本の降伏のための定義および規約
1945年7月26日、ポツダムにおける宣言

1、我々（合衆国大統領、中華民国政府主席、及び英国総理大臣）は、我々の数億の国民を代表し協議の上、日本国に対し戦争を終結する機会を与えることで一致した。

2、3ヶ国の軍隊は増強を受け、日本に最後の打撃を加える用意を既に整えた。この軍事力は、日本国の抵抗が止まるまで、同国に対する戦争を遂行する一切の連合国の決意により支持され且つ鼓舞される。

3、世界の自由な人民に支持されたこの軍事力行使は、ナチス・ドイツに対して適用された場合にドイツとドイツ軍に完全に破壊をもたらしたことが示すように、日本と日本軍が完全に壊滅することを意味する。

4、日本が、無分別な打算により自国を滅亡の淵に追い詰めた軍国主義者の指導を引き続き受けるか、それとも理性の道を歩むかを選ぶべき時が到来したのだ。

5、我々の条件は以下の条文で示すとおりであり、これについては譲歩せず、我々がここから外れることも又ない。執行の遅れは認めない。

6、日本国民を欺いて世界征服に乗り出す過ちを犯させた勢力を永久に除去する。無責任な軍国主義が世界から駆逐されるまでは、平和と安全と正義の新秩序も現れ得ないからである。

7、第6条の新秩序が確立され、戦争能力が失われたことが確認される時までは、我々の指示する基本的目的の達成を確保するため、日本国領域内の諸地点は占領されるべきものとする。

8、カイロ宣言の条項は履行されるべきであり、又日本国の主権は本州、北海道、九州及び四国ならびに我々の決定する諸小島に限られなければならない。

9、日本軍は武装解除された後、各自の家庭に帰り平和・生産的に生活出来る機会を与えられる。

10、我々の意志は日本人を民族として奴隷化しまた日本国民を

滅亡させようとするものではないが、日本における捕虜虐待を含む一切の戦争犯罪人は処罰されるべきである。日本政府は日本国国民における民主主義的傾向の復活を強化し、これを妨げるあらゆる障碍《しょうがい》は排除するべきであり、言論、宗教及び思想の自由並びに基本的人権の尊重は確立されるべきである。

11、日本は経済復興し、課された賠償の義務を履行するための生産手段、戦争と再軍備に関わらないものが保有出来る。また将来的には国際貿易に復帰が許可される。

12、日本国国民が自由に表明した意志による平和的傾向の責任ある政府の樹立を求める。この項目並びにすでに記載した条件が達成された場合に占領軍は撤退するべきである。

13、我々は日本政府が全日本軍の即時無条件降伏を宣言し、またその行動について日本政府が十分に保障することを求める。これ以外の選択肢は迅速且つ完全なる壊滅があるのみである。

パリ不戦条約（1928年8月27日調印）

第1条　締約国は、国際紛争解決のために戦争に訴えることを非難し、かつ、その相互の関係において国家政策の手段として戦争を放棄することを、その各々の人民の名において厳粛に宣言する。

第2条　締約国は、相互間に発生する紛争又は衝突の処理又は解決を、その性質または原因の如何を問わず、平和的手段以外で求めないことを約束する。

国際連合憲章（1945年6月26日採択）

前文

われら連合国の人民は、われらの一生のうちに二度まで言語に絶する悲哀を人類に与えた戦争の惨害から将来の世代を救い、基本的人権と人間の尊厳及び価値と男女及び大小各国の同権とに関する信念をあらためて確認し、正義と条約その他の国際法の源泉から生ずる義務の尊重とを維持することができる条件を確立し、一層大きな自由の中で社会的進歩と生活水準の向上とを促進すること、並びに、このために、寛容を実行し、且つ、善良な隣人として互に平和に生活し、国際の平和及び安全を維持するためにわれらの力を合わせ、共同の利益の場合を除く外は武力を用いないことを原則の受諾と方法の設定によって確保し、すべての人民の経済的及び社会的発達を促進するために国際機構を用いることを決意して、これらの目的を達成するために、われらの努力を結集することを決定した。

よって、われらの各自の政府は、サン・フランシスコ市に会合し、全権委任状を示してそれが良好妥当であると認められた代表者を通じて、この国際連合憲章に同意したので、ここに国際連合という国際機構を設ける。

日本国憲法（１９４６年11月３日公布）

前文

日本国民は、正当に選挙された国会における代表者を通じて行動し、われらとわれらの子孫のために、諸国民との協和による成果と、わが国全土にわたって自由のもたらす恵沢を確保し、政府の行為によって再び戦争の惨禍が起ることのないやうにすることを決意し、ここに主権が国民に存することを宣言し、この憲法を確定する。そもそも国政は、国民の厳粛な信託によるものであって、その権威は国民に由来し、その権力は国民の代表者がこれを行使し、その福利は国民がこれを享受する。これは人類普遍の原理であり、この憲法は、かかる原理に基づくものである。われらは、これに反する一切の憲法、法令及び詔勅を排除する。

日本国民は、恒久の平和を念願し、人間相互の関係を支配する崇高な理想を深く自覚するのであって、平和を愛する諸国民の公正と信義に信頼して、われらの安全と生存を保持しようと決意した。われらは、平和を維持し、専制と隷従、圧迫と偏狭を地上から永遠に除去しようと努めている国際社会において、名誉ある地位を占めたいと思ふ。われらは、全世界の国民が、ひとしく恐怖と欠乏から免れ、平和のうちに生存する権利を有することを確認する。

われらは、いづれの国家も、自国のことのみに専念して他国を無視してはならないのであって、政治道徳の法則は、普遍的なものであり、この法則に従ふことは、自国の主権を維持し、他国と対等関係に立たうとする各国の責務であると信ずる。

日本国民は、国家の名誉にかけ、全力をあげてこの崇高な理想と目的を達成することを誓ふ。

第九条【戦争の放棄、軍備及び交戦権の否認】

日本国民は、正義と秩序とを基調とする国際平和を誠実に希求し、陸海空軍その他の戦力は、これを保持せず。国の交戦権は、これを否認することを宣言する。

第二項　前掲の目的を達する為め、国権の発動たる戦争と、武力による威嚇又は武力の行使は、国際紛争を解決する手段としては、永久にこれを放棄する。

第九十七条【基本的人権の本質】

この憲法が日本国民に保障する基本的人権は、人類の多年にわたる自由獲得の努力の成果であつて、これらの権利は、過去幾多の試錬に堪へ、現在及び将来の国民に対し、侵すことのできない永久の権利として信託されたものである。

第九十九条【憲法尊重擁護の義務】

天皇又は摂政及び国務大臣、国会議員、裁判官その他の公務員は、この憲法を尊重し擁護する義務を負ふ。

近代日本（長野県）とアジア・太平洋戦争関連年表

西暦	元号	世界	日本	長野県 加害関係	長野県 事件・被害・抵抗など
1868	明治元		明治維新		赤報隊事件
1872	5		琉球国を「琉球藩」に		
1873	6		徴兵令・地租改正・血税一揆 「征韓論」起きるが派遣延期		県内に徴兵忌避の動き
1874	7	日本が台湾へ出兵	民撰議院設立建白書		
1875	8	江華島事件（不法侵入し、発砲を口実に上陸）			
1876	9	日朝修好条規（治外法権などの確定）			
1877	10		西南戦争		
1878	11		竹橋事件		高見沢卯助、中沢彰二（本県出身）連座銃殺刑
1879	12		「招魂社」を「靖国神社」に改称。幕末以降の国事犠牲者を祀る。 琉球処分（沖縄県とする）		
1884	17		自由民権運動各地で激化		東馬流しの戦い 飯田事件
1889	22		大日本帝国憲法発布		
1890	23		教育勅語		
1894	27	王宮（景徳宮）を占領し、清国に宣戦布告（**日清戦争**）			長野県関係307名戦死 菱田春草『寡婦と孤児』 木下尚江、北村透谷の非戦論に共鳴
1895	28	閔妃（明成皇后）殺害事件、台湾占領			
1901	34		八幡製鉄所操業開始		
1902	35	日英同盟			
1903	36		平民社創設		木下尚江、平民社社員に
1904	37	仁川沖と旅順で日本軍が露艦隊を攻撃し、**日露戦争**開始			長野県関係3460名戦死 尚江、非戦小説『火の柱』。荻原碌山、戦争に懐疑、島崎藤村『破戒』
1905	38	第一次ロシア革命（血の日曜日）			松本五十連隊創設、サハリンに出動

1908	41				新村忠雄『高原文学』
1909	42	安重根、伊藤博文を射殺			
1910	43	**韓国併合**（日本による朝鮮植民地化）	大逆事件		
1911	44	中国、辛亥革命	特高警察設置 日本が朝鮮で土地収用法公布		大逆事件で長野県関係3名連座、今村力太郎（飯田出身）弁護団で奮闘。新村忠雄、宮下太吉処刑　新村善兵衛8年の刑
1912	45		日本活動写真株式会社（日活）設立		
1914	大正3	第一次世界大戦（〜1918）	ドイツに宣戦布告、ドイツ領だった中国山東省青島を占領 宝塚少女歌劇第一回公演 大正デモクラシーおこる		
1915	4	日本が中国に「21カ条の要求」を送り調印	第一回全国中等学校野球大会開催		
1917	6	ロシア革命			
1918	7	日本がシベリアに出兵	全国に米騒動		長野県関係106名戦死 米騒動、長野にも広がる
1919	8	ベルサイユ条約調印 朝鮮「三・一運動」 中国「五・四運動」	日本兵と特高警察が三・一運動を弾圧		
1920	9	国際連盟成立	第一回メーデー		
1922	11		水平社・日本農民組合・日本共産党結成、「サンデー毎日」「週刊朝日」創刊		
1923	12		関東大震災。朝鮮人大虐殺（6000名以上）。社会主義者虐殺。亀戸事件で川合義虎、山岸実司虐殺		県内でも検挙・強制収容778名、虐殺2名
1924	13		築地小劇場開場		松本に県社護国神社造営
1925	14		**治安維持法**、普通選挙法が成立		
1926	15		日本放送協会設立		
1927	昭和2		東京に地下鉄開通		
1928	3	パリ不戦条約	三・一五事件、済南事件、治安維持法改悪、大相撲中継・ラジオ体操始まる		済南事件に松本五十連隊出動。三・一五事件で170名検挙、9名起訴、8名有罪

西暦	元号	世界	日本	長野県 加害関係	長野県 事件・被害・抵抗など
1929	4	世界恐慌	四・一六事件。治安維持法改正に反対した山本宣治暗殺		四・一六事件で県内で42カ所捜索　20名検挙、14名起訴、２名有罪 伊那中事件、飯田中事件（退学処分）
1930	5		国産の電気洗濯機登場		伊那電鉄、三信鉄道の朝鮮人労働者争議で３１４名検束 第一次松高事件、30名中退学８名、停学９名
1931	6	関東軍が柳条湖で満鉄線を爆破し、**満州事変**勃発	音声映画（トーキー）登場		
1932	7	「満州国」建国宣言	「王道楽土」「五族協和」を掲げる	松本五十連隊出動	第二次松高事件で９名起訴保留処分
1933	8	日本、国際連盟脱退	（満州からの撤退勧告を受けて）		第三次松高事件
1934	9	ソ連、国際連盟加入	東北地方冷害、大飢饉		
1935	10	イタリアがエチオピアに侵入			
1936	11	日独防共協定	**二・二六事件**（高橋是清ら暗殺） 満州１００万戸移住計画策定（広田弘毅内閣）		
1937	12	盧溝橋事件（7月7日）、日中戦争始まる。第一次近衛内閣では「支那事変」と名称を閣議決定		松本五十連隊（遠山部隊）、百五十連隊（山本部隊）出動、山本部隊は南京攻略に加わり、南京大虐殺を行う	新興仏教青年同盟の山本照順検挙。下伊那大下条村長の佐々木忠綱が満州分村移民に非協力を貫く
1938	13	張鼓峰で日ソ軍衝突	**国家総動員法**公布（朝鮮志願兵制度実施）、満州分村移民計画成立、５０００人渡満開始		満蒙開拓青少年義勇軍送出開始（前年度より制度化）
1939	14	ノモンハン事件 ドイツがポーランドに侵入し、第二次世界大戦始まる	国民徴用令公布 米穀配給統制法、ネオン全廃、パーマネント禁止、価格統制令、新聞統制（一県一紙制へ） 朝鮮人強制連行強まる		第四次松高事件

1940	15	日独伊三国同盟調印 「紀元二六〇〇年」米・みそ・醤油・塩など10品目に切符制採用 大政翼賛会結成	満州農民移民訓練所と女子拓務訓練所（開拓花嫁）開設 平岡ダム工事開始（6月29日） 第五次松高事件
1941	16	マレー半島、コタバル上陸と真珠湾攻撃により「大東亜戦争」（アジア・太平洋戦争）始まる 小学校を国民学校に改称、生活必需物資統制令、米穀配給通帳制実施、乗用自動車ガソリン使用全面禁止	松本五十連隊、満州から太平洋テニアンに出動 リアン社事件、高橋玄一郎検挙、栗林一石路、宮崎茂弾圧、有賀勝夫虐殺される
1942	17	ミッドウェー海戦で海軍4空母失う。日本の航空機隊が大敗 東京、初空襲を受ける 「翼賛政治会」結成、大日本婦人会結成、塩通帳制実施、ガス使用量割当制実施、食糧管理法公布、みそ・醤油切符制配給実施、衣料に点数切符制実施 中国人・朝鮮人・連合国軍の強制連行を実施（閣議決定）	連合国俘虜、平岡へ連行される（東京俘虜収容所第二派遣所）
1943	18	日本軍がガダルカナル島より撤退 伊、無条件降伏 朝鮮に徴兵制を実施 山本五十六戦死 神宮外苑で出陣学徒壮行会	清沢洌「暗黒日記」
1944	19	インパール作戦敗退（7月） サイパン島守備隊全滅（7月） 米、B29による日本本土空襲を強める（11月4日以降） 学童疎開開始、特攻隊開始。満17歳以上を兵役に投入、学徒勤労令、女子挺身勤労令公布 金物類の供出、供木開始 「松代大本営」工事着工	中国兵俘虜３０９７名、平岡・御嶽ダム建設現場へ強制連行。朝鮮人も多数連行 朝鮮人７０００名、松本里山辺地下航空機工場建設工事へ強制連行（人数は里山辺村村長の「終戦余話」による） 朝鮮人約７０００名、松代大本営建設現場へ強制連行。連合国俘虜数百名、県内各地へ強制連行 学童疎開2万６２７７名受け入れ 東南海地震。名古屋の三菱重工航空機製作所で飯田中生徒５名、丸子農商生徒４名死亡。テニアン島で松本五十連隊全滅。歩兵百五十連隊もトラック島へ向かう輸送機が撃沈され六十余名が犠牲に

西暦	元号	世界	日本	長野県 加害関係	長野県 事件・被害・抵抗など
1945	20	ドイツが降伏（5月） 国際連合成立（10月）	東京大空襲（3月10日など数回）他の主要都市も焦土化（被災都市200以上、被災者970万人） 沖縄戦（3月26日～6月）で20万人が犠牲に 広島（8月6日）・長崎（8月9日）へ原爆投下 ソ連参戦（8月9日） 日本「**ポツダム宣言**」を無条件で受諾し降伏（8月14日） 玉音放送にて**終戦詔勅**（8月15日） 東京湾の船上で降伏文書に調印（9月2日）	朝鮮人・同少年兵各地に強制連行（伊那・有明・大町・西条・上田・信濃町等） 中国人等俘虜強制連行（松本、信濃町等）。中国人3600名、朝鮮人3万名とも（資料処分で詳細不明）、その他の外国人数百名。うち犠牲者、中国人264名、朝鮮人数百名など	第九陸軍技術研究所（川崎登戸）が上伊那の赤穂町をはじめ5カ町村、北安曇の松川村に疎開 清沢洌急死（5月21日）、戸坂潤、獄死（長野、8月9日）、上原良司（穂高）特攻出撃で死亡、B29が松本市里山辺に爆弾4発投下（3月2日）、穂高空襲では有明村（当時）に十数発（2名死亡）、穂高村（当時）に6発（不発1、3名負傷）投下（5月19日）。 長野空襲（8月13日）、他に上田・丸子・望月・長門等空襲、死者54名。アジア・太平洋戦争を含む15年戦争における長野県の戦没者は5万3140名、満州開拓犠牲者1万6447名（出典／長野県史）
1946	21		**日本国憲法公布**（11月3日）、天皇人間宣言、公職追放令、極東軍事裁判始まる、戦後初のメーデー		
1947	22		日本国憲法施行（5月3日） 二・一スト、教育基本法公布、第1回総選挙、労働基準法、独占禁止法、民法改定＝男女同権		
1948	23	南北朝鮮分裂	第1回歴史教育者協議会開かれる、帝銀事件、主婦連・全学連結成		
1949	24	中華人民共和国成立	湯川秀樹ノーベル賞受賞 下山事件、三鷹事件、松川事件		

1950	25	**朝鮮戦争**	警察予備隊発足、レッドパージ（公務員1171名、民間人1万972名）	松本駐屯部隊設置（旧飛行場再利用） 有明再演習地化反対闘争勝利 蟻ケ崎射撃場反対闘争勝利
1951	26	サンフランシスコ講和条約調印	**日米安保条約**	塩尻市小野地籍に自衛隊演習地設置 長田新『原爆の子』刊行
1952	27		警察予備隊を保安隊に改組、ヘルシンキ五輪に戦後初参加、PTA結成	
1953	28	朝鮮戦争休戦協定	米軍が浅間山演習地化を要求	浅間山実弾演習地化反対闘争勝利
1954	29	ジュネーブ協定調印 ビキニ水爆実験（米）	第5福竜丸ビキニ水爆被災、自衛隊発足、原水禁署名運動全国協議会結成	原水協長野県協議会結成
1955	30	第一回原水爆禁止世界大会（広島）	砂川闘争	
1956	31	国際連合加盟		
1957	32	科学者が核兵器を問うパグウォッシュ会議	政府統一見解「核兵器保有は違憲」 東海村に原子炉	
1960	35		新安保条約強行採決（5月19日）、安保闘争激化、新安保自然成立（6月19日）	
1962	37	キューバ危機		
1963	38			日中友好協会長野県連合会などの呼びかけで平岡ダムに中国人殉難者慰霊碑が建つ
1965	40	ベトナム戦争	ベトナム反戦運動	
1970	45		安保が自動延長、160万人集会デモ	
1972	47		沖縄返還	
1978	53	日中平和友好条約調印		
1991	平成3	湾岸戦争		1990年、松代大本営象山地下壕の一部を一般公開
1993	5	自衛隊をカンボジアとモザンビークに派遣		
1996	8		日米、沖縄普天間基地返還で合意	
2001	13	ニューヨークで自爆テロ（9・11）		
2003	15	イラク戦争		
2011	23		東日本大震災、福島原発事故	
2013	25		特定秘密保護法成立	
2014	26		安倍内閣、**集団的自衛権の行使容認**を閣議決定	

あとがき

１９８８年に始まった長野県の「平和のための信州・戦争展」運動は、戦争の悲惨さと平和の尊さを伝える戦争展を県下各地で開催してきました。同時に各地の戦争資料を収集し、常設の資料館（平和博物館）を建設したいとの願いも持って始められました。

それから、今日まで27年が経過し、初期に戦争展運動を担った人びとから、新たな担い手へと運動がバトンタッチされつつあります。

２０１０年10月24日に開催された「平和のための信州・戦争展全県交流集会」で次の4点が確認されました。

①戦争の歴史を検証し、掘り起こし、戦跡・遺物の保存、証言の記録・紹介を意識してすすめる。
②戦争を繰り返さないために、戦争の歴史から学ぶべきことをはっきりとさせていく。
③戦争の本質を深く探り、世界に広がる貧困や格差、環境破壊などにも広げた世論づくりをはかる日常の地域からのとりくみを大事にする。
④反戦・平和のとりくみをする人たちをつなぎ、広げるネットワークをつくり、元気に行動する環境を整備する。

それから5年、戦後70年を迎える今年、安倍政権が「戦争する国づくり」を具体化し、憲法9条や平和が危うくなるなか、もう一度日本の戦争とは何だったかを問うことの重要性が増しています。

歴史を重ねた戦争展での貴重な証言を、この時期にあらためて本にまとめ伝えたいと思いたったのがこの証言集です。27年間の戦争展運動の中で、記録されているだけでものべ７００余名の証言者が、自らの体験を語りました。歴史を生きた証人が次々に他界する中で、今残しておかなければ再び聞くことができない時代に私たちは生きています。

今回の出版では、編集時間の制約があったため、文字化ができているものを中心に編集しましたが、全体の10％にも満たない証言を掲載できただけです。しかも松代大本営、登戸研究所、学童疎開、強制連行・強制労働など重要テーマの証言を掲載することができませんでした。今回の出版を初発とし、今後も勇気を持って語られた貴重な証言を後世に伝え、平和国家、平和な世界づくりに資するため、続刊に取り組んで行きたいと考えています。

本書収録の証言者の半数以上の皆さまが、証言後亡くなられました。貴重な証言をしていただいたことにあらためて感謝するとともに、ご冥福をお祈りします。

今回の出版にあたって、証言掲載を快諾していただいた証言者の皆さま、ご遺族の皆さまにお礼申し上げます。またテープ起こしなどお力添えいただきました協力者の皆さまに感謝いたします。さらに厳しい出版事情の中で、本企画の実現にご尽力いただいた川辺書林久保田稔代表に厚くお礼申しあげます。

編集委員会　岩下　和

２０１５年７月

平和のための信州・戦争展長野県連絡センター
平和のための信州・戦争展の各地実行委員会の連絡組織として、1994年設立された。戦争展の展示資料の開発・保管、戦争資料や遺品の収集・保管、戦争資料の調査研究、県内外の戦争展関係諸団体との連絡交流などの事業を推進している。

戦争体験の証言をお寄せください。また戦争資料、遺品・遺物をご提供ください。
連絡先　平和のための信州・戦争展長野県連絡センター
〒390-0861　長野県松本市蟻ヶ崎6-8-1　小島十兵衛気付
TEL&FAX 0263-33-9123

◇編集委員

岩下　和（代表）
大日方　悦夫
唐沢　慶治
小岩井　孝
小島　十兵衛
小松　功
小山　和徳
桜井　利市
佐藤　喜久雄
建石　繁明
戸田　義美
中澤　盛雄
原　英章
馬島　直樹
宮澤　彰一
柳沢　忠博

◇協力者

斎藤　まさ子
滝沢　愛子
田村　由姫
手塚　里子
中瀬　将史
西条　政美
（五十音順）

Ⅱトビラ（P131）写真　分列式（長野市の中央通り）

戦争をした国
アジア・太平洋戦争の証言と伝言@信州

2015年8月6日　初版

編　者　平和のための信州・戦争展長野県連絡センター
発行者　久保田稔
発行所　川辺書林
長野市若里5-8-18
TEL 026-225-1561
FAX 026-225-1562
印　刷　フォトオフセット協同印刷
製　本　渋谷文泉閣

ISBN978-4-906529-83-4